Le nid du serpent

Pedro Juan Gutiérrez

Le nid du serpent

ROMAN

Traduit de l'espagnol
par Bernard Cohen

Ouvrage traduit avec le concours
du Centre National du Livre

Albin Michel

« Les Grandes Traductions »

L'esclavage n'a pas été aboli, mais plutôt étendu aux neuf dixièmes de la population. Partout. Sainte Merde.

Charles Bukowski,
Le Ragoût du Septuagénaire

Note de l'auteur

Ce livre est une œuvre de fiction.
Les situations et personnages que l'on y trouvera
sont purement imaginaires.

P.J.G.

1

JE VOULAIS être quelqu'un dans la vie. Pas la passer à vendre des glaces. Je me suis dit que la solution serait peut-être d'apprendre un métier. Quelque chose qui me serve à embobiner les gens. Et je me suis lu *Comment briller en public et se faire des amis*, de Dale Carnegie. C'est ça, la clé : entortiller les autres. Les séduire. Celui qui sait parler se retrouve toujours du bon côté du manche. C'est pour ça que les niais crèvent en trimant et ne connaissent jamais rien d'autre, alors que les beaux parleurs font carrière dans la politique et deviennent présidents.

Ce livre de Carnegie, il m'avait été donné par un oncle qui était allé à Miami. Toute une caisse de vieux bouquins. *Le Pouvoir de la volonté, L'Hypnose dans la vie quotidienne, Hymnes et psaumes de l'Église scientifique du Seigneur, Histoire de la police montée du Canada, Apprenez à photographier votre famille, Bibliothèque abrégée du Reader's Digest*... Le truc sur l'hypnose me plaisait beaucoup ; il prétendait qu'on pouvait hypnotiser tout le monde autour de soi et vivre comme un roi sans jamais en branler une. C'était parfait, ça : séduire avec la langue, hypnotiser avec l'esprit. Le chariot de glaces pesait très lourd, et le soleil, et la sueur... J'avais quinze ans mais j'étais grand et fort pour mon âge. Je disais : « J'ai vingt ans », et on me croyait. C'était plus facile pour tout.

À cette époque, mes amis me surnommaient « Suce-Mémé », « le Charognard », « le Chacal ». Je ne l'avais pas volé, à force de m'exhiber. « La prochaine fois, je dois être plus malin », je me disais, « ça suffit de se donner en spectacle avec de vieilles putes ! » Par la suite, j'ai appris à être plus discret, à vivre seul et sans que quiconque connaisse mes secrets.

Je vivais à Matanzas, calle Magdalena, à un bloc de La Marina, le quartier des boxons. Ils l'avaient fermé deux ou trois ans plus tôt. Je veux dire qu'ils avaient tout fermé : les bars, les bordels, les salles de billard, les casinos, les boîtes de nuit. Tout. On ne voyait presque plus de marins dans les parages. Le port a bientôt sombré dans la léthargie, l'ennui, la confusion. C'était en 1965. Personne ne comprenait vraiment ce qui se passait et où on allait avec ce merdier. La ville était comme un bateau à la dérive qui donne de la bande dans la tempête.

J'ai toujours aimé le quartier des putes, moi. Le potin, l'argent qui coulait à flots... Beaucoup moins, maintenant que les rares catins qui continuaient à exercer devaient se cacher de la police. Près du fleuve, il y avait un petit parc zoologique, le parc Watkin. J'avais plein de temps libre, moi, alors souvent je traversais la zone mal famée, j'entrais dans le parc et je m'asseyais sous les arbres avec mon manuel. Il y avait des exercices de vocalisation, de diction, d'improvisation et de mémorisation. C'était l'endroit rêvé pour pratiquer à voix haute.

Un matin où j'étais plongé dans un livre, un petit singe avec une queue interminable a surgi à côté de moi. Il est passé en piaillant et en courant comme un dératé. Derrière lui, deux employés du zoo avec un filet. Le singe s'était échappé, mais il ne savait plus où aller. Il s'est jeté dans la cage aux lions. Qui avaient faim et se sont mis à rugir en lançant des coups de pattes dans tous les sens. Le singe s'en est tiré de justesse. Il a grimpé aux barreaux et s'est réfugié sur le toit, mais c'est là que les gardiens l'attendaient avec leur filet. Paf, le petit macaque a redégringolé en bas. Cette fois, un lion l'a presque attrapé. Il est reparti en haut en glapissant. Et ainsi de suite. J'aimais beaucoup comment ils se comportaient, les lions : ils restaient couchés, apparemment très détendus, la tête levée mais immobile ; dès que le singe redescendait, cependant, le plus proche de lui exécutait un saut magistral de presque deux mètres, ses griffes balayant mortellement les airs. Le singe s'enfuyait, terrorisé, et les lions attendaient de nouveau, tranquillement. Cette scène est restée gravée dans ma mémoire. Il ne faut jamais céder à la peur et fuir, mais rester serein et en alerte, avoir la patience et la sagesse des lions. Celui qui détale court directement à la mort.

Le petit singe a répété sa trajectoire affolée à trois ou quatre reprises. Il ne pensait plus à chercher une autre échappatoire, se contentant de monter et descendre sur les barreaux. Lors de l'un de ces allers-retours, un lion a soigneusement calculé son coup de patte et l'a atteint de plein fouet. Le singe n'a même pas eu le temps de crier. Déjà, il était pris entre les mâchoires. Chacun de ses os a craqué bruyamment. Le lion l'a englouti en deux secondes avant de se laisser retomber dignement au sol pour digérer son *lunch* en toute quiétude. Comme s'il ne s'était rien passé.

De la cage voisine, la guenon qui avait été la compagne du dissident braillait comme si on était en train de l'écorcher vivante, faisait des bonds et se cognait à la grille. Quand elle a vu que le lion avait bouffé son mari, elle s'est mise à pleurer. Effondrée par terre, elle sanglotait comme un être humain. Brusquement, elle s'est précipitée tout en haut des barreaux et, se retenant seulement par l'index gauche, elle a laissé tout son corps pendre dans le vide. Dépression totale. Elle voulait mourir. Elle était pendue là, attendant la mort.

J'avais regardé tout ça en me gondolant. Très rigolo. Je ne connaissais alors rien à l'amour, ni aux boleros, ni à la mort, ni à la perte. Rien de rien. C'est pourquoi j'étais cruel, impitoyable, ignorant et heureux. L'homme typique, c'est-à-dire l'imbécile complet.

Une femme est venue s'asseoir sur le banc en face du mien, une vieille. La quarantaine, peut-être, mais elle en faisait soixante. Elle pleurait comme une madeleine. Elle portait une robe qui lui laissait les épaules nues, l'uniforme des putes. Bonne du cul mais très flétrie, toute mascagnée par la vie. Il n'y avait personne à la ronde.

Rien que nous. Moi, j'étais un branleur patenté : je me faisais quatre ou cinq pognes par jour en matant des photos de Brigitte Bardot. Ce sont les timides qui se branlent souvent, et je l'étais, je ne l'étais que trop. Mais le livre que j'avais reçu de mon oncle disait que les timides sont des perdants, presque toujours, et qu'il fallait se risquer, alors je me suis lancé. Avec le cœur qui battait très vite, comme s'il allait jaillir de ma bouche. J'ai pris ma respiration et je lui ai demandé :

– Pourquoi vous pleurez ? À cause du petit singe ?

– Oui. Et pour la guenon. La pauvre !

Elle en avait le nez qui coulait. Je n'avais pas de mouchoir, elle non plus. Elle a posé un doigt sur sa narine gauche et soufflé un bon coup, expédiant un amas de morve jaune par terre. La même chose du côté droit. Une grosse dégueulasse, ça se voyait à trois bornes. Elle s'est essuyée du revers de la main.

– C'est qu'elle se retrouve toute seule…

Et elle a recommencé à chialer. J'ai décidé de la tutoyer. Elle ne méritait pas plus.

– Pleure pas. Ce sont des animaux, ils souffrent pas.

– Si, ils souffrent ! Ce sont des créatures de Dieu, pareil ! Tu vois pas comme elle est triste, la 'tite ? Et ce fils de pute de lion, tout tranquille avec la panse pleine !

– Le singe a été stupide, il a pas su s'échapper. C'est la loi de la nature. Ce monde n'est pas fait pour les imbéciles et les analphabètes.

– Ah, comme tu parles bien ! Comme tu es intelligent !

15

Elle a séché ses larmes, aspiré ses glaires, m'a souri. Un sourire spécial. Je n'ai rien trouvé à dire : les consignes de Dale Carnegie donnaient déjà des résultats, oui, mais comment continuer ?

– Tu n'es pas fâché ?

– Hééé… si ! Enfin, non. J'ai rien à faire. Je vends des glaces mais la fabrique a fermé et maintenant… Maintenant, je lis un peu.

– Aaaah…

Elle a continué à me regarder comme si j'étais Marlon Brandon et elle Marilyn Monroe. Je me suis senti rougir et j'ai baissé les yeux au sol.

– Quel âge que t'as ?

– Vingt ans.

– Ne mens pas, ou ton nez va s'allonger !

Elle faisait l'allumeuse, maintenant. Je l'ai mieux regardée. Bon fessier, bonne poitrine, bonnes jambes. Mais tout ça gâté, sale, avachi. Et la tronche ridée par la gnôle.

– La vérité vraie, que j'ai vingt ans.

– Bah, dix-huit, au mieux… Ce qu'il y a, c'est que tu es costaud comme pas possible, un tas de muscles… Et très sérieux. Pourquoi que tu es si sérieux ?

J'ai recommencé à piquer un fard. Les joues qui brûlaient. Ça ne m'était encore jamais arrivé.

– Comment que tu t'appelles ?

– Pedro Juan.

– Qu'est-ce que c'est long ! Je peux te dire « Pedro » ?

– Oui.

– Pedrito ?

– Oui.

– Moi, c'est Dinorah.

– Et tu fais quoi, Dinorah ?

– Rien.

– Je veux dire, qu'est-ce que tu fais dans la vie ?

– Rien. Pourquoi tu demandes tout ça ?

Elle l'a dit en souriant et je lui ai souri, moi aussi. Question parlote, j'étais à court, mais j'ai commencé à avoir la trique. C'était en permanence comme ça : je vivais d'érection en érection. Peut-être parce que j'avais beaucoup d'imagination ? Comme une maladie. Incontrôlable. À la mater encore et encore, elle me plaisait bien, la vioque. Ses yeux parlaient. Elle riait avec ses prunelles.

– Viens t'asseoir avec moi, pitchoune. Je mords pas.

J'ai obéi, en posant mon livre sur ma braguette, parce que je ne voulais pas qu'elle voie la bestiole dressée en l'air comme une flèche. Mais elle m'a attaqué par un direct au menton :

– Ça se voit que tu as grand besoin, mon beau.

Elle a jeté un coup d'œil à la ronde. Personne. Elle a tendu les doigts, m'a attrapé la queue et l'a serrée. Elle a encore durci. J'avais le cœur au bord des lèvres. Elle avait des mains expertes. J'ai tourné ma jambe droite vers l'extérieur. Elle était à ma gauche. Elle a ouvert la fermeture éclair, sorti ma pine, l'a contemplée un instant et m'a dit :

17

– Aïe, pitchoune, quelle belle bite tu as ! Des comme ça, on en voit pas tous les jours.

Elle m'a branlé fantastiquement. En une minute, j'ai lâché une giclée qui est partie à deux mètres. La queue est restée tendue, sans perdre un millimètre. Elle m'a regardé dans les yeux.

– Ça se voit que tu es bien nourri, toi. Qu'est-ce que tu manges ? Du cheval ?

Je lui ai rendu son regard. On avait les yeux chinois tous les deux.

– Et maintenant, qu'est-ce que tu fais, papito ?

– Rien.

– Range-la donc et allons chez moi, que je te montre une'tite chose.

– Quelle chose ?

– Ah, c'est une surprise !

Je me suis coincé la pine entre les cuisses, histoire qu'elle se calme, mais elle a continué à durcir. Encore et encore. Jusqu'à faire mal. En marchant avec Dinorah, j'ai caché cette érection de malheur sous mon livre. Elle habitait tout près. Une chambre dans un immeuble de la calle Velarde. On est entrés, elle a refermé la porte avec deux verrous, elle a allumé l'ampoule suspendue au plafond, s'est assise sur le lit et m'a dit :

– Déshabille-toi, titi. Je veux te voir tout entier pour te donner le biberon.

J'ai péniblement avalé ma salive. Mon cœur continuait à battre trop vite. Je me suis mis à poil au milieu de la pièce. C'était une impression étrange, ambiguë : je me sentais à la fois timide, nerveux, avec du sang de poulet dans les veines, et en même temps j'étais un mélange de Superman et de Tarzan… Elle m'a bien maté, des pieds à la tête, puis elle s'est mise à genoux devant moi et a commencé à me sucer tout en se regardant dans un grand miroir fixé au mur. J'avais la tête qui tournait. Soudain, elle a éteint la lumière et tout est devenu noir, parce que la chambre n'avait pas de fenêtre. Elle m'a entraîné au lit en tâtonnant. Elle s'est placée sur moi et elle se l'est enfilée petit à petit, jusqu'à ce que je la pénètre complètement. Je ne sais pas à quel moment elle s'était déshabillée, elle aussi.

Je planais. C'était ma première fois. Mon père n'arrêtait pas de me le reprocher : « Jusqu'à quand tu vas rester innocent, exactement ? Quoi, les femmes ne te plaisent pas ? Avec toutes les putes qu'il y a dans le quartier ! Tu vas te tuer, à force de pignoles ! Ceux qui se branlent trop, ils n'arrivent plus à assurer quand ils se retrouvent avec une femme. »

Dinorah exerçait un contrôle fabuleux sur les muscles de son vagin. On aurait cru une main. Ou une tenaille. Elle me serrait la pine avec, la massait, l'étirait, l'aspirait dans le jus qu'elle produisait en surabondance, cette crème naturelle… C'était une main, une tenaille et une bouche. Trois en un, l'appareil ! Elle aurait pu le faire breveter. Il y a très peu de femmes qui sont capables de faire ça. Une pompe à succion entre les cannes.

Ça a été comme ça pendant des heures. J'éjaculais et je continuais. Trois fois, déjà, mais la bite toujours plus raide qu'un bâton. Vidée de sa purée, elle n'était plus qu'un muscle. Et elle, elle était au bord de l'évanouissement après tous ces orgasmes, mais elle continuait aussi. Elle en voulait encore, elle en redemandait. Goulue, gourmande. Sous le lit, elle avait une bouteille d'eau-de-vie. Elle en buvait de temps à autre et me repassait une gorgée de sa bouche qui puait pas mal, certes, mais l'alcool neutralisait son odeur de foie pourri.

Je ne sais pas au bout de combien d'heures elle s'est décidée à arrêter. Elle s'est levée, a rallumé l'ampoule. Elle n'aurait pas dû.

– Aïe, pitchoune, tu m'as mis la moule en feu, con ! Ça te plaît tant ?

– Oui.

Mais je la voyais nue, maintenant. Le ventre flasque, les cuisses couvertes de varices, les nénés énormes et pendants, la peau sale et usée, les dents jaunes et cariées. Elle m'a fixé dans les yeux, les mains sur les hanches, et elle a éclaté d'un rire de sans-gêne :

– Vrai que ça t'a plu ? Vrai ? Regarde-moi bien !

Elle a tourné sur les talons, toute contente, pirouettant et s'exposant comme si elle était une nymphette qui répondait à tous les canons esthétiques de la Grèce antique. Je n'ai pas détourné le regard. La rage qu'elle me provoquait était dirigée contre moi-même. Rage, ou dégoût. Je ne sais pas. J'ai sifflé entre mes dents :

– Ce que tu es, toi, c'est une vieille pute !

– Ha ! Tu t'es mangé tout le gâteau de coco et tu es

écœuré, maintenant ! Ahahahah ! Continue à bouffer, con, que c'est gratis !

Je me suis levé d'un bond et j'ai commencé à me rhabiller. J'étais furieux. Elle m'avait roulé dans la farine. C'est pour ça qu'elle avait éteint : pour que je ne la voie pas, parce qu'elle savait qu'elle n'était qu'un vieux torchon couvert de merde séchée. Elle s'est approchée de moi, très aguicheuse, mais je n'éprouvais plus que de la répugnance. Envers moi, j'imagine. Quoi, ma première baise, et il fallait que ça arrive avec ce dégueulis de clébard ! « Tu es un crétin, Pedrito, et cette salope a bien fait de se moquer de toi », voilà ce que je me disais.

– Mais qu'est-ce qui te prend, papito ? Pourquoi tu t'en vas vite comme ça ?

– Laisse-moi tranquille.

– Ça te plaît plus, alors ?

Elle a voulu me caresser le dos. Je me suis retourné, je l'ai saisie par la nuque avec la main gauche et, de la droite, je lui ai asséné quelques baffes à travers la trogne. J'y suis allé de bon cœur.

– Porcasse ! Sans vergogne ! Pute ! Grognasse !

– Aïe, mon'ti maque, me fais pas ça, que je jouis encore ! Aïe, mais tu vas me tuer ! Vois tout le jus qui me dégouline sur les jambes, vois, con ! Ah, c'est que tu t'y connais en femmes, mon'ti maquereau ! Mais qui c'est qui t'a appris tout ça ?

Elle a écarté les cuisses et s'est ouvert la chatte avec les doigts pour me montrer la crème épaisse qui en sor-

21

tait. J'en ai été encore plus enragé, parce que j'ai senti que je recommençais à bander.

– Vois dans quel état qu'elle se met, cette belle bite ! Vois, papito ! Ah oui, « Pine d'or », c'est toi ! Qu'est-ce qu'elle est grosse, Dieu miséricordieux !

Je lui ai flanqué d'autres mandales. Mais plus je la frappais, plus elle était en rut et plus je l'avais dure. Elle gémissait, se tortillait, folle perdue. Retirant mon ceinturon, je l'ai poussée tête en bas sur le lit et je lui ai fouetté le derche plusieurs fois. Elle hurlait comme une chienne, suppliante :

– Ah, mets-la-moi dans le cul, tout de suite là ! Aïe, grande brute que tu es, aïe, méchant garçon, aïe, fils de pute, fous-la-moi dans le cul ! Tu es un zinzin de la baise, « Pine d'or » ! Ah, que tu me maltraites, ah, que c'est bon ! Frappe encore, frappe comme un homme ! Que ça fasse mal !

Je l'ai baisée par-derrière, par-devant, dans la bouche. Elle me rendait fou, cette carne. Elle m'excitait et me dégoûtait à la fois. Avec elle, je me sentais bien et mal. Je voulais lécher ses pieds sales. J'aimais jusqu'à son haleine qui empestait le tabac, le rhum, le vieil oignon et l'ail, la molaire pourrie. Je voulais la voir saigner. J'aimais l'odeur de moisi, de merde et de vomi de sa chambre, mais en même temps je désirais m'éloigner de toute cette dégueulasserie et ne jamais revenir. Luxure et désespoir.

On a continué à s'échanger des gorgées de gnôle et des coups de reins. Des heures et des heures. En nage, hallucinés, ivres, dingues. Le diable au corps. Elle avait un peu d'herbe quelque part, et on s'est pris ça dans les poumons, jusqu'aux tripes. Tout et n'importe quoi avec Dinorah. Le monde vacillait autour de moi.

Quand je suis ressorti de là, il faisait nuit. Je n'avais pas de montre mais il devait être très tard, presque l'aube. Les rues étaient désertes. Je suis rentré chez moi épuisé, suant, pété, puant. Quasiment inconscient. Je me suis jeté sur mon lit et je suis tombé dans le sommeil comme une pierre.

2

L A GUENON est restée dépressive : elle ne s'alimentait plus, ne buvait plus, ne bougeait plus de son coin. Le manuel sur comment devenir un bon tchatcheur s'est perdu. J'imagine que je l'ai laissé chez Dinorah cette nuit-là et qu'elle l'a troqué contre une bouteille d'eau-de-vie. Elle aimait moins le rhum. « C'est trop doux, c'est pour les'ti enfants », prétendait-elle. Non, elle c'était la gnôle pure, le tabac brun et un grand pot de café noir par jour. Dès que l'un de ces trois éléments venait à manquer, elle devenait hystéro.

Ils ont mené la guenon à un singe du zoo de La Havane. Elle n'a même pas daigné le regarder. Elle voulait son mari du début. C'était une macaque fidèle. Elle a continué à se suspendre en haut de la cage. Je n'ai pas su ce qui lui était arrivé, finalement, parce que j'ai arrêté d'aller là-bas. J'imagine qu'elle s'est raisonnée, qu'elle s'est accouplée avec un nouveau singe et qu'elle a oublié le défunt.

J'ai commencé à travailler les exercices d'hypnose, mais c'était une fumisterie pour les crédules, parce que je n'ai jamais réussi à hypnotiser qui que ce soit.

Le pire de tout, c'est que je suis devenu accro à Dinorah. Je n'avais pas le choix : ou bien je me tuais à petit feu avec les branlettes, ou bien je m'enfilais la vieille pute. Elle traînait tout le temps dans les rues, à chasser les clients. Elle faisait tourner son trousseau de clés sur son index droit, se baladait avec les cheveux dénoués sur les épaules, bien serrée dans sa robe bustier, en balançant le cul. Souriante et disponible.

Mais ils ne se bousculaient pas, les clients, d'abord parce que même un clebs n'aurait pas voulu d'elle, et ensuite parce que le quartier était somnolent, paralysé. Beaucoup d'hommes avaient rejoint les milices et passaient l'année aux champs, à couper la canne à sucre. Deux michetons par jour, au plus : un Noir, un vieux… Dix pesos. En plus, on ne trouvait presque plus de préservatifs, et quand on mettait la main dessus, il fallait les payer à prix d'or. Nos dirigeants voulaient des enfants. Doubler la population du pays en quelques années. Je n'ai jamais compris pourquoi on aimerait voir encore plus de monde dans cette vallée de larmes. J'ai toujours été très ingénu, moi, et plein d'aspects de la politique m'échappaient complètement. En tout cas, les gens baisaient gratis toujours plus et les putes avaient de plus en plus de mal à ne pas crever de faim. L'Église catholique et sa morale perdaient du terrain. Les curés s'en allaient à l'étranger, les temples fermaient. Plus rien n'était répréhensible. Plus personne ne savait ce qu'était cette connerie des sept péchés capitaux.

Près de l'immeuble de Dinorah, il y avait une salle de

billard clandestine. Un local de grande taille mais toujours fermé, sombre, asphyxiant. Un bar avec du rhum, de l'eau-de-vie, de la bière et des croquettes, une table de billard et quelques autres avec des chaises, pour jouer aux dés. C'était le refuge des dernières putes et des derniers macs à être restés dans le coin. Les tenanciers étaient un type gros et lent qui avait au moins vingt chaînes en or sur le poitrail et une ancienne mère maquerelle elle aussi grosse et lente. Siphylitique chronique, les bras et les jambes couverts de taches rondes violacées. J'aimais bien bavarder avec elle, parce que c'était une excentrique mollassonne. Elle s'habillait en gitane, et quand elle se déplaçait, toutes ces breloques qu'elle portait sur elle tintaient assez harmonieusement. Elle s'occupait toujours de moi personnellement, avec une sollicitude libidineuse. Chaque fois qu'elle en avait l'occasion, elle m'attrapait par les roustons et les serrait entre ses doigts tout en me regardant droit dans les yeux. Je la laissais faire, puisque ça me permettait de boire sans payer. Je gagnais au change. Lorsque je parlais avec elle, j'avais l'impression de m'adresser à un fantôme, comme si cette grosse et molle hétaïre flottait devant moi et risquait de s'évanouir dans les airs à tout moment. Bizarre, la sensation.

Vers les cinq heures du soir, plus ou moins, je passais chez Dinorah. Elle se jetait à mon cou, me couvrait de baisers et m'annonçait :

– J'ai dix'ti pesos pour tout ce que tu voudras, papito. Allez, on sort se promener !

– Sur la tête de ta mère, Dinorah, tu vas pas te laver les dents ? Quelle porcasse tu fais ! Tous les jours, il faut que je te le dise. T'as une charogne dans la bouche, bouducon !

Elle se brossait rapidement les chicots, puis :

– Allons au billard. J'ai toute la nuit pour toi, mon zinzin.

C'est devenu une routine de passer nos soirées au clande. Je jouais une partie, que je perdais parce que les autres étaient des champions qui avaient consacré toute leur vie au billard, aux dés, au jeu de la bolita, aux bars et aux putes. Je les enviais. Dans ma caisse de vieux livres, j'en ai déniché un qui s'appelait *Tous les secrets du billard*. Je le potassais et j'essayais de m'entraîner, surtout aux carambolages et aux tirs sur les bandes, qui sont tout le secret du jeu. Je rêvais de devenir un champion, moi aussi. Quand je l'ai confié à la grosse matrone, ses yeux se sont mis à briller et elle m'a chuchoté :

– Reviens après la fermeture. On boucle vers une heure. S'il reste des clients, pas de problème, je les mets dehors et tu peux travailler ton style jusqu'au matin.

– Ah, très bien. Je te préviendrai, alors.

– Non, reviens cette nuit. Que Dinorah se rende compte de rien, surtout, parce qu'elle est très jalouse. La pauvre, elle s'est mise dans une galère avec toi... Elle croit que t'as que quinze ans.

– Aaah, oui...

– Je vais t'attendre cette nuit. Toute seule.

– Okay.

– Alors tu viens, d'accord ?

– Oui, bon, okaaaayyy…

Elle devenait collante, la grosse. Elle n'avait pas vu une bite depuis des années, même en photo. Ça allait me coûter cher, l'entraînement au billard… J'ai fait l'innocent et je ne suis jamais revenu à la fermeture. La vieille excentrique ne m'a plus adressé la parole, ni offert de verres, ni tripoté les couilles.

Dinorah, elle, se prenait pour mon épouse légitime. Avec moi, elle laissait la robe épaules nues au placard et s'habillait avec décence. Elle s'est mise à me faire des petits cadeaux : un déodorant, des chaussettes, deux rasoirs de fabrication russe, un caleçon… Je n'ai jamais su d'où elle sortait tout ça. Il n'y avait rien dans les magasins, à l'époque. Une brosse à dents, un stylo à bille, un flacon d'after-shave étaient de véritables trésors.

J'étouffais de plus en plus dans cette salle de billard claustrophobique. En plus, je devais payer tout ce que je picolais maintenant. Une nuit de grosse chaleur, j'ai proposé à Dinorah d'aller faire un tour au parc. On avait quelques verres dans le nez et je ne me sentais pas d'aller la baiser dans sa chambre, tout aussi étouffante.

– Allons au parc, Dinorah.

– Le parc Watkin ? C'est fermé à cette heure-là.

– Non. Le parc Central. Allez, viens.

– Ooooh oui !

Elle m'a pris le bras. Ça me faisait peine de déambuler avec cette vieille pute qui se donnait des airs de grande dame.

— Lâche-moi la grappe, Dinorah. Fais pas ton épouse.

— Je le suis pas, non, mais je suis ta fiancée et ta femme.

Et elle s'est cramponnée. Comme j'étais pas mal pompette, ça m'était égal. Mais c'était la mauvaise heure : tous mes potes étaient déjà là. Il n'y avait rien d'autre à faire à Matanzas : la plage, le parc ou rester chez soi.

Je me suis laissé tomber sur un banc. Aussitôt, la pute a été sur moi, à m'embrasser, à s'exhiber.

— Dégage un peu, Dinorah, et te donne pas tant en spectacle.

Mon cul, oui. Elle était telle la sangsue. Résultat, tous les potes m'ont vu avec cette vieille bique. Ça a été mortel : les gens ont oublié mon vrai nom ; encore aujourd'hui, ils continuent à m'appeler « Suce-Mémé », « le Charognard » ou « le Chacal ».

Les mois ont passé. Je suis resté en pleine inertie. Je ne vendais pas de glaces, puisqu'il n'y en avait pas. Et ça m'était égal, parce qu'à seize ans j'approchais à grands pas du service militaire obligatoire. Personne n'y échappait. Trois années sous les drapeaux. Dinorah ne trouvait plus de clients. On n'avait même pas de quoi se payer à boire. Une nuit, à la salle de billard, une idée de folie m'est venue. Réunissant tout mon courage, je suis allé trouver la patronne.

— Donne-moi une demi-bouteille de gnôle à crédit.

— Je fais pas confiance. On emporte ses dettes dans la tombe et ceux qui restent sont chocolat.

— T'aurais moyen de trouver une capote ?

— Pour quoi faire ?

– Pour te donner un coup de rouleau entre les deux oreilles, cette nuit.

– Quelle fine bouche, ce petit ! Tu sais très bien qu'il y a des capotes nulle part. Quoi, je te répugne ? Je suis saine comme l'œil. Ces taches que tu vois, ce sont des piqûres de moustique qui se sont infectées.

– Ouais, ouais.

– Dinorah est beaucoup plus crade que moi et tu la montes à cru.

Je l'ai regardée sans répondre, j'ai tourné les talons et je suis revenu à Dinorah. Elle était près du victrola, en train de causer avec un type qui lui donnait quelques piécettes pour qu'elle choisisse des boléros et des rancheras. C'était ça, sa musique. Je me suis arrêté à distance : qui sait, elle allait peut-être scorer et l'emmener dans sa piaule ? Tu parles. Après lui avoir refilé une misère, le mec s'est trissé. Je me suis approché. Elle m'a demandé quelle chanson je voulais entendre.

– Aucune. Tout ça, c'est de la merde, Dinorah.

Elle a sélectionné deux boléros de Ñico Membiela. À ce moment précis, les portes se sont ouvertes à la volée et une escouade de flics a fait son entrée. Vingt, trente, quarante policiers, avec flingues et torches électriques. Le local n'avait pas d'autre issue. Les chiottes au fond de la salle étaient sans fenêtre. On était faits comme des rats. Le chef des flics a crié :

– Du calme, tout le monde ! Que personne ne bouge ! Et on se tait !

Trois d'entre eux avaient déjà fondu sur le gros et la

grosse, qu'ils ont menottés et entraînés dehors. Un silence pesant s'est installé. En plus du jeu clandestin, il se trafiquait de la marijuana ici, et encore d'autres trucs. Mais la police ne voulait pas se compliquer la vie. Le chef a repris la parole d'une voix forte et qui se voulait persuasive :

– Camarades ! Ceci ne peut pas continuer, parce que vous allez nous obliger à prendre des mesures plus sévères. Toute cette saleté, on va la balayer ! Le billard et les jeux de hasard sont interdits, alors il faut que vous nous aidiez. La bataille contre le vice, la corruption et les fléaux hérités du passé, nous allons la gagner, camarades ! Dans ce pays, celui qui ne travaille pas ne mange pas. Vous allez nous aider à charger tout ça dans les camions, et ensuite nous placerons cette salle sous scellés.

Deux ou trois cametards attendaient dehors. Un vieux poivrot a lancé au policier en chef :

– Emportez le bric-à-brac, mais laissez le rhum, camarade ! Ce n'est pas correct !

– Bien sûr que c'est correct, camarade ! Je vous ai expliqué gentiment, mais vous n'avez pas l'air de vouloir me comprendre, vous autres. Tout est confisqué ! Tout part à la Direction des biens nationaux usurpés !

– Le rhum, il est innocent, mon garçon ! Le rhum est innocent, ne l'emmène pas en prison !

Éclat de rire général. Même les flics se sont marrés. Sauf le chef, un aigri qui tirait la tronche.

Dinorah et moi, nous avons pris chacun une chaise comme si nous nous disposions à les charger dans un camion, mais en réalité nous sommes partis avec et nous les avons portées à sa chambre. On a répété l'opération, une table, deux autres chaises, et puis on s'est esquivés.

Le quartier est devenu encore plus lugubre. Plus moyen de trouver à boire, même une bière. Et la bouffe était rare. Même les cigarettes étaient difficiles à débusquer. Dinorah s'est fait embaucher comme caissière dans un cinéma. De quatre heures à minuit, tous les jours. Elle a tenu une semaine, puis elle n'a plus supporté les horaires, la discipline. Et ils la payaient des nèfles, en plus. Mais on ne pouvait pas passer toutes nos journées à niquer. Ça devenait lassant. Elle essayait de m'amuser, pourtant :

– Ce soir, ici même, la Chatte sauvage contre la Pine d'or ! Entrez, entrez ! Le combat du siècle entre la foune qui suce et la bite qui plie jamais ! On prend les paris maintenant !

J'avais perdu ma timidité. Elle était restée en route derrière moi quelque part, je ne me souviens plus où. Mais qu'est-ce que je pouvais inventer ? Je ne savais pas quoi faire. Le moindre petit commerce en douce était un délit passible de prison. J'ai fait la connaissance d'un Chinois qui aimait le crabe. J'en pêchais près des quais, derrière chez moi. Le Club des Amis de la mer avait été fermé, lui aussi : tous ses membres s'étaient enfuis à Miami sur des voiliers ou des vedettes. Ce qui avait été une agréable marina restait désormais sans vie, à l'abandon, et c'est là, tout au bout de la jetée, que j'attrapais mes crabes chaque matin. Le Chinois me les payait un nickel l'unité, de sorte que j'arrivais péniblement à gagner un peso par jour. Rien d'autre.

Dinorah s'était mise à changer peu à peu. Elle était devenue sérieuse, ou triste, ou mélancolique, ou blasée, je ne sais pas trop. Elle prenait une douche tous les jours et se lavait le cul à l'eau, alors qu'au début elle puait toujours la merde séchée. Elle a modifié son look, aussi : du rouge écarlate, ses ongles et ses lèvres sont passés à un rose argenté. Elle ne m'en parlait pas, mais elle avait peur. Les formules à la mode en ce temps-là étaient « fléau social », « vestiges d'un passé corrompu ». Une assistante sociale lui rendait visite deux ou trois fois par semaine. Un soir, elle est arrivée pendant que j'étais là. Elle a commencé :

– Tu es le compagnon de Dinorah, mon petit camarade ?

– Mooooi ? Euh, non...

– Tu es bien Pedro Juan ?

– Oui.

– Nous autres, nous avons pour information que tu es le compagnon de la camarade ici présente.

– Bon. Comme vous voudrez.

– Laisse-moi t'expliquer pourquoi il est important de donner une chance à cette camarade, et en quoi tu peux l'aider. Nous autres, nous sommes en mesure de l'aider à trouver un travail. On lui en avait proposé un excellent, dans un cinéma, mais elle l'a abandonné tout de suite. Sans même prévenir le camarade administrateur de la salle. Camarades ! Dans ce processus, il faut élever le niveau de conscience et tourner le dos aux fléaux du passé !

— Aaaah, oui, je sais pas… Et vous êtes qui, vous ?

— Je suis employée par la Direction du fléau social dans cette zone. Toi, tu es un petit camarade tout jeune encore et tu peux énormément aider Dinorah ici présente. J'aurais voulu qu'elle s'inscrive à des cours du soir. Dans une École élémentaire d'Instruction révolutionnaire.

— Mais je crois que Dinorah ne…

— Ne sait pas lire ?

— Demandez-lui à elle. Parle, Dinorah ! Au lieu de rester là comme une momie.

— Eh bien… Si, je lis un peu. Des fois. C'est que… je n'ai plus une très bonne vue, vous comprenez, et…

— Bon. Le fait est que nous pouvons nous occuper de te trouver un emploi, Dinorah, même si tu ne suis pas les cours de l'EEIR.

— De quoi ?

— L'EEIR. Cette école que je te disais, l'instruction révolutionnaire, tout ça, ça te ferait du bien… Et c'est pratique, le soir…

Bref, ils la tenaient à l'œil. Cette nana était de la police et venait papoter de la sorte deux fois par semaine. Dinorah jouait l'imbécile pour gagner du temps.

C'est à cette période que s'est produit l'exode de Boca de Camarioca, un tout petit port proche de Matanzas où ils ont laissé entrer les bateaux de plaisance des Cubains de Miami qui venaient chercher leurs proches.

L'un des frères de Dinorah est arrivé ainsi pour l'emmener aux États-Unis. L'autre sœur vivait dans la campagne avec son mari, ses quatre fils et une ribambelle de petits-enfants. Elle ne voulait pas partir, elle. Elle ne comprenait même pas de quoi on lui parlait.

Un matin, très tôt, Dinorah a frappé à la porte de chez moi. Ma mère lui a ouvert.

– Bonjour, señora. Est-ce que Pedrito est là ?

– Attendez ici.

Après lui avoir claqué la porte au nez, ma mère est venue me trouver dans la cour, où j'étais en train de préparer mes pièges à crabes.

– Dis donc, fainéant, il y a dehors une de ces putasses dégoûtantes avec qui tu traînes. Elle te demande.

– Qui, Dinorah ?

– Je ne connais pas son nom et je ne veux pas le connaître. Tu me feras le plaisir de ne pas les amener ici, en tout cas. Ici, c'est une maison respectable, Pedro Juan. Comment dois-je te le dire ? Tu ne peux pas te chercher une fiancée de ton âge, comme tout le monde ? Une jeune fille bien ? Tu n'as pas de cœur ?

– Oh, la vieille, oh ! Tu vas me rendre cinglé avec tes tirades ! Laisse-moi vivre, con !

– Trouve-toi un travail et une femme convenable, pour commencer ! Ton père a raison : tu finiras en prison, si tu continues avec les soûleries et les femmes qui font le trottoir. C'est de la racaille, mon fils ! De la ra-caille ! Tu ne t'en rends pas compte ?

– Oui, oui, suffit !

Dès que j'ai rouvert la porte, Dinorah s'est jetée à mon cou en pleurant, désespérée.

– Partons, papito ! Viens avec moi tout de suite ! Je peux pas te laisser, j'en mourrai !

Le soir précédent, elle m'avait annoncé que son frère venait la chercher à bord d'un yacht de luxe. Je ne l'avais pas crue. Encore des fariboles pour m'impressionner. Je lui avais demandé :

– Qu'est-ce qu'il fait exactement dans la vie, ton frère ?

– À Miami, je sais pas. Il a toujours aimé le bizness. Ici, il avait deux camions et un garage de réparation. Il a dit qu'il avait de quoi louer un yacht et qu'il arrivait.

On avait continué à baiser et à boire, si bien que ça m'était sorti de la tête. Et là, des heures après, elle m'a paru au bord de l'hystérie, les yeux noyés de larmes.

– Me dis pas non, sur la tête de ta mère ! Si tu viens pas avec moi, je me brûle vivante !

– Vas-y, crame-toi. C'est toi qui vas foutre en l'air ta vie.

– Aïe, papito, là-bas je t'entretiens ! Je travaille pour toi nuit et jour. Tu vas être comme un roi !

– T'es malade ou quoi ? Je pars pas.

– Pourquoi pas ? Qu'est-ce que tu fais de si bien ici ? Vendre des crabes à un Chinetoque ?

– Non et non. Je reste.

– Mais c'est la merde, ici ! Pedrito ! Y aura de plus en plus de misère, toujours plus pire ! Je peux pas te laisser ! Tu finiras en taule, si je te laisse ! Ah, je te connais, je le vois venir !

– Lâche-moi ! Y en a marre, avec ça ! Tout le monde me dit la même chose. En plus, je peux pas abandonner mes parents ici.

– Qu'ils viennent aussi ! Qu'ils viennent avec nous ! Et n'importe qui d'autre que tu veux… Ils laissent partir tous ceux qui sont prêts. Allez, arrête de te prendre la tête, papito ! Ils vont refermer Camarioca d'ici peu, tu verras, et ce sera une cage, ce pays ! Personne en sortira !

– Vas-y, toi. Moi je reste.

– Là-bas je vais t'entretenir, Pedrito… Pour que tu puisses étudier à l'université et tout. Je sais que tu aimes les livres et ces conneries. Dès qu'on arrive, je t'achète la chaîne en or, une grande, une grosse, vingt-quatre carats ! Tu vas être comme un roi…

– Je veux pas être comme un roi ! Lâche-moi, j'ai dit !

Elle s'est arrêtée de pleurnicher, s'est mouchée, a pris sa respiration. Elle s'est redressée, très digne.

– Très bien, 'ti gars. Au diable tout ça. Jamais personne meurt d'amour, hein ? Reste et va te chier, mais après, viens pas me demander rien du tout, même pas un clou ! Moi, quand je reviendrai à Cuba, si jamais je reviens – et ça m'étonnerait –, je serai plus Dinorah, la pute de La Marina… Non ! J'arriverai comme une reine ! Rajeunie ! Vingt ans de moins ! Et je vais même pas te regarder, vu que tous ceux qui me crachent dessus maintenant, ils seront à mes pieds. Et toi, tu seras un vieux soûlard, tuberculeux et crève-la-faim. Tu seras une merde, Pedro Juan !

37

– Oh, me jette pas le mauvais œil, d'accord ? À Dieu ne plaise !

– Je répète, comme ça tu vas pas oublier : tu seras un vieux soûlard qui crève la dalle. Toi et tous les autres ensemble ! Tous ensemble ! Parce que merde plus merde égale merde. Adieu, Pedro Juan.

Elle m'a tourné le dos et s'est éloignée sans me lancer un seul regard. Une voiture du service de l'émigration l'attendait. J'ai refermé la porte, soulagé qu'elle soit partie. Je m'étais trop lié à cette pute vieille et moche. Enchaîné, j'avais été. Je me suis senti à nouveau libre. J'ai pris mes pièges et je suis allé sur la jetée. À la pêche aux crabes.

3

JE NE L'AI PAS SAISI sur le moment, mais Dinorah a occupé dans ma vie la même place que Jésus-Christ dans celle du monde occidental. Il y a eu « avant Dinorah » (av. D.H.) et « après Dinorah » (ap. D.H.).

Ça a été comme un séisme. Plein de choses ont changé de place. Des murs se sont effondrés. L'horizon s'est étendu jusqu'à se perdre hors de vue.

Quand elle est partie, je suis resté sous le choc pendant un moment. J'ai essayé de faire quelque chose de ma peau. Pêcher des crabes matin, midi et soir, par exemple. Mais non : le Chinois n'en voulait qu'une vingtaine par jour. Ils ont fermé les arènes de combats de coqs, interdit leur élevage, et mon père a dû démonter les cages qu'il avait dans notre cour. Il avait de très bons coqs de combat, qui ne s'enfuyaient presque jamais. Ils ont tous fini à la casserole. Mon père n'a pas voulu y goûter. « C'est comme si quelqu'un mangeait son cheval ou son chien », il a dit. Ma mère, plus réaliste, lui a répondu : « Ah, toute ta vie tu resteras un idiot de paysan. Tu vis en ville, mais tu es toujours un bouseux. »

Nous, on s'est boulotté nos coqs et nos poules, mais les chats du quartier disparaissaient, eux aussi. Personne n'en était trop fier, quoique : ils les bouffaient en cachette. Apparemment, ce n'est pas très noble, de bouffer du matou. Moi, de toute façon, je n'aime pas. C'est une viande insipide et coriace. Et puis, quelques jours avant le 24 juin, la saison du pagre de San Juan a commencé. La quête de la nourriture quotidienne et d'un peu d'argent s'est convertie en notre obsession permanente.

Une nuit, nous sommes allés pêcher, mon père et moi. C'est l'époque où le pagre rouge se rapproche des côtes et mord très facilement à l'appât, quand on sait s'y prendre. Papa était en dépression chronique depuis qu'ils lui avaient confisqué son affaire. Il avait été distributeur en gros de la meilleure marque de glaces du pays pour toute la province de Matanzas. Quand ils ont nationalisé la fabrique de La Havane, ils s'en sont aussi pris aux distributeurs provinciaux. Au passage, ils lui ont également raflé ses deux comptes en banque, sous prétexte qu'il les avait ouverts dans des banques nord-américaines. En l'espace d'une journée, il a tout perdu. Ils l'ont laissé administrateur pour Matanzas, mais il n'y avait plus de glaces à vendre. « On a un problème avec la matière première, camarade », lui ont-ils expliqué. Lui, qui avait été d'un dynamisme contagieux, a basculé dans la déprime permanente. Il passait son temps à jouer aux dominos, à garder un silence absolu, à s'enfoncer dans une oisiveté lugubre. Tout lui était égal, désormais. Il était très difficile de le sortir de ce monde grisâtre dans lequel il s'était enfermé. Et son salaire était tellement ridicule qu'il disparaissait en moins d'une semaine. Ma mère s'est mise à tout revendre au marché noir : vaisselle en porcelaine, vêtements, rasoirs... Elle fabriquait des colliers, des bonbons à la noix de coco. Tout ce qu'elle pouvait. Finalement, mon père s'est un peu secoué : trois fois par semaine, il se levait à l'aube, empruntait la camionnette d'un ami pour quelques pièces et allait acheter du lait dans les fermes autour de la ville. Ma mère le revendait en ville.

Bref, j'ai réussi à lui faire quitter ses dominos et je l'ai emmené pêcher sur la jetée. Nous sommes restés silencieux pendant une heure, concentrés sur nos lignes. Nous n'avions rien à nous dire. J'ai pris un gros pagre, lui rien du tout. Ça ne lui plaisait pas. C'était un homme de la terre, pas de la mer. Il a perdu patience. Il a ramené son fil et il m'a dit :

– C'est trop ennuyeux. Je comprends pas pourquoi ça te botte autant.

– Les dominos, c'est encore plus emmerdant. Tu vas voir que j'en sors quatre ou cinq comme ça, minimum.

Il est resté près de moi, les mains dans les poches, immobile, silencieux. À la fin, il s'est lancé :

– Tu sais que... j'ai un problème ?

– S'il n'y en avait qu'un, ce serait bien.

– Les matins où je pars avec la camionnette...

– Oui, quoi ?

— Il y a une partie de la route qui est très dangereuse. À travers la montagne. Étroite, bordée d'un précipice…

— Mais tu la connais par cœur, cette route !

— C'est pas ça…

— Qu'est-ce qu'il y a, alors ?

— C'est que… Il y a une femme. Les cheveux noirs, longs. Elle monte dans le camion et elle m'accompagne un moment.

— À quelle heure ?

— Avant le lever du jour.

— Mais… je pige pas. C'est une paysanne du coin, ou quoi ?

— Elle apparaît sur le siège à côté de moi. Elle parle pas. Elle me regarde, avec un sourire… Elle me regarde prendre peur.

— Putain de Dieu !

— Il paraît qu'elle se montre comme ça aux chauffeurs de camion sur ce tronçon. Pour qu'ils paniquent et qu'ils finissent dans le ravin.

— Une vengeance ? Ha, ha, ha, quelle blague !

— Te moque pas ! C'est très sérieux. Ça rendrait fou n'importe qui. On dit qu'un camionneur l'a violée et tuée par là-bas, il y a des années.

— Et toi, qu'est-ce que tu fais, quand elle… apparaît ?

— Rien. Je chie dans mon froc, mais je la regarde surtout pas.

— Et tu essaies pas de la toucher ? de lui parler ? Si c'était moi, je lui sortirais comme ça : « Dis donc, laisse-moi en paix et va voir ailleurs ! Va chercher noise à celui qui t'a zigouillée. C'était pas moi. »

— Avec les apparitions, on cause pas, Pedro Juan ! Moi, je sens le froid de la mort qui vient d'elle, et l'odeur de cadavre à moitié pourri, mais je dois l'ignorer, elle ! En plus, elle existe pas.

— Alors, elle existe ou elle existe pas ?

— Elle existe et elle existe pas. C'est une réalité, mais elle peut pas être réelle.

— Tu la vois, oui ou non ?

— Je la vois, j'ai son odeur dans le nez. Je sens sa présence jusqu'à ce qu'elle disparaisse. Elle existe et elle existe pas.

Mon père a toujours été un athée convaincu. Il ne croyait ni en Dieu, ni au diable, ni en lui : l'athée parfait.

— Tu l'as raconté à maman ?

— Elle me croira pas ! Elle va dire : « Encore une de tes imbécillités ! »

— Lui dis rien, dans ce cas.

Peu après, il est parti et je suis resté à pêcher jusqu'à l'aube. C'est la seule fois de ma vie où j'ai parlé avec mon père plus de deux minutes.

Le pire plan que j'aie jamais eu, c'était les crabes – trois ou quatre heures sur le quai, en plein cagnard, pour me faire à peine un peso. Et comme si ce n'était pas assez, j'ai dû recommencer la branlette, maintenant que Dinorah n'était plus là. Mais ce n'était plus pareil. Quand on a pris l'habitude d'avoir un trou bien mouillé, s'astiquer tout seul, c'est humiliant. J'avais la bite tendue à l'azimut en permanence. J'ai décidé de faire du sport pour libérer toute cette énergie que j'avais en trop. Tous les soirs, j'allais au fleuve San Juan et je ramais pendant deux ou trois heures sur un kayak. L'entraînement était intense. Après, j'étais cassé mais j'arrivais à bien dormir la nuit, au moins.

L'embouchure était infestée de requins. Il leur arrivait de remonter très haut en aval, trois ou quatre kilomètres. Certains pêcheurs les chassaient à l'arbalète. On bouffait beaucoup de requins à la maison. Jusqu'au jour où je me suis envoyé quatre tranches énormes. Deux kilos, facile. J'ai dégueulé et j'ai eu la diarrhée pendant trois jours. Ça a été terminé pour moi, le requin. Je ne peux plus les voir, même en peinture.

Mais j'avais besoin de manger comme un ogre. Tout ce qui se trouvait. Parce que j'étais revenu à ma routine de quatre ou cinq branlettes quotidiennes. La fringale sexuelle ne me laissait pas un instant de paix. En plus des photos de B.B., j'avais maintenant quelque chose de plus palpable : la voisine d'à côté, qui me rendait chèvre parce qu'elle se baladait tout le temps en chemise de nuit en lin blanc presque transparente. Et rien en dessous. Elle avait deux gamins en bas âge et des gros seins bien dessinés. Elle levait les bras pour mettre les langes à sécher, révélant plein de poils noirs aux aisselles. Une vraie toison. Copieuse. Et pareil sur le bas-ventre. J'ai pris l'habitude de l'espionner quand elle sortait étendre le linge chaque matin. Je me cachais dans un coin et je l'avais là, sous les yeux, à cinq mètres à peine. Je me branlais comme un fou. J'ai toujours eu la sensation qu'elle le savait et qu'elle faisait exprès de s'attarder et de tourner dans la cour pour m'exciter encore plus. Je suis sûr que ça lui plaisait, de me provoquer. Elle avait conscience d'être super bonne. Et jamais de culotte, ni de soutif. Elle étendait un drap, un lange, elle allait et venait toute joyeuse, en fredonnant, en dansant un peu, en frétillant du popotin... Elle me rendait dingue, oui, mais la timidité était revenue. Je me disais : « Montre-lui ta tige, Pedrito, ça devrait lui plaire ! » Mais non : et si elle faisait un scandale ? Tout est resté à l'état de fantasmes et de branlettes. Un truc malsain, stupide. Elle m'attirait à un point... désespérant. Ses touffes noires sous les bras continuent à me hanter jusqu'à aujourd'hui. D'ailleurs, je ne supporte pas les femmes qui se rasent les aisselles, mais maintenant, avec cette mode de l'hygiène, cette esthétique de la propreté, elles le font toutes. C'est révoltant : elles lèvent les bras et il n'y a rien. Que du déodorant. Même chez les plus négligées, les plus vulgaires. Dans les années 70, c'était l'inverse : la grande majorité des nanas se laissaient pousser les poils aux aisselles et sur les jambes. Sans compter qu'on arrivait difficilement à trouver des rasoirs.

Pour en revenir à cette époque, les autorités ont voulu rouvrir la boutique des Polonais, qui était fermée et abandonnée depuis des années. Ils étaient partis un soir de 1961, les Polacks. Ils ont tenu jusqu'à ne plus pouvoir. Je les ai vus quand ils ont quitté la place, au crépuscule. La femme pleurait. Le père et Alberto, le Polonais junior, portaient des valises. Ils n'ont dit au revoir à personne. Ils sont allés à pied à la gare routière, et de là à l'aéroport de La Havane, et de là à Miami. Mais ça, on ne l'a su que plus tard.

Le jour suivant, le magasin est resté fermé. Ils avaient laissé des caisses dans la devanture, mais elles étaient vides. C'est comme ça que tous les Polonais sont partis, et tous les Gitans avec leurs cirques, et les Américains, et les Espagnols... Tous. Il n'est resté que quelques Espingouins très pauvres, qui se sont faits tout petits et ont fini par mourir de tristesse, de malnutrition et de rage refoulée contre leur destin pourri. Et aussi quelques vieilles Françaises qui étaient venues exercer la prostitution quand elles étaient des jeunettes et que les choses allaient mal en France. Elles étaient parvenues au sommet de la gloire et du succès dans leur métier. Célèbres, très bien payées. À Cuba, « Française » était devenu synonyme de « pute ». On en voyait encore quelques-unes dans notre quartier, toutes décrépites, quasiment obligées à mendier dans les rues.

Ils se sont mis à nettoyer la boutique des Polonais pour y installer un bureau de contrôle des cartes de rationnement alimentaire. Ils voulaient que tout le monde mange pareil. J'ai décidé de donner un coup de main, pensant que je tomberais peut-être sur quelque chose d'intéressant. Et en effet : sur une étagère en hauteur, j'ai trouvé un carton avec vingt-quatre boussoles à l'intérieur. Encore un truc qui était devenu un produit de luxe, très rare, parce que ceux qui quittaient le pays clandestinement, en bateau, avaient besoin d'une boussole. Je les ai cachées sur moi et je les ai volées, ou plutôt je les ai emportées, puisque rien n'appartenait plus à personne. Rien à personne, tout à chacun, non ? L'abolition de la propriété privée, quel pied ! La fiesta totale. Après, j'ai commencé à les vendre petit à petit. Même des gens de La Havane sont venus jusqu'ici pour m'acheter des boussoles à prix d'or. Mais très discrètement : posséder une boussole, parler anglais ou écouter les Beatles, ça faisait partie des choses « mal vues ». Déviationnisme idéologique. On ne pouvait pas non plus, avoir les cheveux longs ou porter un pantalon moulant, parce que c'était des trucs de pédé, et être pédé n'était pas idéologiquement correct. Non, il fallait être macho. Et le montrer.

Les Polonais avaient bien fait de se barrer, de toute façon. Je crois qu'ils ne se sont jamais sentis vraiment à l'aise dans un quartier aussi vulgaire. Alberto, le Polonais junior, était un garçon très bizarre qui passait sa vie dans les bouquins de chimie, de physique et de maths. Blanc comme un linge. Il ne prenait pas le soleil, n'allait pas nager ou traîner sur la plage, n'attrapait pas de crabes, ne jouait pas à la pelota. Rien, sinon étudier ou rester des heures devant le piano avec son professeur particulier. Que du Mozart, du Beethoven, ce genre de musique. Je pense que ce qui se passait en dehors de leur petit monde ne les intéressait pas. Leur appartement était surprenant aussi : des années après, c'était la réplique exacte d'un foyer petit-bourgeois de Varsovie. Il ne manquait que la neige.

Le bar Sloppy Joe, calle Magdalena, tout près de la maison, avait été aussi bouclé, mais j'allais m'asseoir sur le perron de temps en temps. C'était mon QG depuis tout petit, quand je venais m'installer là pour vendre des bandes dessinées d'occasion. Plus de BD ni de bar, désormais. Superman n'avait plus la cote. Mais bon, je m'asseyais sous la marquise pour fumer, regarder les femmes passer, ne rien faire : la vie contemplative qui m'a toujours plu, à moi.

Un soir, un métis m'aborde. Grand, maigre, souriant. Il me tend la main et il me dit :

– C'est toi, Pedro Juan ?

– Oui.

– Écoute, mon pote. Je m'appelle Gustavo. On m'a dit que tu vends des boussoles.

– Et tu es qui, toi ?

– Ah, je suis quelqu'un de confiance, très ! Demande à n'importe qui par ici. « Gustavo le marin », tu leur dis.

– Tu es marin ?

– Mécanicien, spécialiste en moteurs diesel de bateaux.

J'en ai sorti une de ma poche et je la lui ai montrée. Il l'a ouverte, l'a examinée.

– Pas mal. Semi-professionnelle. Swift & Anderson.

– Tu t'y connais ?

– Je t'ai bien dit que je suis marin.

– Alors, qu'est-ce que tu fais à terre ?

– J'ai pris des vacances. Je suis venu voir mon père en avion et paf, tout le cirque avec les Américains a commencé. Du coup, je suis resté coincé. J'ai pas eu le temps de retourner à New York.

– Ta compagnie est américaine ?

– Oui, mais ils m'ont jeté, depuis, et j'ai rien à faire ici. Bon, collègue, combien tu veux pour la boussole ?

– Deux cents pesos.

– Con ! C'est cher !

– Y en a plus, des boussoles. Ni cher, ni pas cher.

– Allons chez moi. J'habite pas loin.

On est partis à La Marina, on est entrés dans un immeuble et on a grimpé un escalier en bois pourri qui tenait encore debout par miracle. Et moi qui n'avais aucune arme… Qu'est-ce que j'allais faire, si c'était un guet-apens ? Je l'ai laissé marcher en avant et j'ai regardé partout. Pas d'autre issue. S'il sortait un schlasse, j'étais baisé. On est arrivés à sa piaule. Il a ouvert la porte et il est entré.

– Viens donc, collègue.

– Non, non, je t'attends ici.

– Hé, mon compain, y a pas d'embrouilles ! Je suis pas un embrouilleur, moi.

– Moi non plus.

– Bon, alors regarde ça et dis-moi si ça te plaît.

C'était une gabardine bleu foncé, bien épaisse, qui arrivait aux chevilles. Avec une capuche.

– Essaie-le. Il est neuf, cet imper. Je l'ai acheté à New York et je m'en suis jamais servi.

– Évidemment. Qui irait porter un truc pareil à Cuba ? Il est fait pour les Esquimaux, ton manteau !

– Il va te servir quand le froid viendra. Essaie !

Je l'ai enfilé et il m'a plu. Je n'allais pas le mettre une seule fois de toute ma vie mais j'ai décidé de le garder. Je lui ai tendu la boussole, qu'il a empochée en souriant.

– Viens, on va se faire une petite bière. Je t'invite.

– Où ça ? Y en a plus nulle part, de la bière.

– Je connais un endroit où il y a de tout.

Au rez-de-chaussée du même immeuble, tout au fond, vivait une grosse Noire, très vieille, qui avait un frigo immense dans sa cuisine. Bourré de bière, de fromage, de jambons et de chorizos espagnols, de bocaux d'olives… Elle nous a demandé quelle bière nous voulions.

– Tu as de laquelle ? l'a interrogée Gustavo.

– Je les ai toutes. Hatuey, Cristal, Polar, Tropical, Miller High Life, ha, ha, ha, ha !

– Tu es une vraie comique. Mets-nous deux Hatuey.

On s'est assis sur un banc en bois dans la cour. C'était tranquille, pas de bruit.

– Alors, qu'est-ce que tu fais dans la vie, Pedro Juan ?

– Rien. Le moment venu, je vais partir au service militaire.

– Tu veux pas te casser avec moi ?

– Dans une barque à moteur ? Non, c'est vachement dangereux, ça. Et m'en parle plus, d'accord ? S'ils te chopent pour tentative d'émigration illégale, c'est deux ans de violon. Minimum.

– Ils me choperont pas, moi. J'ai bien préparé mon

coup. Bon, si tu changes d'avis, préviens-moi. Oublie pas que le temps passe vite, collègue. On peut pas rester ici les bras croisés.

On a pris encore deux bières et on est repartis, chacun de son côté. On s'est revus souvent, après. Je continuais à traîner sur les marches du Sloppy Joe. Un soir, il m'a dit :

– T'as le permis de conduire ?

– Non, mais je conduis bien.

– Les camions ?

– Tout. Jusqu'à des semi-remorques à dix-huit roues. Et je touche un peu à la mécanique, aussi.

– Tu es le bougre qu'il me faut ! On me paie pour aller chercher un cametard à Cocodrilo et le ramener. Si tu m'aides, on fait moitié-moitié.

J'ai réagi sur-le-champ :

– D'accord, je suis partant. Quand est-ce qu'on y va ?

– Demain après-midi. Par le train de deux heures.

4

CE SOIR-LÀ, je suis allé à la plage pour nager et essayer de me soulever une meuf. Il fallait que je tire un coup, autrement je risquais la crise de nerfs. Mais rien, que dalle. Quand on est désespérement après quelque chose, ça ne se présente jamais. Il faut chercher comme si ce n'était pas un vrai problème, de trouver ou pas. Je me suis fait une pogne dans l'eau. Ça a du swing, comme ça. C'est plus lent, la queue paraît encore plus massive. C'est la branlette du cosmonaute : gravité zéro.

Le lendemain, le train de deux heures pour Cocodrilo s'est pointé à six. Il était parti avec du retard de La Havane et avait continué à en prendre sur sa route. On le surnommait « le Laitier », parce qu'il s'arrêtait toutes les cinq minutes. Bref, il se foutait des horaires et de la rapidité, ce train, et comme il n'y avait pas de concurrence, il se foutait également que ça te plaise ou pas.

Les wagons étaient gigantesques, sales, rouillés, avec des chiottes puantes à chaque bout, des sièges défoncés, une seule ampoule au milieu de la cabine. On y voyait à peine là-dedans. Pénombre étouffante. Et ni à manger, ni à boire, rien que des gens, des centaines de gus entassés dans huit ou dix wagons obscurs qui sentaient la sueur, la merde, les pieds et les aisselles sales. Je crois que nous avions tous un humour acide, contagieux et corrosif.

On a fini par trouver un coin par terre, Gustavo et moi. Près des cagoinces. Dès qu'on s'est assis, la puanteur nous a sauté dessus. Voilà, on était déjà englobés dans la merde. Mais on était assis, au moins, alors que la plupart des autres devaient rester debout. Tandis que le Laitier brinquebalait dans la nuit, je me suis dit qu'on aurait dû emporter de quoi casser la croûte. Comme par télépathie, Gustavo a ouvert son sac et en a sorti une bouteille de gnôle.

– J'ai oublié de prendre de la bouffe mais ça va nous aider à tenir le coup, ça.

– Gustavo, con, on peut dire que t'es prévoyant !

– Prévoyant rien du tout. J'aime bien le drinking, moi.

On a bu quelques rasades. Gustavo s'est levé pour aller faire un tour.

– Voyons si je débusque quoi que ce soit.

– Okay, collègue.

Je me suis calé le dos contre le sac, j'ai fermé les yeux. Le cuisinier a posé devant moi une énorme assiette de frites. J'en ai mangé quelques-unes, pas beaucoup. Elles étaient délicieuses, mais je ne voulais pas me bourrer. J'avais trois ou quatre ans et j'étais dans le restaurant que mon père avait tenu avant de se lancer dans la distribution de glaces. J'ai attendu que tous les clients soient partis, et la serveuse aussi, puis j'ai grimpé sur la dernière table au fond de la salle, j'ai posé un grand saladier retourné au milieu, je suis monté dessus, c'était comme un trône miniature ou une rampe de lancement. Et ensuite, j'ai suivi le rituel que j'observais presque tous les jours : j'ai ouvert les bras, j'ai tourné sur moi comme une toupie et je me suis envolé, les mains en avant, les pieds joints, à travers le restaurant et le bar. Fusant par la porte, je me suis élevé au-dessus des bâtiments. Par chance, personne ne m'a remarqué. J'ai pris encore de l'altitude, en exécutant quelques loopings et en regardant les gens au sol. Ils fourmillaient, s'agitaient, alors que mon vol était lent, libre, aisé. Une sorte d'intuition me permettait de dominer le poids de mon corps. Je ne devais pas m'arrêter. Il fallait garder la concentration, l'impulsion. Si je m'arrêtais, j'allais tomber en chute libre. Le plus difficile était de revenir. J'aurais voulu poursuivre à jamais mon ascension, m'éloigner de plus en plus... À force de volonté, et contre mon désir, j'ai réussi à entamer ma descente. J'aimais atterrir dans la cour pour échapper à l'attention des autres. La manœuvre était délicate au-dessus des toits, mais je m'en suis bien tiré et je me suis posé debout. Ma mère était en train de m'appeler : « Viens prendre ton lait, il est trois heures... » Elle m'a ramassé et m'a calé sur sa hanche comme si j'étais encore un bébé. Après m'avoir mis dans la bouche le biberon de lait tiède et sucré, elle a allumé la radio pour écouter le roman-feuilleton. Elle avait l'habitude de se balancer dans le fauteuil à bascule pendant que je prenais mon goûter et de se laisser captiver par le programme. Le poste était en plastique de couleur crème, avec deux gros boutons devant. On entendait la musique des *Lumières de la ville*, de Chaplin, qui s'effaçait peu à peu tandis que le présentateur annonçait d'une voix dramatique, caverneuse : « *La Diiiiiivorcééééééeeee*, une œuvre de Machin Chose, version radiophonique d'Un Tel !!! »

La musique reprenait un peu de volume, puis s'éteignait lorsque le narrateur démarrait, lui aussi avec beaucoup de graves, en détachant les syllabes : « Ofelia était très malheureuse. Le pire n'était pas la fièvre et la toux, qui ne le lui laissaient aucun répit. Elle était convaincue d'avoir la tuberculose. Ses jours étaient comptés, mais sa foi chrétienne et ses prières quotidiennes à la Vierge lui permettaient de se résigner devant la volonté divine. Non, le pire était que sa fille continue à accorder sa confiance à cet homme-là. Rolando n'était pas fait pour Anita... »

Après lui venaient les hommes et les femmes miniatures, des personnages minuscules, presque microscopiques, qui nasillaient leur texte dans la radio avant de courir se cacher à nouveau dans le fil électrique. Le roman-feuilleton se passait ainsi : ils sortaient du câble, parlotaient un peu et retournaient s'y dissimuler. Je les voyais, moi, mais je ne pouvais pas les écouter. J'ai posé mon biberon, je suis descendu de ma chaise, j'ai attrapé le poste et je l'ai jeté violemment par terre, où il a explosé en mille morceaux. Je me suis penché pour regarder : les hommes et les femmes miniatures galopaient en tous sens, affolés, cherchant à se cacher sous le lit ou dans les coins. Ils étaient si rapides que je n'ai pu en attraper qu'un. J'aurais voulu en avoir plus pour mieux les étudier, noter les détails, et ensuite tous les enfermer dans une cage et les obliger à se battre avec les crabes. Parce que c'était une plage, ici, une plage en hiver, avec beaucoup de vent et de grandes vagues. Je sentais le froid et l'humidité sur ma peau. J'avais un enclos plein de crabes et c'est là que je voulais mettre les personnages minuscules. Sans défense, terrorisés devant les horribles crabes aux pinces affilées comme des sabres de samouraï, aux pattes poilues et pointues. Ils étaient à peu près vingt fois plus gros que mes gladiateurs. Les petits hommes et les petites femmes devaient savoir que le seul point sensible des crabes était leurs yeux, vulnérables mais inaccessibles. Le micro-personnage que j'avais dans ma main était en costume-cravate et il hurlait mais je n'entendais pas ses cris. Il faisait un vent et un froid terribles sur cette plage. L'homoncule était enragé contre moi, il criait, se débattait, donnait des coups de pied, protestait, cherchait à s'échapper, alors j'ai serré mon poing et je l'ai asphyxié, puis je l'ai laissé tomber au sol. J'ai enfoncé le mini-cadavre dans le sable avec mon talon, pour que personne ne le découvre. Chaque meurtre devait rester secret. Je voulais tuer tous les autres maintenant, mais ils me surveillaient de loin, sans s'approcher. Des centaines d'homoncules qui criaient à distance. Ils avaient peur de moi, ils savaient que j'étais furieux, fou, puissant. Ma mère criait, elle aussi, tout en me donnant une fessée avec sa sandale. C'était des sandales à semelle en bois, atrocement dures. Je ne comprenais pas pourquoi elle me punissait, ni sa rage hystérique. C'était un interrogatoire. La routine.

– Ton père a raison, tu n'es qu'une « main creuse », un effronté sans vergogne ! Pourquoi tu as fait ça ?

Hystérie complète, incompréhensible. Elle hurlait. La sandale faisait très mal, trop. J'ai réussi à me libérer et je suis parti en courant sur la plage, poursuivi par ma mère qui continuait à piailler comme une possédée. L'une de mes plus jeunes tantes, une sœur de ma mère, passait justement par là. Elle se promenait le long du rivage en souriant doucement. Elle avait une jupe noire, ample et longue, décorée de cavaliers mexicains sur des chevaux blancs qui trottaient entre des cactus verts. Ils bougeaient pour de bon. Ils trottaient sur le tissu et les cavaliers se parlaient et riaient. Tout ça saupoudré de petites taches de lumière colorée.

Moi, je courais comme un dératé et je criais :

– Tata, tata, aaaaaaiiiiiie, tataaaa !

Je suis arrivé à elle. J'ai soulevé sa jupe et je me suis mis dessous. J'étais bien dans ce refuge obscur et chaud. J'ai collé mon visage contre ses cuisses en écoutant comment elle me défendait face à l'agressivité paranoïaque de ma mère :

– Laisse-le, ce petit ! Le frappe pas.

Elle m'a serré contre ses jambes pour mieux me protéger. Je ne m'étais jamais senti aussi bien. Ma tante avait vingt ans, la peau de ses cuisses était douce et souple. Une odeur étrange montait de son pubis. J'ai pressé mon groin sur cette zone, sans savoir ce qui s'y trouvait, juste pour le plaisir de respirer ce parfum âcre et pénétrant, qui faisait vaguement penser aux marais salants et au poisson pourri. Je serais resté là pendant des heures, en sécurité et au chaud, les yeux fermés dans le noir, inhalant à pleins poumons l'odeur délicieusement nauséabonde, mais soudain cette tante s'est suicidée et c'est son cadavre que j'ai eu sous les yeux. Elle souriait encore. Elle paraissait dormir. Elle a laissé un mot très court : « Ne blâmez pas Leonardo. » Leonardo était son petit ami. Elle avait la main serrée sur ce bout de papier. Sous le corps, j'ai trouvé quelques-uns de ses livres. Trois, à reliure noire et titre doré. Des ouvrages religieux, tous, avec de brefs poèmes d'une sensualité anxieuse et vide griffonnés dans les marges. Très nombreux. Certains portaient la marque d'un baiser rouge laissé par ses belles lèvres.

Je suis une feuille dans le vent,
eau et lumière.
Je ne suis rien.
Un baiser, à peine.

Je suis retourné à la plage et dans le froid, maintenant envahi par une tristesse colossale. Je ne pouvais plus me tenir entre ses cuisses, ni humer son sexe. Fustigée par l'ouragan, la plage solitaire était glaciale. Les vagues étaient terribles. Elles me submergeaient. L'eau est entrée dans mes poumons, me coupant le souffle. J'étais cloué sur place. À nouveau, l'homme miniature était dans ma main, et il y en avait un autre. Deux homoncules. Privé d'air, j'allais mourir noyé dans un froid atroce et dans cette tempête effroyable. Les minuscules personnages me mordaient la paume. Je voulais m'échapper. Je les ai serrés plus fort. Je me suis réveillé et j'ai pu respirer, enfin. J'étais en nage. Ça puait la merde fraîche. J'avais une mégaérection. J'ai regardé mes paumes. Vides. Personne là-dedans. Ouvrant un peu les yeux, j'ai glissé ma main droite dans mon pantalon et j'ai commencé à me masturber tranquillement. Deux types étaient assis sur le plancher du wagon, en face et à côté de moi. Couverts de sang, de la tête aux pieds. Du sang coagulé. Les cheveux, la figure, les habits, tout. Ils avaient autour d'eux six caisses entourées de cordes, elles aussi éclaboussées de sang. Une femme toute sale suçait la bite de l'un des deux types. Il faisait sombre mais je les voyais très bien. Je gardais les paupières presque fermées pour ne pas les effaroucher. Ils ont continué un bon moment. Je me retenais pour ne pas éjaculer avant le moment. Quand le gars a été sur le point d'exploser, la femme s'est écartée et a laissé partir le jet. Puissant. Le sperme l'a atteinte en plein visage. L'autre type dormait. J'ai joui en même temps, mais l'érection a continué pareil. Le sanguinolent et la femme se sont radossés aux caisses et ont fermé les yeux. L'odeur de merde était grave. Le train s'est encore arrêté. Je me suis mis debout, j'ai regardé par une fenêtre. Je voulais oublier que je bandais toujours comme un âne. Il n'y avait rien d'intéressant dehors, rien qu'une vaste savane avec des pacages ici et là. La nuit était d'un noir intense. Il fallait deviner qu'il y avait là une vaste savane, quelques pacages et rien d'autre.

5

J'EN AI EU ASSEZ de contempler l'obscurité par la fenêtre du train. Tout le monde dormait, sauf moi. Je souffre d'insomnie depuis le temps où j'étais un fœtus. Ils ronflaient, s'agitaient, sursautaient dans leurs cauchemars. L'alcool les avait rendus fous. Je me suis envoyé une longue rasade d'eau-de-vie avant de retourner dans mon coin. Qui sait, la femme était peut-être en train de tailler une pipe au deuxième assassin ? Second show de la soirée. Mais je me suis endormi.

À mon réveil, le soleil me tapait dans la figure, les assassins étaient partis et je crevais de chaleur, dans mon coin. J'ai demandé à la ronde quand on allait arriver à Cocodrilo. Personne ne savait. J'ai repensé aux meurtriers couverts de sang. Ils devaient trimbaler une vache découpée en quartiers. Personne ne va saucissonner un être humain pour l'emmener faire une balade en train.

On s'est arrêtés dans un hameau. Sur le quai, des femmes vendaient de la friture de manioc et des coques. Pas plus mal : la faim me mordait les tripes comme un chien enragé. Une pancarte annonçait Cacocum. C'était tous des Indiens, par ici. J'ai recommencé à demander si on était encore loin de Cocodrilo. Certains ont répondu qu'on était tout près, d'autres qu'on était très loin. Je ne me suis pas donné pour vaincu. J'ai marché jusqu'à la locomotive. Le machiniste n'était pas là. Personne ne savait rien. Je me suis assis pour l'attendre. Une demi-heure plus tard, le type surgit. Tout joyeux et souriant. Je lui pose la même question. Il ne m'écoute même pas. J'insiste. Finalement, il dit :

– Ça dépend. On peut pas savoir. Allez, remonte, on va partir !

Deux coups de sifflet et le train s'est lentement mis en route. Mon coin avait été pris, entre-temps. Nulle part où m'asseoir. Debout dans le couloir. Heureusement, le sac de Gustavo n'était pas lourd. J'avais faim et soif. La friture de manioc avait déjà été boulottée et digérée. La mauvaise humeur est montée en moi : « Pourquoi t'as pas emporté au moins une bouteille d'eau, con ! » ; « Et cet abruti de Gustavo, où il est ? » ; « Le plus abruti des deux, c'est toi, d'avoir gobé son histoire et de l'avoir suivi ! »

Certaines de ces Indiennes étaient de vraies beautés. J'ai commencé à les mater plus attentivement. « Je m'en enfile une ici même et je laisse tomber la branlette pour quelques jours. » Il y en avait plein, il suffisait de choisir. À cet instant, une main s'est abattue sur mon épaule.

– Bonjour ! Comment s'est passée ta nuit ?

C'était Gustavo. Souriant, détendu et heureux comme s'il se trouvait à une garden-party à Buckingham.

– Ah, dans quel plan tu m'as embringué ! Quoi, qu'est-ce qui te fait rire ?

– Tout. Ha, ha, ha !

– Je vois pas ce qu'il y a de drôle, moi. Ce train est une porcherie. J'ai la dalle, j'ai soif. Personne sait quand on va arriver, ni queue de chie. Et toi tu te marres, bouducon !

– Tout est relatif, collègue. Faut que tu t'inquiètes de rien.

– Comment ça, que je m'inquiète de rien ?

– J'ai la situation bien en main. Allez, rigole un coup !

– Je suis pas d'humeur à rigoler, Gustavo. Fais pas chier, mon gars.

– Rigole, je te dis ! Rire, c'est un vice.

– Fais pas ton philosophe, en plus !

– Ha, ha, ha, ha ! Tu t'es levé du pied gauche, Pedrito !

– Tout ça, c'est de la merde. Si j'avais imaginé que…

– Tout est pas de la merde. Ou plutôt : dans toute la merde, j'ai trouvé deux diamants.

– Hein ? Ah, c'est bon ! Ça suffit, avec tes galéjades.

– Allons-y ! Je les ai laissées dans le premier wagon.

– Laissé qui ?

– Deux femmes, con ! Deux Indiennes de Cocodrilo. À se lécher les doigts. La mère et la fille.

– Tu me charries ?

– Ah, tu te dérides, maintenant ! Tu commences à voir que tout n'est pas de la merde. Le capitaine du navire a toujours une solution, ou bien il rend sa casquette.

Allons-y, vite ! Mais attends une seconde : moi, je suis avec la petite ; la vieille est pour toi.

– La petite ? C'est une mineure ?

– Mais non ! Elle dit qu'elle a vingt ans, d'après moi c'est quatorze ou quinze. Aucune importance. Toi, tu te charges de la vioque. Je lui ai parlé de toi et elle t'attend.

– La vioque ?

– Elle est pas vieille du tout. C'est une Indienne dans les trente et quelques. Parfaite. En plus, on pourra pieuter chez elles à Cocodrilo. Elles vivent seules.

– C'est ça, pour que toi tu te bectes de la chair fraîche et moi de la carne.

– Zéro carne, mon'ti gars. Quand tu vas la voir, tu vas saliver. En plus, les femmes mûres ont tout un savoir à partager. C'est ce qui te convient.

– J'ai pas envie d'apprendre plus, Gustavo.

– Tu connais encore rien de la vie, oui ! Sois un peu plus humble, Pedrito. Toi, tu apprends de la vioque et moi j'enseigne à la petite, ha, ha, ha !

Ses éclats de rire étaient à contretemps, déplacés. De quoi il se marrait tellement, putain ? On s'est mis à pousser et à avancer dans cette cohue bruyante. On est parvenus à elles. Elles avaient une banquette pour elles deux. Et c'était vrai : deux Indiennes canon, et tout sourires. On aurait dit deux sœurs. Gustavo m'a présenté. Gladys et Marianela. J'avais reçu Gladys, moi. On a commencé à échanger trois conneries. Elles m'ont offert de l'eau et du café. On aurait cru qu'elles étaient en excursion d'agrément. Toutes fraîches et détendues.

J'étais encore de mauvais poil. Je n'avais pas envie de parler, ou non, je n'avais rien à dire. Gladys ne s'est pas troublée. Très souriante, elle m'a demandé :

— Pourquoi que t'es si sérieux ?

— C'est comme ça que je suis. Et j'en ai plein le cul de ce train.

— Aïe, comme il parle mal ! On est presque arrivés. Et après, tu te prends un bon bain et…

— Et quoi ?

— Ça va te plaire.

Je l'ai regardée de plus près. Un peu rustaude à mon goût, d'accord, mais une fois à oilpé elle ne pouvait pas être pire que Dinorah. « Pire que Dinorah, y a pas. Et si elle est trop moche, j'éteins la loupiote. »

On est entrés à Cocodrilo au soir tombant. Presque la nuit. Plus de vingt-quatre heures pour parcourir neuf cents bornes. J'avais de la bouillie dans la tête. On est allés à pied à la maisonnette de Gladys : l'entrée, la porte, tout était riquiqui. Et le toit super bas. Il fallait se pencher pour pénétrer là-dedans. C'était la chaumière de Blanche-Neige et des sept nains, façon pauvreté tropicale. On a traversé le petit séjour, elles ouvraient la marche devant, et là, surprise : la cour intérieure était énorme, avec un sol en terre battue, un puits au milieu et tout autour une quinzaine de cassines en bois. Elles nous ont fait passer dans l'une d'elles. Neuf mètres carrés, toujours la terre battue, deux lits étroits. Rien d'autre. C'est là qu'elles vivaient, Gladys et Marianela. Je n'ai pas ouvert la bouche, mais je me suis dit qu'on n'allait jamais tenir à quatre dans ce réduit.

Gladys est devenue toute tendre. Elle se chauffait toute seule, vu que je n'avais pas bougé le petit doigt. Gustavo, par contre, donnait des baisers à sa fiancée à chaque fois qu'il pouvait. Elles nous ont présentés à toute la famille. Des Haïtiens. Plus de cent zigues et ziguettes, tous frères, sœurs, cousins, cousines, oncles et tantes, du vieillard au nourrisson. Elles m'ont expliqué que le grand-père était venu à Cuba pour couper la canne à sucre. Ils se reproduisaient à une vitesse hallucinante. Il y avait des bandes de gosses et des femmes en cloque dans tous les coins.

Très vite, des bouteilles de gnôle sont apparues, et de la bière, et des fritons de porc. Après m'être tapé des bananes bouillies et des fritons, je me suis mis à picoler. Gladys me faisait des caresses comme si j'étais son mari depuis toujours. J'ai patienté une heure ou deux. Je crevais de sommeil et j'étais à moitié bourré.

– Gladys, faut que j'aille dormir. J'en peux plus.

– Allons-y.

On est retournés à la petite cabane. Je n'ai pas demandé où était la salle de bains. Il n'y en avait pas. Je voulais pioncer, rien d'autre. Gladys a allumé une bougie. Il n'y avait pas de lampe non plus. Pas d'électricité, je veux dire. Un gigantesque serpent majá, gros comme le bras, est allé se fourrer sous le lit en rampant très lentement.

– Putain, ça, c'est un majá !

– N'aie pas peur. Il fait rien à personne.

66

– Mais qu'est-ce qu'il fout ici ?

– Il vit avec moi.

– Il… Pourquoi ?

– Allonge-toi et laisse-toi aller. Je vais te faire un massage.

Je me suis déshabillé. Elle aussi. C'était une vraie déesse. Elle a levé les bras et…

– Non, pas possible !

Plein de poils aux aisselles ! Noirs, denses ! Je l'ai attirée à moi pour la humer. Elle sentait fort. La sueur de négresse. J'ai passé la langue sur son dos. C'était salé. Transpiration. Pas de parfum, pas de déodorant. Primitif. La fatigue et la migraine se sont envolées d'un coup. J'ai cherché à l'enfiler à sec mais elle n'était pas pressée, elle. Elle m'a échappé en se tortillant comme un serpent.

– D'abord, je te fais le massage. Rien ne presse. Il y a un temps pour tout.

Elle a pris de la crème dans un pot et elle a commencé par les pieds. Ses mains étaient vigoureuses, aussi fortes que celles d'un homme.

– C'est quoi, cette crème ?

– Huile de coco et de palme, graisse de majá, suif de bélier, et deux ou trois petites choses encore. Détends-toi, oublie le monde.

C'était une experte. Elle m'a massé la tête, le dos, le cul, les roustons, la pine. Je sentais des décharges électriques m'arriver au cerveau. Et après, encore les pieds, très doucement. Elle a éteint la bougie. Ses mains ont continué, lentes et résolues. Je me suis endormi.

À mon réveil, nous ne faisions qu'un. J'étais sur elle et en elle, la bite enfoncée jusqu'à la garde, le nez dans la touffe de son aisselle. L'odeur de sueur d'une Noire est l'aphrodisiaque le plus puissant au monde. Gladys était un serpent, oui. Elle baisait avec tout son corps, dense, souple, musclé. À chaque orgasme, elle était prise de tremblements et criait de toutes ses forces. Ils se succédaient sans arrêt. Des heures et des heures collés l'un à l'autre, en nage. Qu'est-ce qu'elle avait, cette diablesse de Haïtienne moitié indienne, moitié africaine, moitié métisse ? La chair ferme, la chatte bien serrée, l'odeur de transpiration, la bouche grande et goulue, des yeux de nuit, la peau chargée d'électricité.

Je n'arrivais pas à me séparer d'elle, con ! Impossible ! On était un flot continu de sueur, de sperme, de salive, de langues entremêlées, de délire, de désespoir, de désir. Elle me mettait ses doigts graisseux dans le cul et je me sentais planer. Luxure totale. Frénésie indescriptible.

J'ai réussi à me dégager, finalement. J'étais pété. À quoi ? À tout : marijuana, gnôle, Haïtienne, faim… J'ai perdu la notion du temps. On est restés comme ça des jours entiers. Sans rien bouffer, presque. Une assiette de riz à la patate douce, un verre d'eau. On dormait un peu et on remettait ça. Soûls en permanence. Baise démoniaque. J'avais oublié le monde, et comment ! Je ne savais plus rien. J'avais oublié Gustavo, Marianela, le camion qu'on devait récupérer… Rien de rien. Un petit somme, encore de l'eau-de-vie, encore de l'herbe et en avant !

Deux bêtes sauvages sur un petit lit dont le matelas sentait le foutre et la pisse.

Combien de jours ainsi ? Je ne savais pas, Gladys non plus. Nous avions perdu le contact avec notre cerveau. J'avais la calotte de la pine toute pelée, endolorie. Mon cul me faisait mal, parce qu'elle n'arrêtait pas de me mettre deux ou trois doigts dedans. Elle, elle avait l'anus, le con, la bouche en sang. Mais elle en voulait encore, toujours plus. Insatiables. Hallucinés. Déjà on se jurait de s'aimer toute la vie. Le serpent Gladys s'enroulait autour de moi jusqu'à m'asphyxier. À notre arrivée, son père me l'avait bien dit, moitié en plaisantant, moitié parce qu'il était pinté : « Méfie-toi de Gladys. Elle s'amourache facilement, elle t'embobine et elle te lâche plus… »

Sur le moment, je n'avais pas prêté attention au vieux, mais je me suis rappelé ses paroles plus tard. Je l'ai regardée avec attention. Elle avait des yeux de serpent venimeux. Ils n'étaient plus noirs, mais jaunes avec des reflets verts. Elle a soutenu mon regard. Provocante et suante. Nous ne nous étions pas lavés depuis… Dégueulasses, tous les deux. Elle m'a annoncé d'un ton dégagé :

– Je crois que tu m'as engrossée.

– Déconne pas, Gladys. Comment tu pourrais savoir ?

– Je sais. Je suis grosse. On va avoir un'ti bébé tout joli. Un'ti mâle.

– Pourquoi tu l'as pas fait avec un autre, ton petit mâle ?

– Parce que toi, tu es l'homme de ma vie.

– Combien il y a eu d'hommes de ta vie dans ce plumard, déjà ?

– Ah, tu te fous de moi !

Ça faisait des jours que nous n'avions pas mis les pieds hors de cette niche en bois. C'est seulement alors que je me suis aperçu que les planches étaient pourries, disjointes, pleines de trous.

– Ta famille a dû nous entendre, vu que tu gueules comme si on t'égorgeait à chaque fois.

– Ils sont habitués. « La Crieuse », ils m'appellent.

– Et Gustavo ?

– Un cousin à moi lui a prêté sa cabane. Il est avec Marianela.

– Il faut que je le voie.

J'ai enfilé mon pantalon et je suis sorti dans la cour. C'était la nuit. Deux ou trois ampoules électriques perçaient à peine l'obscurité. À quelques pas de nous, l'un des cousins de Gladys, un jeune aussi costaud que moi, paraissait soudain un petit vieux tremblant et voûté. Deux hommes le soutenaient de chaque côté. Il parlait en patois créole. Son visage s'était transformé : c'était celui d'un vieillard maintenant. Je me suis arrêté, interdit. Gladys est venue près de moi et m'a présenté à lui :

– Regarde, grand-père, c'est un ami, celui-ci.

Le vioque m'a observé un instant. D'une voix chevrotante, il a dit :

– L'épée, elle coupe le serpent en deux, ma fifille. Fais attention.

Gladys m'a embrassé en m'enlaçant, mais déjà l'ancien

nous avait tourné le dos et s'entretenait en créole avec les autres. Elle m'a chuchoté :

— Si je dois mourir dans tes bras, ça m'est égal.

— Qu'est-ce qu'il voulait dire, au juste ? Que tu es un serpent ?

— Un majá et une chouette.

— Que... qu'est-ce que tu racontes ?

— Où que tu vives, je passerai toujours au-dessus de ta maison. Je te saluerai et je continuerai mon vol.

— Donc, moi je serais l'épée ?

— Essaie pas tant de savoir. C'est pas bon.

— Qu'est-ce qui lui est arrivé, à ton cousin ? On dirait un vieux, d'un coup.

— C'est plus mon cousin, à cette heure. Mon grand-père est mort il y a deux ans et il se sert de lui comme cheval.

— Ton grand-père ?

— Oui. Il revient donner des conseils. Il veut continuer à tout diriger, et qu'on l'écoute. C'est toujours comme ça. Au début, les morts ont la bougeotte, ils veulent pas s'en aller, et puis ils s'adaptent, ils se réconcilient et ils arrêtent de revenir.

— Ils se réconcilient avec qui ?

— Aïe, pitchoune, pose pas tant de questions...

Ses yeux jaune et vert étaient devenus insondables. Malins, pervers. On s'est regardés fixement, sans parler.

— Où est Gustavo ?

— Ha, ha, ha, ha ! J'ai l'impression que tu as peur.

— Peur, moi ? Que non, femme, que non !

71

– Ha, ha, ha, ha ! Voilà mon homme devenu moitié souris, moitié lion !

– Te moque pas de moi, Gladys, ou je te mascagne à coups de latte ! Déconne pas avec moi !

On a échangé un regard furibond, mais le désir était plus fort. On s'est embrassés, mordus, et l'érection démente est revenue, mais j'ai réussi à me contenir.

– Viens, on va trouver Gustavo.

– Il est pas là pour l'instant. Il est parti depuis hier et il est pas revenu.

– Où il est allé ?

– Je sais pas. Marianela l'attend. Viens, on va manger.

On est allés à la cuisine. Riz, haricots noirs, patates douces. Je me suis envoyé toute une assiette. Avec un verre d'eau. Ensuite, je suis allé chercher ma chemise et mes chaussures. J'ai annoncé à Gladys :

– Je vais faire un tour. Peut-être que ça me réveillera. Et acheter des clopes. Je tarderai pas.

– Tu as de l'argent ?

– Deux pesos.

Elle a sorti un billet de dix, me l'a donné.

– Tiens. Et traîne pas trop en chemin.

Je suis parti au hasard. J'ai traversé un pont. Sans la moindre idée d'où je pouvais être. Je n'avais pas l'intention de connaître le coin, d'ailleurs. J'ai demandé l'heure à des passants. Personne n'avait de montre. Je me sentais engourdi, pas mal dans les vapes, mais au moins je n'avais ni faim ni soif, et je n'avais plus besoin de baiser pour l'instant. La tête vide, j'avançais avec la sensation de flotter dans les airs.

Brusquement, j'ai pris une décision. Au premier type qui passait par là, j'ai posé la question :

– La gare, c'est par où ?

– Tout droit par là, à trois rues d'ici.

Le Laitier pour La Havane était à six heures du matin. Le billet jusqu'à Matanzas coûtait seize pesos.

– Et avec douze, j'arrive où ?

– Santa Clara.

J'ai payé.

– Il sera à l'heure, au moins ?

– On peut jamais savoir, camarade.

À l'horloge murale, il était onze heures du soir. La salle d'attente était presque vide. Je me suis mis dans un coin en priant pour que Gladys ne se pointe pas par ici.

Je me suis endormi, puis réveillé perclus de douleur dans tous les os. J'ai jeté un coup d'œil à l'horloge. Cinq heures du matin. J'ai vérifié les alentours. Pas de Gladys, ni de Gustavo. J'ai marché pour me dégourdir les jambes et passer le temps. Un vieux vendait du café sur le trottoir. Une thermos, quelques petits verres. Et moi sans un rond. J'ai dû me contenir. Je me suis dit que j'arriverais peut-être à attendrir quelqu'un, si je tendais la main et prenais une mine de mendiant. Mais non. Tous les autres avaient l'air aussi misérables et crève-la-faim que moi. Ou plus.

J'ai fait les cent pas en évitant de regarder l'horloge. À six heures et demie, ils ont annoncé par les haut-parleurs que le train régulier à destination de La Havane était prêt au départ et que les voyageurs devaient monter en voiture. Un type se tenait à côté du tourniquet. Il poinçonnait les billets avec les yeux ailleurs, complètement dégoûté par son boulot. J'ai poussé le tourniquet et j'ai dit bonjour au Laitier. On a tous grimpé dans les wagons. Il y avait encore plein de places, mais dès que le train commencerait à s'arrêter dans les villages, il allait se remplir jusqu'à la gueule.

Je me sentais crevé, au bout du rouleau. Je me suis rappelé la philosophie du rire vue par Gustavo : « Rigole, Pedrito, rigole sans raison, même si les gens pensent que tu es zinzin. » Mais j'avais une raison de rire, là : je tournais définitivement le dos à Cocodrilo, à Gladys et à son majá sous le lit. Terminé pour moi, tout ça. L'événement aurait valu un bon coup de gnôle, mais je n'avais qu'une fenêtre par laquelle entrait l'air frais du petit matin.

6

L E TRAIN est resté à quai deux ou trois heures. Je regardais par la fenêtre. Indiens et métis. Femmes à gros nénés et gros pétard. Des gens pressés, nerveux. Quelques-uns joyeux et sereins pendant un bref moment, avant le retour de la nervosité et de la peur. Adrénaline et acides corrosifs dans le sang. Ils ne savent pas ce qui va se passer, c'est ça qui les ronge. L'inconscient collectif turbinant à plein régime : « Qui je suis, con ? D'où je viens, où je vais ? Qu'est-ce qui se passe ? » Cancer foudroyant, infarctus, paralysie cérébrale, maladie de Parkinson, suicide, dépression, cirrhose du foie…

J'avais toujours cru qu'il était possible de vivre dans l'ordre, l'équilibre, la modération. Tout le monde s'était ligué pour m'enfoncer ça dans la caboche, l'école, les parents, l'Église, la presse. Patrie, discipline et liberté. Liberté, égalité, fraternité. La vie est pure, belle, parfaite. Comme dans une revue de décoration intérieure : tout aligné au millimètre, pas un grain de poussière en vue, pas même une minuscule toile d'araignée dans un coin. Mais ensuite, je suis allé voir dehors. Dans la rue. Seul.

Et là, toutes ces idées se sont écroulées. Confusion totale. Tout autour de moi, je n'ai aperçu que désordre et déséquilibre. Aucune pièce ne s'emboîtait à l'autre. Découvrir ça à quinze ans, c'est flippant. Folie, panique, chaos et vertige.

À ce moment-là, je regardais le jour se lever derrière la vitre. Il m'arrive d'avoir des éclairs de lucidité, à cette heure-là. Lucide, et terrifié par la vie. Paumé dans ce village sans un rond en poche, sans un coup de gnôle. Assis dans un wagon cradingue, à renifler des odeurs d'une merde qui n'était pas la mienne. Mes yeux restaient sur ces gens qui arpentaient le quai, mais j'essayais en fait de m'éloigner de tout, de ne pas céder à cet accès de lucidité effrayante. Je voulais m'en aller en courant. J'ai toujours été victime de telles attaques de folie, du besoin de m'enfuir à toutes jambes, tourmenté par la claustrophobie. Schizophrénie ? Je ne sais pas. Je ne veux pas savoir.

J'ai fermé les yeux, je me suis laissé aller contre le dossier de la banquette, et c'est là que j'ai entendu les cris de Gladys, venus du quai :

– Pedro Juan, descends de ce train ! Où tu t'en vas ? Allez, grouille !

Ses piaillements ont pénétré mon cerveau. « Aïe, Dieu du ciel, c'est pas possible ! Dites-moi que je fais un cauchemar ! » J'ai ouvert les yeux. Et si. C'était bien Gladys. Hystérique, la nana. En pleurs. Hop, elle s'est jetée dans le wagon et elle est arrivée sur moi. Elle m'a attrapé par un bras et s'est mise à me tirer vers la sortie.

– Viens avec moi, sur la tête de ta mère ! Me laisse pas dans cette douleur ! Me laisse pas seule !

– Quelle douleur, con ? Fiche-moi la paix.

– Aïe, Pedrito, c'est que mon père est mort cette nuit ! Me laisse pas seule.

– C'est des bobards.

– Non, Pedrito, il est mort comme ça, subitement ! Viens avec moi, me laisse pas seule, sur la tête de ta mère !

Elle m'a tellement secoué le bras que j'ai fini par me lever, en priant que le train démarre juste à cet instant. Il n'a pas bougé. On est descendus. Je l'ai entraînée jusqu'au guichet, où j'ai demandé qu'on me rende mon fric.

– Les billets sont pas remboursables, camarade.

– Mais puisque je voyage pas !

– Pas remboursables, camarade.

– Bon, alors, change la date et mets-le pour demain.

– On peut pas, camarade ! On sait jamais quand il y en aura un autre, de train.

Gladys pleurait comme une fontaine pendant ce temps.

– Ah, laisse tomber ! L'argent, c'est de la merde ! Allons-y, mon zinzin !

J'ai dû retourner à la maison avec elle. L'aube avait trouvé son paternel raide et froid sur son lit. Ils avaient mis le corps dans une caisse sombre, à l'ombre du puits. Il devait avoir la soixantaine. Tout le monde chialait. Onze de ses enfants étaient présents, quatre autres devaient arriver de je ne sais où. Des types se sont approchés avec des tambours. Ils ont allumé un brasero pour tendre les peaux à la chaleur. Ensuite, ils se sont mis à frapper dessus. Tout doux, tout bas. Gladys avait posé sa tête sur mon épaule et pleurait sans arrêt. De l'autre côté, sa fille, Marianela, faisait pareil. La tête sur son épaule. Je n'ai pas vu Gustavo mais je n'ai pas posé de question. Je me suis dit qu'il avait dû réussir à se trisser, lui. Je me suis distrait en me demandant pourquoi diable je m'étais laissé embobiner, d'abord par Gustavo, ensuite par Gladys. Qu'est-ce que je foutais dans cette veillée funèbre ? Comment trouver de quoi m'acheter un autre billet ? À ce moment-là, je me suis souvenu de la faim :

– Hé, Gladys, je crève la dalle… Y a quelque chose à bouffer à la cuisine ?

– Non, y a rien. Et tais-toi !

Quatre hommes adultes se sont approchés du cercueil. Ils ont pris le cadavre raide comme la justice et l'ont emporté dans l'une des cahutes. Ils ont refermé la porte derrière eux. Les tambours continuaient à sonner, tout tristes.

– Pourquoi ils ont emmené le mort ?

– C'est qu'il veut pas partir, mon père. Il pleure beaucoup.

– Oh, Gladys, s'il te plaît ! Il est mort, ton père !

– Il pleure, je te dis. Ils doivent parler avec lui. Ce sont ses frères.

– T'es cinglée !

– Tu veux voir ?

– Ils ont fermé la porte. On peut pas entrer.

– Viens par-derrière.

Nous sommes passés discrètement à l'arrière de toutes les cabanes, dissimulés au regard des autres par des buissons. Gladys s'est montrée très fière d'elle et de sa famille :

– Ce que je vais te montrer, c'est pour que tu voies notre force, à nous autres. Mais pas de bruit, surtout.

On est parvenus là où ils avaient mis le mort et on a posé un œil entre les planches disjointes. Ils l'avaient étendu sur une table et... le cadavre pleurait, oui. Avec de vraies larmes. Les quatre hommes le frottaient de liquides et de poignées d'herbes, soufflaient de la fumée de tabac sur son corps, parlaient et chantaient en patois haïtien. Le mort s'est relevé, toujours en pleurs. Ils l'ont aidé à s'asseoir sur une chaise. Il pleurait toujours. Le plus âgé du groupe a dit aux autres de se taire. Il s'est placé devant le mort et il s'est mis à le haranguer un bon moment en patois. Il sanglotait maintenant, tout en faisant non de la tête, non...

Je ne savais pas quoi faire. M'enfuir en courant, c'est ce qui me démangeait. Gladys aussi pleurait, collée contre moi. Elle m'a planté ses ongles dans le bras et elle a chuchoté :

– I'veut pas s'en aller ! Mais il faut qu'ils arrivent à le convaincre. C'est qu'il était très jeune pour mourir, tu vois...

Emportée par le chagrin, elle s'est mise à gémir bruyamment. J'ai plaqué ma main sur sa bouche.

– Tais-toi, Gladys ! S'ils nous surprennent ici…

J'ai réussi à la calmer un peu. Le mort continuait à pleurer et à secouer la tête, et les autres à lui parler, et encore à le frotter, et encore les herbes, et encore la fumée de tabac… Je ne sais pas combien de temps cela a duré, mais beaucoup. À la fin, il s'est tu, s'affaissant peu à peu sur la chaise. À eux quatre, ils l'ont porté à nouveau sur la table. Herbes, fumée. Ils ont brûlé des graines dans quelques bols. Après un moment de silence, ils l'ont chargé pour le ramener à son cercueil dans la cour. La veillée a repris. Tambours funèbres, lamentations des femmes. Moi, je ne pensais qu'au train. Est-ce qu'il était parti, ou toujours à quai ? Gladys ? Elle pleurait. C'est incroyable la quantité de larmes qu'une femme peut produire.

– Laisse-moi m'en aller, Gladys. S'il te plaît. Pourquoi tu t'accroches à moi comme ça ?

– Parce que tu es l'homme de ma vie.

– Tu es folle.

– Folle de toi, oui ! Et je te le redis : tu m'as encloquée, nous allons avoir un petit homme !

Je me suis tu. Le délire complet. Même pas la peine de discuter.

– Dans ma vie, tu es tout, tu entends ? Tu es mon père, et mon mari, et mon fils.

– Et Marianela ?

– C'est une femme faite. Elle doit avoir sa vie, fonder une famille.

Je ne comprenais rien. Comment était-il possible d'être possessive et irrationnelle à ce point ?

– On va changer de sujet, Gladys. Je crève de faim. Je vais pas pouvoir rester debout, si je mange pas quelque chose.

– Je sais ! Viens.

Elle m'a entraîné à la cuisine. Il n'y avait rien. Il ne restait jamais une miette. Plus de cent personnes passaient par là pour se chercher un peu de bouffe.

– Maman va se mettre à cuisiner d'ici peu. Patiente.

– J'en peux plus, Gladys. Je vais aller manger quelque chose dans le coin.

– Pas loin d'ici, ils vendent des tamales de banane. Viens. J'irai avec toi.

– Non, tu m'attends ici.

– Tu recommences pas à t'en aller, je te prie. Plus jamais !

– Non, non, je reviens tout de suite.

– Tu m'écoutes bien, d'accord ? Tu imagines pas comme je t'aime. Me laisse pas seule !

Elle s'est jetée à mon cou, m'a embrassé, mordu. Elle m'a serré la pine dans sa main. J'ai réussi à me dégager et j'ai filé jusqu'à la porte.

– Je reviens tout de suite. Je tarderai pas.

Dehors, j'ai lutté contre le désir de foutre le camp à toutes jambes. M'échapper de ce truc où rien n'avait de sens. La faim et la fatigue me donnaient le tournis. Si je revoyais Gladys une seule fois, je risquais de péter un câble et de la tuer à coups de machette. Je savais que j'avais une pulsion d'assassin en moi, je l'avais déjà sentie s'éveiller et j'avais dû la refouler. Le meurtrier diabolique. Le bourreau. Parce que le démon me réclamait le sang de Gladys. Un instant d'égarement et je me perdrais en enfer avec cette Haïtienne satanique. Et ce serait pour toujours. Sans retour possible.

J'ai marché jusqu'à l'endroit dont elle m'avait parlé, et en effet : un petit étal sur le perron d'une maison, avec un brasero. J'ai commandé trois tamales et une poignée de manioc frit. La femme était jeune, très maigre. Tout à fait capable de me courir après en gueulant. J'ai inspecté les environs. Personne en vue. Je lui ai demandé un verre d'eau. Avec une confiance incroyable, elle m'a dit :

– Surveille-moi tout ça, parce que je dois aller te le remplir dans la cour.

– Je surveille, señora, je surveille. Pas de problème.

Elle est partie à l'intérieur. J'ai attendu quelques minutes, puis j'ai fourré quatre autres tamales dans mes poches et j'ai démarré en trombe. Direction la gare. Quatre rues, cinq, six... Je suis arrivé à bout de souffle. J'avais couru comme un diable. Le train était parti. Où était la route pour quitter Cocodrilo ?

– Par là. Derrière ces maisons, là, c'est la grand-route.

En avant. Galoper tant qu'il me resterait un peu d'air, et de forces. J'ai laissé le village derrière moi et j'ai continué comme ça, sur des kilomètres. Je me suis arrêté. J'ai eu l'idée de m'asseoir, de me reposer un peu et de bouffer les tamales. Non. Gladys pouvait très bien être à ma poursuite. Je suis reparti en marchant très vite, presque en courant. Je faisais de grands signes aux camions qui passaient. L'un d'eux s'est arrêté. Je suis monté et je me suis assis à l'arrière. Il y avait trois ou quatre gus. Où il allait, ce cametard ? Aucune idée. Aucune importance. Le truc, c'était de m'éloigner le plus vite possible de ce bled de merde et de cette cinglée…

Le chauffeur s'arrêtait souvent, prenant de plus en plus de gens. Il n'y a bientôt plus eu de place sur la plate-forme. Il n'y avait pratiquement pas de circulation, mais plein de gens en quête d'un transport. Comme si tout était paralysé dans ce coin. Deux ou trois heures plus tard, on est arrivés à un village. Le camion s'est immobilisé devant un hangar et le chauffeur a crié :

– Je suis rendu, moi ! Tout le monde descend !

On a obéi. Je suis allé à la gare. J'ai essayé de me renseigner au guichet.

– Le Laitier pour La Havane, il est retenu à Jiguaní, camarade.

– Et à quelle heure il va passer ici ?

– Je sais rien de plus que ça, camarade.

– Mais plus ou moins ?

– Ah, bordel, je sais rien de plus, camarade. Quand il arrivera, il arrivera ! Sois pas lourd, camarade.

Je suis allé au buffet demander un verre d'eau. Ils n'avaient rien. Ni eau, ni verres. Totalement vide, et couvert de poussière. Abandonné. Pas d'employés, rien qu'un énorme slogan peint sur le mur : « Vive l'internationalisme prolétarien ! »

J'ai erré dans les parages pour repérer le terrain. J'allais devoir monter dans le train sans qu'on me voie. J'ai chié dans des fourrés. Je me suis essuyé avec la main, puis la main sur le sol. Le soir arrivait. Je me suis assis sous un ficus et je me suis endormi. À poings fermés. Soudain, j'ai entendu quelques coups de sifflet et j'ai ouvert les yeux. Il faisait nuit. Le train entrait en gare. Presque pas de lumières, là-dedans. Le convoi des ténèbres.

Il s'est arrêté au bord du quai. Pour trois ou quatre qui sont descendus, cent sont montés. Je suis allé à l'arrière. Le dernier wagon était encore plus sombre que les autres. Les couloirs envahis de baluchons et de gens. Mais je savais où trouver une petite place par terre : près des chiottes. Et oui, parfait ! Je me suis senti à nouveau comme chez moi. J'en étais venu à aimer cette odeur de merde fraîche, cette cohue puante qui se pressait au-dessus de moi. Assis dans mon coin, j'étais prêt à faire le tour du monde. Le seul problème, c'était les contrôleurs. S'il y en avait un qui se pointait en vérifiant les billets… Mieux valait ne pas y penser.

7

DEPUIS DEUX JOURS, les couilles me piquaient et je me grattais constamment. J'ai d'abord pensé que c'était à cause de la crasse accumulée pendant tout ce temps sans me laver. J'étais couvert d'une carapace de sueur, de poussière, de salive, de sperme et d'onguent de massage. Dans le train, j'avais tout le loisir de me grattouiller les burnes. J'ai passé une main dans mon pantalon et j'ai tâté du bout des doigts. Ce que j'avais imaginé, oui : des morpions.

J'en ai attrapé un entre mes ongles, je l'ai écrasé et porté à mon nez. Exactement la même odeur que les cafards. Répugnant. Ils sont apparentés, peut-être ? J'ai reniflé ça à plusieurs reprises. Oui. Dégueulasse.

Mais bon, ce n'était pas une nouveauté. Avec Dinorah, je m'en étais chopé deux fois. Dès que je serais de retour à la maison, j'allais devoir me raser. Il n'y avait pas d'autre solution.

J'ai essayé d'oublier les morbacs et la faim. De me détendre. La faim, c'était possible, mais pas ces sacrées bestioles. Je les sentais se balader tranquillement entre les poils. Elles me chatouillaient de partout, même dans le cul. Certaines plantaient leurs crocs minuscules et ne bougeaient plus tant qu'elles n'en avaient pas marre de me sucer le sang : d'autres, moins placides, allaient et venaient pour prendre de l'exercice, se renforcer la musculature jusqu'à entreprendre des expéditions plus aventureuses à travers mon corps, pour arriver à mes aisselles, ou plus haut... Elles adorent s'exhiber sur les sourcils, afin que les gens honnêtes vous regardent comme un dépravé et un crado. « Je vais tout me raser, poils du cul compris, me suis-je dit. Tout. Les poils du pif aussi. Je laisserai pas une seule larve en vie. Ces saletés n'attaquent pas les richards, les petits-bourgeois bien propres sur eux. Ce sont des ennemies du prolétariat international. Elles foutent la honte à l'avant-garde de la classe ouvrière... Enfin, dans mon cas ce serait plutôt l'avant-garde du lumpen-prolétariat. »

Ainsi sont passés les kilomètres, et les heures, tandis que je monologuais sur le sujet d'actualité de mon invasion de morpions. Une petite Noire au joli cul, la vingtaine, a poussé dans tous les sens et s'est assise à côté de moi, très contente. Avec un grand sourire, elle m'a dit :

– Fais-moi plaisir, 'ti !

Après m'être poussé pour lui laisser un peu plus d'espace, j'ai continué à m'absorber dans mes rêveries. En matière de rêves éveillés, j'étais un expert, moi, et je passais beaucoup de temps à perfectionner mon style. Le fantasme que je préférais, à l'époque, c'était d'avoir un yacht et d'être millionnaire. Le rêve typique de tous les crève-la-faim, certes, mais dans mon cas ce n'était pas pour aller à Miami, non. Un millionnaire, ça doit évoluer dans le grand monde. D'un roman de Françoise Sagan que j'avais lu, il m'était resté dans la tête toute cette merde des bateaux de luxe et de la dolce vita au bord de la Méditerranée. Des gens qui héritaient de fortunes colossales, avec châteaux et tout. C'était ça que je voulais. Et m'enfuir.

La jeune négresse a ouvert un sac. Elle en a sorti une cuillère et une petite marmite remplie de bouffe. Comme je la regardais hypnotisé, elle m'a dit :

– Ça te tente ?

J'ai observé de plus près le contenu. Riz, haricots noirs et patates douces. Pour changer !

– Demoiselle, me fais pas ça, sur la tête de ta mère, que je suis quasi mort de faim ! J'ai un clebs qui m'aboie dans le bide.

– Ha, ha, ha, ha, quel comique ! Tu es de La Havane, hé ?

– Non. De Matanzas.

– Ah, c'est pareil.

– Non, c'est pas pareil.

– Quasiment presque. Allez, mange donc un'ti peu.

– Non, non !

– Mange la moitié, je te dis, mon garçon !

Elle m'a tendu la cuillère. J'ai boulotté la moitié de la marmite, exactement. Elle a sorti une bouteille d'eau. On a bu.

– Tu voyages équipée, toi.

– Je vais jusqu'à la capitale. Ça fait loin.

Elle a pris dans le sac une fiasque remplie de café chaud. On l'a siroté. Et des cibiches. On a fumé. Bon, nettement mieux ! Pas loin du septième ciel.

– Me dis pas que tu te balades aussi avec du rhum…

– Une eau-de-vie fameuse, de quatre-vingt-dix degrés. Elle vient de la coopérative.

On a savouré ça bien bien. Ils sont comme ça, les gens de la province d'Orient : ils font jamais attention à leur foie. Gnôle à quatre-vingt-dix, carrément. On a pris quelques rasades. J'ai gardé la boutanche.

– Qu'est-ce que tu vas faire à La Havane ? Tu as de la famille ?

– Non, j'ai personne, mais il y a du travail là-bas, alors je me lance.

– Si tu es seule, ce sera plus facile. Et avec cette allure que tu as… Un pétard et des lolos qui rendraient dingue n'importe qui.

– Ha, ha, ha, ha, quel baratineur ! Tu perds pas ton temps, hein ?

– Ben oui, normal.

– C'est pour ça qu'ils me plaisent, les Havanais. C'est des effrontés ! Dans ma campagne à moi, c'est pas une vie. Misère et famine. Moi, j'en peux plus.

– À La Havane aussi, il y a de la famine. Et à Matanzas. Partout.

– C'est pas pareil ! Y a du travail, au moins.

On est restés en silence dans la pénombre. Toute la nuit assis l'un contre l'autre… Il fallait faire quelque chose. J'ai posé ma main sur sa cuisse. Elle a écarté les jambes, légèrement. Elle était en pantalon. Je l'ai branlée par-dessus le tissu. Elle s'est excitée, a commencé à soupirer. Elle a baissé sa braguette, ouvert le falze et posé son baluchon sur son ventre pour nous protéger des regards indiscrets. Ma main est entrée en elle, profond. Elle jouissait à chaque minute. Je ne sais pas combien d'orgasmes elle a pu avoir. Abandonnée sur le sol. Gémissante. Se livrant corps et âme à la branlette. De temps à autre, je reniflais mes doigts couverts de son jus. Ça sentait un mélange de con, de soufre et de morue pourrie. Délice. Je me suis astiqué la queue mais ce que je voulais, en réalité, c'était la lui mettre. Sauf qu'on ne pouvait pas, à notre place. Trop de gens agglutinés au-dessus de nous. Je me suis arrêté et je lui ai dit :

– Tu as lâché dans les vingt litres de crème, dis ! Quelle santé !

– Oui, ça fait des jours que j'ai rien eu...

– T'as pas de mari ?

– J'avais.

– Il t'a plaquée. Pour être trop folle du cul.

– Non, c'est moi. Pour être trop bekwè.

– Un imbécile ? Pourquoi ?

– Il est infirme, ce nèg' là. Il conduisait les camions dans la montagne et il a eu un accident.

– Infirme comment ? En fauteuil roulant ?

– Il en a pas ! Non, il se traîne par terre comme un serpent. Hé, tu comprends, papito, c'est pas pour moi, ça ! C'est d'la caca ! Je me suis occupée de lui quelques mois et puis ça a suffi ! Tous les jours plus jaloux, et plus colère, alors je l'ai laissé et je suis partie.

— Tu es mauvaise.

— Mooouaaa ? Je suis un bonbon au chocolat, moi. Le sale bougre, c'est lui ! Qui me jalousait, et me frappait avec un bâton, et m'attachait sur le lit ! Il disait comme ça, « je vais te découper en morceaux et les donner à manger aux chiens ». Ah, tu vois comme ça me fâche !

— Il devait avoir des raisons, quand même…

— Bon, c'est que depuis l'accident, il bandait plus. Plus rien ! Fallait faire quelque chose, parce que sans baise, on peut pas vivre ! Pas baiser comme ça ? J'allais devenir zinzin !

— Et qu'est-ce que tu faisais, alors ?

— J'allais niquer par-ci par-là. Mais à la maison, devant lui, j'ai jamais baisé avec personne ! On dit bien « qui voit pas souffre pas », non ? Alors moi, je comprends pas toute cette amertume et toute cette folie.

— Ah, d'accord…

— Ça m'a fait peine, remarque, parce que je l'ai laissé pleurant comme un bébé… Ha, ha, ha, ha ! J'avais encore jamais vu ça, un mec qui chiale comme ça. Il a dit qu'il allait se tuer. Quel comédieeeen ! Le macaque complet !

— Et s'il termine en se suicidant par ta faute ?

— Ma faute ? Noooon ! La sienne, c'est tout ! Ils lui ont dit : « Écoute, il a plu beaucoup dans les hauteurs, va pas te mettre par là-bas. » Et lui, si, il y va ! Alors c'est bien qu'il est pas mort. Qu'il aille se faire, maintenant !

– Tu as la haine contre lui ?

– Héééé… oui. Avant l'accident, c'était un fier, un grosmodel. Moi, j'aime pas quand les hommes ils sont poltrons.

– Qu'est-ce que tu aimes, alors ? Qu'ils te mettent des mandales ? Avoir un mac qui te fout sur le trottoir ?

– Pas jusque-là, mais aaahhh…

On a recommencé les branlettes. Et comme ça toute la nuit. Très divertissant. Tout en s'enfilant cet alcool à brûler. On a aussi dormi, pas beaucoup. En milieu de matinée, on est arrivés à Matanzas. Par chance, les contrôleurs ne s'étaient pas montrés. On s'est séparés.

– Je descends ici. Comment tu t'appelles ?

– Ha, ha, ha, ha !

Elle a rigolé sans répondre.

– Pourquoi tu te marres ?

Elle a continué à rire. Je lui ai fait au revoir de la main. Après, je me suis traîné de la gare à chez moi. Aussi claqué et endormi qu'un vieux de quatre-vingts balais. Je suis allé directement à la douche. J'ai dû en prendre deux d'affilée et je ne me sentais toujours pas propre. Mais je savais pourquoi. J'ai pris le savon, le rasoir, une cruche d'eau, et je suis allé me cacher dans un coin de la cour pour me raser. Et pour voir si la voisine serait dehors, au passage. Elle me manquait, celle-là. Elle me manquait comme si on était mariés depuis des années. Je me suis déshabillé et j'ai commencé par le nombril, en descendant. Ça faisait mal. C'était un vieux rasoir, et de fabrication russe, pour ne rien arranger : une rape

91

merdique et toute rouillée. C'est à ce moment-là que mon père est rentré, et il est venu droit dans la cour, bien sûr. Je n'ai pas eu le temps de me dissimuler complètement. Il m'a vu à oilpé, en train de me raser les jambes. Il s'est fâché tout rouge :

– Nom de nom, c'est tout ce qui manquait à cette maison ? Tu es une tafiole ou quoi ?

– Mais non. Attends, hé…

Il a fait demi-tour et il est ressorti dans la rue comme un bolide en claquant violemment la porte. Toujours le même. Pas question d'écouter deux minutes. La perspective d'avoir un fils pédé le plongeait dans une peur panique. C'était une obsession de toutes les familles, ça : ils auraient encore préféré avoir un fils qui se transforme en loup-garou chaque nuit de pleine lune.

Cette paranoïa paternelle avait commencé – ou avait commencé à s'exprimer, en tout cas – quand j'avais douze ans et que je m'étais inscrit en auditeur libre aux cours de dessin anatomique de l'école d'arts plastiques de Matanzas. La sélection était très dure, il fallait assister aux cours pendant une année et ensuite passer un examen calé. Dans une très grande salle, une cinquantaine d'élèves étaient assis autour de deux modèles tout nus installés au milieu, un jeune type ultra-musclé et une vioque ridée, une ancienne pute qui se collait des plaques de rouge sur les joues. Le premier était beau jusqu'à en être ridicule, la seconde affligeante au point de vous donner envie de chialer.

Un soir, mon père est venu traîner dans le coin. Par

curiosité, ou par méfiance. Il a passé la tête par la porte et il est tombé sur ce spectacle pas banal. Il m'a hélé. Dans le couloir, il m'a dit :

– On s'en va. Tu ne remets plus les pieds ici. C'est des trucs de tantouzes, ça ! Et si jamais tu reviens, je te sors à coups de pied aux fesses.

C'est ainsi que s'est terminée ma carrière d'artiste peintre.

Là, j'ai fini de me raser en rigolant tout seul. Rien à battre ! Avec tous ses reproches et ses soupçons à la con, il m'avait totalement anesthésié. Je ne pouvais pas apprendre le piano parce que c'était « des trucs de tantouzes ». Ni collectionner les timbres, parce que « y a que les pédés qui font ça ». Et les papillons, alors ? « Aaaarrrgh ! » Et je n'étais pas censé lire non plus, vu que la lecture était « pour les tafioles ». Apparemment, les tapettes se gardaient tout ce qu'il y avait d'intéressant, alors que les vrais petits hommes devaient se contenter du plus minable : cramer au soleil pour vendre des glaces, s'éreinter à pêcher des crabes pour gagner deux ronds et se choper des morpions avec des putes sur le retour. En regardant bien, on se disait que les pédés avaient une meilleure vie que les machos. Ils pouvaient faire ce qui leur plaisait, au moins.

Revenu à la salle de bains, j'ai inspecté mes sourcils, au cas où un morpion champion de course à pied aurait réussi à grimper là-haut. En fait, j'aurais bien aimé tout me raser : les sourcils, la tête, les bras, la poitrine… Juste pour déconner. J'ai examiné tous mes poils avec soin, mais je n'ai pas eu besoin de me soumettre encore à la torture de cette lame pourrie. J'ai pris une troisième douche et j'ai eu enfin l'impression d'être propre.

On a frappé à la porte. Je suis allé ouvrir. Il y avait un gus d'âge moyen et un autre qui était presque un gamin, grand, maigre, les cheveux tellement gominés que ça lui dégoulinait sur le front. Pâle comme un cadavre, aussi, avec de l'acné plein la tronche et des lunettes en cul-de-bouteille. On s'est observés en silence tous les trois. J'ai pensé : « C'est quoi, ce plan ? »

Après plusieurs secondes de flottement, l'adulte a pris l'initiative. Il souri d'une oreille à l'autre.

– Bonjour, jeune homme. Comment allez-vous ?

Je n'ai pas répondu. « Deux abrutis qui viennent profaner le repos du guerrier », ai-je conclu. J'ai tiré la gueule. Le plus âgé a donné un coup de coude au blanc-bec, qui restait aussi interdit et éberlué que si j'avais été un fantôme. Soudain, son mécanisme s'est débloqué et il s'est mis à jacter comme un disque :

– La Bible dit que le monde sera un paradis, un jour. Vous pensez que nous vivrons cette expérience ? Vous nous permettez d'aborder ce sujet avec vous ? Une minute, pas plus, mais qui peut changer toute votre vie. Je vous prie de…

– Non, merci. Je n'aime pas parler de trucs qui n'ont ni queue ni tête.

Les yeux du glandu se sont brouillés. On aurait cru qu'il allait fondre en larmes. Il est devenu rouge comme une tomate. Je suis resté inflexible, sans un seul geste de compassion. J'avais de la peine pour ce crétin, oui, mais je ne l'ai pas montré. Ils ont baissé la tête, ont demandé pardon et se sont esquivés. En refermant la porte, je me suis dit que ce jeune avait une tronche de suicidaire. Il avait besoin de se raccrocher à quelque chose, dans la vie, et il était tombé sur la Bible. « J'ai été vraiment cruel, c'est comme d'enlever sa came à un drogué. » Mais bon, c'était fait. J'ai rouvert et je suis parti à leur poursuite. Ils n'étaient pas allés très loin, parce qu'ils se traînaient misérablement. J'ai tapé sur l'épaule du glandu. Il s'est retourné, m'a lancé un regard désolé à travers ses lunettes pleines de buée et je lui ai sorti la première connerie qui m'est passée par la caboche :

– T'inquiète pas, mon pote : les crabes, ils bouffent les escargots.

– Que… qu'est-ce que vous dites ?

– Que les crabes bouffent les escargots. (Là, je me suis mis à fredonner sur un rythme de bossa nova :) Les crabes bouffent les escargots, les crabes bouffent les escargots, et la merde coule à gogo, chabadabada…

– Vous êtes fou ?

Je suis redevenu très sérieux, d'un coup. Il ne méritait pas que je lui présente mes excuses, s'il ne comprenait pas mes blagues.

– Quoi, tu vas pas rire ?

– Comment ?

Plein d'agressivité, j'ai levé la main droite en l'air, prêt à lui balancer une bouffe dans le chou.

– Je te demande si tu vas pas rire, crétin !

Le vieux a attrapé le gamin par le bras et ils se sont éloignés à grands pas. De retour à la maison, je me suis versé un verre de lait. Je ne pouvais rien avaler de plus. J'avais tellement de vieille faim accumulée que je ne pouvais rien manger de solide. Et je crevais de sommeil, aussi, mais avant de me pieuter, j'avais encore un truc à faire. Je me suis brossé les dents deux ou trois fois, j'ai passé des habits propres et je suis sorti à la recherche de Gustavo. Je suis allé à sa piaule dans l'immeuble de La Marina. Elle était bouclée. Je suis redescendu interroger la grosse négresse vendeuse de bières.

– Il est venu ici boire un coup, la nuit dernière. Aujourd'hui, je l'ai pas vu.

– Hier soir ?

– Oui.

– Sûre ?

– Certaine.

– Vous me faites confiance pour une bière et je vous la paie demain ?

– Non.

– Vous faites bien.

– Un peu, que je fais bien.

– Au revoir, señora.

– Hmmm.

Je suis revenu à trois ou quatre reprises. Jamais de Gustavo. L'étage était envahi de rats et de cafards. À chaque visite, j'essayais de soutirer une bière à la vieille, qui me répondait en souriant :

– J'ai pas confiance aujourd'hui, et demain non plus.

Un soir, on s'est croisés dans la rue, par le plus grand hasard. On s'est salués. Comme si rien ne s'était passé. Il m'a invité à boire chez la grosse Noire. D'après ce que j'ai vu, il devenait de plus en plus philosophe.

— Le camion, ils l'avaient déjà vendu. C'est qu'on a beaucoup tardé à arriver...

— Tout ce que je veux savoir, c'est pourquoi tu m'as laissé là-bas avec cette nana ? Pour un peu, je devenais cinglé, Gustavo !

— Ha, ha, ha, ha ! Je suis sûr que tu as appris des tas de choses.

— Oui, et je me suis chopé des morbacs que je te dis pas !

— Moi aussi. Il a fallu que je me rase jusqu'au trou de balle.

— Bon, alors, tu réponds ?

— J'ai dû me casser vite fait. Cette petite, elle me décollait pas, même pour aller caguer ! Une vraie punaise. Et elle voulait avoir des enfants avec moi, et patati, et patala...

— Elles sont toutes les deux pareilles. Atroces !

— C'est qu'on était un mystère pour elles. Rien de tel pour subjuguer une femme : l'inconnu. Elles adorent les énigmes.

— Tu crois ?

— C'est prouvé scientifiquement ! Elles mûrissent plus vite que nous, elles sont très malignes et très pragmatiques, donc elles tombent pas amoureuses. Un peu de passion, c'est tout. Le seul truc pour les contrôler, c'est d'inventer un mystère. Parce que la recherche de la solution, ça les occupe : « Qui est ce type ? D'où il sort ? Qu'est-ce qu'il me trouve ? », et ainsi de suite. Des questions, des tas de questions ! La femme est curieuse, par nature, et si tu la tires bien en plus, alors ça y est, tu es son idole. Son idole préférée, quoi.

– Et après ? Quand le temps a passé ?

– Ah, alors là, t'es baisé ! Elles ont eu toutes les réponses au grand mystère et elles ont compris que t'es qu'un petit mecton de plus. Commun, banal. Plein de problèmes et de défauts. Paf, le charme est rompu...

– C'est facile.

– C'est pour ça que le mariage, ça peut pas marcher. Le mariage, c'est un bizness. Ça a été inventé par un commerçant. Non, ce qui fonctionne, c'est le mystère, Pedrito, le mystère ! Le roman à l'eau de rose, la découverte réciproque, et après ça se termine, parce qu'aucun roman dure pour toujours. Après le mystère, c'est le désert, un désert immense. Routine, ennui. Tout devient lourdingue.

– Mais ça leur plaît, le mariage...

– Non, ça leur plaît pas : ça leur convient, et c'est pour ça qu'elles supportent. Ce sont des sédentaires, alors que nous, les hommes, on est des chasseurs. Il faut qu'on passe d'une vallée à l'autre, à courir après les mammouths.

On a continué à boire en silence. Je méditais ce qu'il venait de dire.

– C'est pour ça que tu es marin, hein, Gustavo ? Tu crois pas au mariage.

98

– Je crois à rien. Nous autres, les êtres humains, nous sommes des cannibales. La souffrance naît avec toi et t'accompagne à jamais.

Ça devenait un peu trop abstrait pour moi, là.

– Quelle souffrance, Gustavo ?

– Tu es encore jeune. Tu comprendras avec les années. Ce que je veux dire, c'est que nous sommes des individus, point final. Ne te fie à aucun type d'organisation, de groupe. Jamais. Même pas la famille. C'est un mensonge, tout ça. Il y a toujours quelqu'un qui tire les ficelles par-derrière, à son avantage.

– Tu es pareil qu'un loup.

– En moi vit un tigre. Et crois-moi, c'est difficile de le garder sous contrôle.

On ne s'est plus jamais revus après cette soirée. Il est parti sans prendre congé. Il avait déjà quarante ans et quelques. Je pense qu'il est mort à New York, dans un asile ou un taudis quelconque, ou sur un trottoir. Sale, bourré, oublié de tous. Complètement seul, et content. À mes yeux, il est resté un illuminé qui se suffisait à lui-même et je préfère l'imaginer comme ça, plutôt que comme un raté de plus. Je veux me souvenir de lui dans cet infime et éternel instant où un esprit lumineux et solitaire devient un spectre des ténèbres.

Il est très difficile de trouver la voie sans un guide. Chaque jour, la vie devient plus pénible parce que nous manquons de maîtres à penser. Les intrigants et les menteurs, par contre, il y en a à la pelle.

8

APRÈS CES CAUSERIES avec Gustavo, j'ai commencé à entrevoir plus clairement les motifs de mes réactions, même les plus viscérales : je n'arrivais pas à me sentir bien, à parvenir au bonheur, parce que j'avais l'impression de vivre au milieu d'une meute féroce et assoiffée de sang. Il fallait que j'oublie mes chimères romantiques, que je pose les pieds sur terre, ou alors ils allaient me détruire. Celui qui ne se sert pas de ses crocs et de ses griffes, sans pitié, finit en chair à canon, ou à nettoyer les chiottes.

Sauf que c'est de mauvais goût, de proclamer ça. Trop incorrect, trop déprimant. Ça démoralise. Nous voulons tous passer pour des êtres respectables, décents, équilibrés. Surtout les hommes politiques et les dignitaires religieux : ils adorent jouer aux altruistes, seulement préoccupés par le bien-être d'autrui.

À l'époque dont je parle, toutes ces idées n'étaient pas excellentes pour mon petit cerveau. Je les ai mises de côté, elles aussi. Elles étaient trop peu dans la norme pour qu'on les exprime à voix haute. Même lire Hermann Hesse était problématique en ce temps-là, alors Nietzsche et Sade… Ils n'existaient pas. La liste de livres « idéologiquement problématiques » s'allongeait tous les jours. Pourtant, elles sont restées là, ces idées. Au plus profond. Dans l'obscurité. À faire leur nid. Le nid du serpent.

La crise a surgi un peu plus tard, à mes vingt ou vingt et un ans, lorsque je suis devenu dépressif, suicidaire, furieux, fou, sado-queutard, alcoolique, agressif. Tout ça à la fois. Autodestructeur. Bien sûr, puisque le serpent avait incubé en moi depuis l'adolescence… Lorsque j'ai enfin compris la relation amour-haine avec le reste de la horde, je me suis mis à prendre mes distances. « Antisocial » ? Je ne crois pas, non. Asocial. Plus il y a du silence et de la solitude autour de moi, mieux je me sens.

J'ai toujours des balles de caoutchouc à portée de la main. Pour les envoyer rebondir contre le mur. À treize ans, j'ai été saisi de doutes sérieux vis-à-vis du dogme catholique, mais ma mère a insisté pour garder Jésus crucifié au-dessus de mon lit. Une statuette en plâtre. Et moi d'expédier ma petite balle dans tous les sens jusqu'à ce que j'atteigne le pantin : il a sauté de son crochet, il est tombé par terre et il s'est cassé en mille morceaux. Ma mère a fait un scandale terrible. Ils ne me respectaient pas. À quinze ans, déjà, je contribuais aux finances de la maison, mais ça comptait pour que dalle à leurs yeux. Ils ne respectaient pas mes idées. C'est quelque chose qui me casse extrêmement les couilles, ça : l'intolérance, le besoin de pouvoir. Je ne supporte pas les gens qui me rendent la vie impossible avec leur autoritarisme et leur sens de la hiérarchie.

J'ai pris mon matériel de pêche et je suis parti sur la jetée. Pêcher, c'était le bonheur. Personne en vue.

Avant, j'allais très souvent à la fabrique de jésus-christ. Le patron était un jeune, un voisin à nous. Il avait étudié les arts plastiques pour monter cette affaire. La purée de ses os. Il avait des moules qu'il remplissait de plâtre, ensuite il les peignait à la main et terminé. Il vendait ces crucifix comme des petits pains. Une activité vulgaire.

À l'époque où j'allais voir les jésus-christ, je suivais des cours de catéchisme et je me rendais à la messe dominicale. Pendant la semaine sainte, on devait faire une procession dans la nef de l'église. Je revois ce moment : brusquement, je me retrouve dans une file de zigues qui font la queue pour baiser la main d'un curé très élégant, attifé en violet, vert et or, assis sur un trône. Tout a été très rapide. J'ai vite été devant le bonhomme. Il a fallu que je m'agenouille et que j'embrasse cette main grasse, molle et poilue, ornée d'une énorme émeraude à un doigt. Je l'ai regardé bien en face. Il souriait. Il badait, l'enfoiré. Un vioque efféminé et tout content de lui, avec les ongles manucurés, peints de laque transparente. Il se prenait pour Dieu. Il croyait sérieusement à son rôle de seigneur tout-puissant. Un crétin de plus, et moi qui lui baisais la paluche…

Comme si ce n'était pas assez, je l'ai aperçu ensuite dans la sacristie, en train de fumer des cigarettes bout filtre et de badiner avec des dames de la haute. Un acteur-vedette entouré d'admiratrices. Elles lui racontaient qu'on les avait expropriées de terrains et je ne sais quoi encore, qu'elles pensaient quitter le pays parce que tout ça devenait insupportable. Et le cureton qui disait oui avec une mine de circonstance, et puis qui riait, comme ça, sans raison. Il n'arrêtait pas de sourire à tout le monde. Il voulait plaire.

Je n'ai plus remis les pieds à l'église après ce jour-là. J'avais déjà eu quelques problèmes au catéchisme. Ils voulaient que je croie aveuglément à leur historiette d'Adam et d'Ève, mais moi, rationnel entêté, je voulais une démonstration plausible. Mais rien. L'enseignant était un jeune naïf à moitié débile. En désespoir de cause, il m'a crié : « C'est pas un cours de géométrie, ici ! Il n'y a pas de démonstration qui tienne ! Si tu veux penser que tu descends d'un gorille plein de puces et puant le caca, ne te gêne pas, pense-le ! » Ensuite, on a polémiqué sur la sainte Trinité… Enfin, pour dire que j'aimais discuter et apporter la contradiction.

Comble du comble, c'est à ce moment-là que j'ai rejoint la branche juvénile d'une petite loge maçonnique. Être initié à tous ces rites secrets, ça me bottait ! Mais le scandale a éclaté au bout d'un an. Le tartuffe de « frère » qui dirigeait les jeunes et qui avait toujours la bouche pleine de « morale », « honneur », « honnêteté », « respect de la famille et des anciens », était trop attiré par les petits garçons. Son grand vice était de leur baisser le pantalon et de les sucer. L'un des « élus » n'a pas apprécié, il l'a raconté à ses parents et tout le tintouin s'est terminé par la dissolution de la loge. Quant au tartuffe, il a été obligé de disparaître dans la nature, parce que les autres étaient prêts à le lyncher.

Après tout ça, j'ai eu plein de moments libres. Le Chinois n'a plus voulu de mes crabes, sous prétexte que j'avais cherché à les lui vendre plus cher. Il s'est mis en colère : « Je 'lépète, plus de c'labes, à aucun p'lix ! » Des fois, donc, j'allais pêcher au port. Ça ne mordait pas. Évidemment : les poissons ne passent pas leur vie à attendre l'hameçon. La vie devenait de plus en plus barbante. Les thèmes d'actualité : travail, études, guerre. Rien d'autre. Ils avaient tout fermé, et pas seulement les quartiers à putes. L'ennemi était partout, même dans la soupe. Agents de la CIA infiltrés. La presse rapportait sans cesse de nouveaux cas. Je crois que les gens avaient pas mal peur, parce qu'ils parlaient tout bas, et seulement avec les amis de confiance.

Les livres étaient un moyen de m'échapper, mais le mélange de lectures auxquelles je me livrais n'était apparemment pas très bon pour ma santé mentale. Dès l'âge de huit ans, j'avais découvert près de chez nous une bibliothèque publique absolument parfaite, et sans jamais personne ou presque. C'était un monde à part, le moyen rêvé d'oublier tout le merdier ambiant. Il y avait l'air conditionné, ça sentait la lavande. Je lisais des tas de livres à la fois, mais je les choisissais au pif. Une main magique me guidait le long des rayonnages jusqu'à Truman Capote, Faulkner, Erskine Caldwell, Jean-Paul Sartre, Marguerite Duras, Nietzsche, Wright Mills, Sherwood Anderson, Carson McCullers, Hermann Hesse, Dos Passos, Hemingway. Que des écrivains tourmentés par leurs obsessions et leurs fantasmes. Une force invisible me tenait loin des auteurs sans saveur et sans substance. Des fois, pour me détendre un peu, je prenais Jules Verne, Defoe, Mark Twain, Salgari, Poe, Babel, et beaucoup de poésie.

Je dévorais tout. J'étais insatiable. Il y avait des univers au-delà du mien et je les découvrais peu à peu. Je pouvais lire en même temps *Qu'est-ce que la littérature ?*, de Sartre, *L'Origine de la famille, de la propriété privée et de l'État*, d'Engels, *Ainsi parlait Zarathoustra*, de Nietzsche, et *Le Rameau d'or*, de Frazer. Et je soulignais tout, parce que tout me paraissait important.

La tempête forcissait dans ma tête. Pour me distraire, j'ai essayé les premières pages de *La Métamorphose* de Kafka. J'ai paniqué. J'ai vite refermé le bouquin. J'avais même peur de l'avoir près de mon lit, la nuit. Quelle horreur ! Dire que je pouvais me transformer en putain de cafard !

Tandis que je lisais de cette manière chaotique, arbitraire et désespérée, j'ai compris peu à peu à quel point l'écriture est un exercice diabolique. Le genre d'écriture qui m'attirait, en tout cas. Il faut faire jaillir la rage et la folie, mais avec naturel, sans que cela ressemble à de la littérature, justement. Il faut que tout soit spontané, en apparence. Il faut construire un monde particulier, puis se dépêcher de faire disparaître l'échafaudage. Le lecteur doit être convaincu que le livre a été écrit sans aucun effort, avec la même aisance que les gazelles lancées dans leur course. C'était ça, mon idéal : une gazelle qui court comme si elle n'avait pas de muscles et ne se fatiguait jamais, comme si elle volait dans les airs.

Peu après, à dix-huit ans, j'ai très bien vu que mon écriture n'aurait jamais pour but de plaire et de divertir. Elle ne ferait jamais passer un agréable moment à un public bienséant, pusillanime et blasé. Au contraire : pour ces gens-là, mes livres seraient une épreuve, parce qu'ils secoueraient leurs certitudes et leurs bonnes manières. Ils allaient me détester.

Tant pis. Je voulais conjurer le démon, déballer tout ce que l'on cache. Tout le monde veut se montrer plaisant, cultivé, raisonnable. Ça ne m'intéressait pas, donc il fallait en premier lieu que je m'éloigne de ce type d'individus. L'apprentissage devait être solitaire. Je n'avais aucune question à poser, à quiconque. L'écrivain digne de ce nom est un spectre invisible : personne ne peut le voir, pourtant il entend et note tout. Le plus intime, le plus secret de ce que chaque être recèle. Il passe à travers les murailles, s'introduit dans le cerveau et l'âme des autres. Ensuite, il écrit sans aucune peur. Il doit tout risquer. Celui qui n'ose pas aller à l'extrême limite n'a pas le droit d'écrire. Il faut pousser tous les personnages jusque-là. L'extrême limite. Il faut apprendre à le faire. Tout seul. Parce que personne ne peut enseigner comment on y arrive.

9

CETTE DOUBLE VIE entre la rue et la bibliothèque me plaisait bien. Elle m'éloignait de mon étouffante maison, pour commencer. Je n'avais personne à qui parler de mes lectures. Autour de moi, personne ne lisait. Les adultes étaient ennuyeux à crever, ils ne parlaient que de politique. C'était le seul horizon. Un aveuglement total, asphyxiant, auquel j'étais obligé de tourner le dos.

J'avais commencé à fréquenter la bibliothèque parce que c'était un local propre, frais, agréable, climatisé. Un monde parallèle. Peu à peu, je me suis senti très attiré par les livres, le silence, la tranquillité, le loisir de réfléchir. Mais ce n'est pas la lecture qui m'a séduit au début, plutôt le confort, le calme, la distinction de ce lieu.

Mes oncles raffinés avaient déjà disparu de la scène. Les seuls éléments distingués de la famille. Wango avait été le concessionnaire d'une fameuse marque de voitures pour tout Cuba, tandis que José Luis se consacrait à l'immobilier et à la politique. Tous deux parlaient anglais, habitaient des appartements luxueux de La Havane, possédaient des collections de peintures et d'art précolombien. Je les admirais, et ils étaient les seuls qui m'écoutaient, me prêtaient quelque attention. L'archétype du self-made man, l'un et l'autre : des pedzouilles cultivateurs de tabac dans les vallons de Pinar del Río devenus brasseurs d'affaires et ministres... Leur trajectoire respective étant un roman picaresque dans lequel plein de gens sont impliqués, mieux vaut ne pas insister sur le sujet.

Comme j'étais leur neveu préféré, il m'arrivait de passer des mois chez l'un ou chez l'autre. Avec eux, et leur famille, j'ai appris à apprécier la musique classique, à comprendre le théâtre et le ballet, à passer de longs moments au Musée national, à baragouiner un peu d'anglais et même à me servir d'une fourchette, d'un couteau et d'une serviettte.

Wango est mort en 1961. Un an plus tôt, José Luis était parti aux États-Unis avec les siens. Il n'est jamais revenu. Peu avant son décès à Chicago, il a publié son autobiographie, dans laquelle il se dépeignait tel un saint tombé du ciel.

Je n'avais personne à imiter. Plus de modèle. Autour de moi, tout était dépouillé et frugal, pour employer des termes mesurés. Mon seul luxe était la bibliothèque. Et le cinéma : au cours des années 50, j'ai vu tous les grands films américains. Les salles de la ville passaient six ou sept titres différents chaque semaine, et l'entrée ne coûtait presque rien. Ensuite, quand il a été décidé que le cinéma de l'ennemi ne devait plus être regardé, nous avons commencé à avoir plein de films européens, depuis

Le nid du serpent

Mamma Roma, Accatone, Le Voleur de bicyclettes et *Rocco et ses frères,* jusqu'à *Quand passent les cigognes* ou les œuvres de Luis Garcia Berlanga (*Bienvenido Mr Marshall, El Verdugo…*), *Le Couteau dans l'eau, Les Amours d'une blonde,* le *Pickpocket* de Bresson, etc. Ce dernier donnait des tuyaux tellement précieux aux voleurs amateurs que la police a exigé qu'il soit retiré des écrans. Il n'est resté que quatre jours au cinéma Abril, une salle de quartier, mais j'ai eu le temps de le regarder trois fois et de le retenir par cœur. J'étais enthousiasmé par ce thème, le vol à la tire comme passe-temps. À la maison, je m'exerçais à reproduire les exploits de cette bande.

Parfois, j'enviais les autres, ceux qui ne lisaient pas. Ma vie devenait trop compliquée à force d'essayer de comprendre tous ces bouquins. Je nageais dans l'angoisse alors que les autres dérivaient tranquillement le long des jours. Moins on réfléchit, mieux on se porte. Sauf que chacun reçoit sa part de merde, de toute façon. Qu'on lise ou pas, qu'on pense ou non, qu'on soit un génie ou un analphabète. Ce qui te revient t'attend au tournant.

Lucas faisait partie des gus qui me paraissaient heureux, sans souci. Il avait abandonné l'école dès le primaire et il ne pouvait pas lire des masses, je crois bien. Pas grave, puisque ça ne l'attirait pas. Il avait un an de plus que moi. Ses grandes passions, dans la vie, c'était les moteurs de vieilles bagnoles américaines, l'élevage des lapins et se payer une pute le samedi soir. On aurait dit un Gitan. Il me faisait penser à Carlos Gardel : petit, mince, brun, les cheveux gominés et plaqués en arrière, un visage en lame de couteau... Moi, je mesurais déjà un mètre soixante-dix-huit et je pesais soixante-dix kilos de muscle pur.

Si on se connaissait depuis la petite enfance, on n'avait rien en commun, lui et moi. Il était trop macho. Ce qui lui plaisait, c'était de jouer le rôle du type ultra-viril, un mélange de latin lover et de pater familias patriarcal. J'étais tout le contraire : je n'avais aucune envie d'avoir la même existence que mon père, je ne voulais pas devenir un esclave de la propriété et des responsabilités, à trimer comme un âne pour un salaire merdique, à m'encombrer d'une femme, d'une maison, d'enfants... J'aurais étouffé dans un cadre pareil. Avec le temps, j'ai découvert ce qui animait réellement Lucas. Il n'avait jamais connu son père, sa mère avait été pute et ils vivaient à La Marina, partageant une seule pièce comme la majeure partie des habitants du quartier. Alors, il rêvait d'avoir un foyer, une épouse, une famille. Ce qu'il voulait, c'était fonder la dynastie Lucas.

De temps à autre, mon père achetait une voiture américaine, un modèle ancien, le moins cher possible. Il la réparait, la repeignait, la bichonnait religieusement. Il atteignait un degré d'exaltation incroyable, quand il se trouvait une Ford Fairlane, une Chevrolet 57, une Corvette, une Impala... Pendant ces mois d'activité, il se transformait en véritable artiste, au point d'oublier sa dépression, le regret amer de tout ce qu'il avait perdu. Lorsque la caisse était comme neuve, étincelante, il la revendait, se faisait quelque argent, recevait les compliments de tous et attendait un moment avant d'en racheter une autre.

Moi, la mécanique ne m'attirait pas. J'avais appris à conduire les autos et même les camions à huit ou neuf ans, mais passer la tête sous un capot, non merci. Finalement, mon père a renoncé à tout espoir que je me corrige : « Tu n'étais pas fait pour naître pauvre, mon fils. Que Dieu te vienne en aide... » D'autres fois, il s'emportait : « Tu es plus feignasse que la mâchoire du haut ! Tout ce qui t'intéresse, c'est de tournicoter et de bayer aux corneilles. »

Lucas lui donnait toujours un coup de main, lui. Il allait au garage où mon père s'activait, pas loin de chez nous, et vas-y que je démonte, que je peins, que j'astique ! C'est à ce moment-là qu'il s'est mis à m'inviter chez lui tout le temps, sous n'importe quel prétexte : « J'ai eu une boîte d'hameçons, si tu veux, je t'en donne deux ou trois... », « La lapine a mis bas, viens voir un peu les petits... », « J'ai une revue avec des nanas à poil, je te la prête... », « Margot veut te connaître, c'est notre voisine, elle est trop bonne duc'... »...

Mais ça ne me plaisait pas d'aller chez lui, parce que sa mère était vulgaire et m'entreprenait sans arrêt :

– Tu pourrais passer pour un grand, mais t'es qu'un pitchoune encore. Si je te prends en main une seule nuit, je te fais bicher comme personne et je fais de toi un homme, un vrai.

– J'en suis déjà un, Rosa, me les casse pas !

– Alors, pourquoi que tu rougis ? Hein, Lucas ?

111

Qu'est-ce que tu penses de Pedrito ? Faudrait qu'il y aille voir un brin plus entre les jambes d'une femme, ha, ha, ha ! Quand la mer est calme, même le singe peut être capitaine ! Allez, viens que je fasse un homme de toi !

– Écoute, Rosa, les plaisanteries les plus courtes… Sois pas lourde.

– Hé non, parce qu'après Dinorah, tu es resté le bec dans l'eau ! Rien d'autre ! Elle t'a coupé le zoizeau ou quoi ? Laisse voir.

Et elle essayait de m'attraper par les roustons.

Ils étaient comme ça, Rosa et Lucas. Morbides. Le problème, c'est qu'elle me dégoûtait. Elle était très abîmée et très sale. Elle ne faisait plus la pute depuis longtemps, et ils vivaient dans une pauvreté abominable. Pour la tirer, il aurait fallu avoir le cœur bien accroché ; ses clients l'avaient trop usée, et désormais elle survivait en lavant et en repassant le linge des autres. Le fils gagnait trois ronds à réparer les voitures, c'était un bon pêcheur aussi. Il avait un coin à lui sur la côte, où il se rendait en secret. Les poissons, il faut les feinter, les appâter tous les jours à la même heure, au même endroit, jusqu'à ce qu'ils se sentent en confiance ; et là, au milieu de la bouffe innocente, il est temps de lancer les hameçons.

Un après-midi, Lucas m'a proposé de l'accompagner à sa base de pêche. On a pris les vélos et le matériel. C'était assez loin de la ville, à une heure par la route de Varadero. Une crique très isolée, cachée par un bosquet de résiniers. On a commencé par jeter la boëtte, puis on a préparé les lignes. C'était comme attraper des poules

dans l'enclos ; en une demi-heure, on a sorti une dou-
zaine de belles pièces, pagres, donzelles ou cerniers. On
a fait une pause. Lucas a sorti une petite bouteille de
rhum. On a bu quelques coups.

– Va falloir qu'on en reste là pour aujourd'hui. Autrement, ils prennent peur, ils s'en vont et ils reviennent
plus jamais.

– T'es un vrai pote, Lucas. Personne emmène même
son frère sur un coin pareil.

– Tu es un ami, voilà. Je sais que t'en parleras pas.
Mais toi, tu peux venir quand tu veux. Pas besoin de me
demander la permission.

– Merci, collègue.

On a continué à picoler en silence. Les yeux sur la
mer, toute bleue et toute tranquille. C'est toujours beau,
le soir qui vient sur l'océan.

– Dis donc, Pedrito, je voulais te dire un truc, mais…

– Quoi ?

– Si tu es partant, je vends un couple de lapins et
samedi soir on va ensemble chez Margot, la voisine. J'ai
déjà causé avec elle. Pour cinq pesos, elle couche avec
nous deux. Elle est folle des sandwiches, paraît-il.

– Quoi, en même temps ? Non, non ! Ça va pas,
Lucas ?

– Moi, rien que d'y penser… Regarde comment ça
me met !

Il a sorti sa pine à l'instant. Et il a entrepris de l'astiquer, en me regardant avec des petits yeux.

– Oh, hé, Lucas, mais qu'est-ce qui te prend, mec ?
Arrête, maintenant !

J'ai ramassé mon filet de poissons, mes esches, j'ai
attrapé mon vélo et j'allais m'enfuir quand il m'a arrêté
par le bras.

– Allez, quoi, Pedrito, laisse-moi te toucher. Je te
donne mon cul, tout ce que tu veux. Laisse-moi te…
T'en va pas, sur ta mère ! Regarde un peu dans quel état
j'suis !

Je me suis écarté en faisant les cent pas pour gagner
du temps. C'était une chose qui m'était déjà arrivée
quelquefois avec des hommes. Je ne comprenais pas
pourquoi, mais ils s'excitaient en ma présence. Lucas est
arrivé derrière moi. Je me suis retourné, furax. Croyant
que j'allais le frapper, il s'est hâté de battre en retraite.
J'étais beaucoup plus costaud que lui.

– Laisse-moi te poser une question, Lucas. Que j'essaie
de piger.

– Eh… Vas-y, dis.

Il continuait à se tripoter sa queue tendue, et à me
mater avec son drôle de regard.

– Est-ce que j'ai une tête de pédale ?

– Non, non…

– Alors, qu'est-ce qui te prend ? La bite en l'air comme
ça, brusquement ?

– C'est… c'est que je suis zinzin de toi, Pedrito. Toutes
les nuits, je me branle en pensant à toi, et je donnerais
tout pour que tu fasses attention à moi. Ah, passer toutes
les nuits ensemble ! S'il te plaît, sois gentil… Rien qu'une

seule fois ! Une seule nuit. On se trouve une piaule et on s'installe ensemble et...

– Assez, con !

Je l'ai laissé adossé à un arbre, à se tripoter la queue en parlant tout seul. Pratiquement délirant. J'ai repris la route avec mon poiscaille et je suis passé à autre chose. Il m'avait eu par surprise, mais pas trop, en fait. Ce qui était chiant, c'est que je ne pourrais pas revenir pêcher dans son coin.

Quelques jours plus tard, je suis allé au port. Il y avait très peu de bateaux à quai. Tout était à moitié paralysé. Je voulais devenir marin. Je rêvais depuis longtemps de voyager, de découvrir le monde... Plein d'écrivains ont navigué dans leur jeune temps, donc pourquoi pas moi ? J'imaginais la Polynésie, la Nouvelle-Zélande, l'Australie, les escales en Chine et au Japon. Je voulais être un aventurier, comme Gustavo. Sans entraves.

J'ai traîné un moment sur le môle en liant conversation avec des gus que j'avais connus des années avant, au temps où je venais vendre des glaces par ici. Mais non : on n'entrait pas dans la marine marchande du jour au lendemain. Il fallait avoir fait le service militaire, puis fréquenter une école spécialisée, et aussi appartenir aux jeunesses communistes. Un habitué du port m'a dit :

– Oublie tout ça, va !

– Hé, je veux pas devenir capitaine, moi ! Simple matelot, ça me suffit.

– Mais sur quelle planète tu vis ? C'est terminé, le temps où chacun faisait ce qui lui passe par les couilles.

Contrôle ! Discipline ! Ordre ! C'est comme ça, maintenant.

— Je pense pas que ce soit strict à ce point.

— Oh, que si ! Plein de gens veulent embarquer rien que pour rester à l'étranger. Au Canada, en Espagne, ils descendent à terre et on les…

— C'est pas ce que je cherche.

— Oui ! Peut-être, mais personne va te croire. Vois un peu, t'es ni milicien, ni militant !

— Eh bé…

— Redescends sur terre ! Et quoi, tu vends plus de glaces ?

— Y en a plus.

— Ah ! Alors, continue comme tu es, c'est plus sain. Et surtout, qu'ils apprennent pas que tu veux quitter le pays, parce qu'ils te feront la vie dure !

J'en suis resté chiffonné pendant une semaine. Quoi, je voulais seulement devenir marin et ce type me conseillait de m'en cacher, comme si c'était un crime ! Le syndrome de la dissimulation. Tout ce que tu disais pouvait être retenu contre toi.

Mais à chaque fois qu'une porte se ferme, une autre s'ouvre. Près de chez moi vivait un *santero*, un prêtre lukumi. Un vieux qui continuait à pratiquer ses consultations et ses rites. Un jour, il m'a fait venir et il m'a dit que je devais aller lui chercher un serpent majá. Il m'a donné l'adresse d'un type qui en élevait, à La Rosita. J'y suis allé en biclou. C'était un quartier dans les collines, sur les hauteurs de la ville, pratiquement la campagne déjà. Le bonhomme avait une grande cour en terre battue, avec de gros rochers qui abritaient des crevasses. Les serpents étaient dedans. Nous nous sommes déplacés prudemment, sans parler, pour ne pas effrayer les bestioles. L'éleveur ressemblait à un reptile, lui-même : souple, silencieux, sur le qui-vive.

– Et quoi, ils s'enfuient pas ?

– Si on leur donne à bouffer, ils restent. Quand il y a de l'orage ou de l'ouragan, ils s'énervent, et de temps à autre il y en a un qui fait son maboul. Dès que je les vois comme ça, je les mets en cage deux, trois jours, et ils se calment.

Il y en avait plus de cent, à se ramper les uns sur les autres. Impressionnant. Le type en a fourré un dans un sac. Je l'ai payé, je l'ai rapporté au vieux *santero* et je me suis fait dix pesos. Ensuite, j'ai proposé mes services aux autres spirites, *paleros* et officiants de la religion de la zone. Je suis retourné plusieurs fois chercher des serpents à La Rosita, et c'est comme ça que j'ai rencontré Consuelito.

C'était une voisine de l'éleveur. Elle vivait avec sa mère et deux petits frères. On s'est plu l'un à l'autre dès qu'on s'est vus. Elle était mince, pas très grande, très blanche de peau. On aurait dit une fillette sage comme une image mais elle avait aussi un sourire impertinent et un regard pervers. Ses yeux brillaient d'une lueur qui prouvait qu'elle était du vif-argent sans qu'elle ait besoin de dire un mot. L'attraction a été immédiate, et mutuelle. Je lui ai demandé où était son voisin. Elle ne savait pas. En réalité, ce type menait une existence assez mystérieuse. Il vivait seul dans une maison d'une saleté repoussante, un alcoolique perdu qui fumait sans arrêt. La vérité, c'est que j'avais peur d'aller le voir. Pour une raison ou une autre, je m'étais mis en tête qu'il avait des cadavres enterrés dans sa cour, que ses serpents se nourrissaient de morts qu'il enfouissait sous terre lorsqu'il ne restait plus que les os. Ensuite, je me reprochais d'avoir l'imagination trop fertile.

Après un certain temps, Consuelito m'a raconté que le type aux reptiles recevait des femmes, parfois. Elles partageaient sa piaule puante quelques semaines, et puis elles disparaissaient. Tout le quartier avait les mêmes soupçons que moi, mais ce mec était tellement sombre et solitaire que personne n'osait lui poser de questions. Pire encore : personne ne savait quel genre de magie il pratiquait. On en a vu plus d'un passer de l'autre côté en vingt-quatre heures après avoir été frappé d'un maléfice ingénieux à base de poudre de crapaud ou d'humus de tombe. Mieux valait le laisser tranquille.

Dès que je l'ai vue, j'ai oublié le monde entier. Et elle, immobile sur son perron comme une mouche morte. Je me suis approché pour lui sortir la première bêtise qui me passerait par la tête. Je devais emballer cette nana coûte que coûte :

– Tu habites ici ?

– Oui.

– Et cet homme que je te dis, tu ne l'as pas vu ?

– Ça fait des jours que non. C'est un ami à toi ?

– Non. Je viens passer une commande.

– Un majá ?

– Tu es un officiant ?

– Non, ma beauté. Je vends des serpents par-ci par-là pour gagner un peu de ronds, c'est tout.

– Ah ! Tant mieux, parce que moi ils me font peur, ces gens.

– Moi aussi.

– C'est de la diablerie, tout ça, mais ne me dis pas que tu as peur d'eux, puisque tu les fréquentes et que tu...

– Il faut de tout pour faire un monde. Et plus tu en connais long, moins on peut te coincer.

– Ah non ! Connaître ces gens-là, non ! Ils sont pas normaux !

– Pfff... Bon, comment tu t'appelles ?

– Consuelito. Et toi ?

– Pedro Juan. En fait, c'est Consuelo, mais on te surnomme C...

– Non, non ! Ma mère a mis Consuelito sur l'acte de naissance. Parce que j'étais toute menue, paraît-il.

– Ha, ha, ha ! La « petite » Consuelo ! C'est marrant, ça.

On s'est tus deux minutes, sans savoir par où continuer. Elle était plus maligne que moi, heureusement :

– Si tu veux attendre ce... cette personne, entre un moment. Je te ferai du café.

– Oui, merci.

Je l'ai suivie. J'ai laissé mon clou dans la pièce principale et je suis allé dans la cuisine avec elle. C'était une maison plus que modeste, avec les tuiles visibles au plafond, mais impeccablement tenue. La mère travaillait au port, les gosses étaient à l'école. Consuelito s'occupait du ménage. Elle m'a dit qu'elle cherchait du travail.

– Quel genre ?

– N'importe. J'ai fini le secondaire, j'ai fait une année de prépa. Et toi ?

– Moi ? Je suis en stand by. Ils peuvent m'appeler sous les drapeaux n'importe quand.

– Moi, j'aime pas les études.

– Moi non plus. Qu'est-ce que tu aimes, alors ?

– Rien.

– Comment ça, rien ?

– Rien.

– Mais non, Consuelito ! Il faut bien que tu aimes quelque chose !

Elle a esquivé en s'affairant sur la cafetière.

– Tu l'aimes très sucré ?

– Non, très amer. Alors, dis-moi. Qu'est-ce que tu aimes ?

Elle a eu un rire de petite dévergondée.

– Et pourquoi tu veux tant savoir ?

J'ai failli la prendre dans mes bras et l'embrasser partout. J'ai eu l'impression qu'elle me provoquait, avec ce regard insolent…

– Tiens, viens voir par là. C'est ma chambre.

J'ai passé la tête par l'embrasure. Son lit était couvert de poupées et de peluches. Une bonne vingtaine.

– C'est quoi, tout ça ?

– Mes joujoux.

– Tu n'es pas un peu grande pour ça ?

– J'ai vingt ans, pareil que toi.

– Ah oui ? Et qui t'a dit que j'ai vingt ans ?

– Oui, c'est vrai… Mais puisque tu vas partir au service militaire ? Alors, quoi ? Seize ?

– Hmm, plus ou moins.

– Ah, on croirait pas… Aïe, quel dommage !

Je me suis chié dessus vingt fois. C'était quoi, ce besoin de préciser les années ?

– Hé, oh, Petita, je suis un homme, d'accord ? On me parle pas comme ça, à moi.

Mais la déception se lisait sur son visage. Elle s'était éteinte tout d'un coup. Et je me suis transformé en brutasse, soudain. Je l'ai attirée contre moi, je l'ai embrassée, elle s'est débattue mais elle n'était qu'une colombe entre les mains d'un gorille. Je lui ai collé mon paquet contre les cuisses, je lui ai attrapé une main et je l'ai plaquée contre mon dard. Ses doigts se sont serrés dessus et ont commencé à s'activer. Elle n'était pas si nulle. On a continué à se chauffer. Elle m'a fait une pogne plutôt correcte. Jusqu'à mouiller la queue avec sa salive. J'ai cherché son con des doigts, mais elle a fait un bond en arrière dès que j'ai essayé d'entrer.

– Ah ça non ! Je suis une jeune fille, moi !

J'ai réussi à ce qu'elle me la suce, finalement. Elle s'y prenait très bien, mais tout ça debout dans la foutue cuisine… Moi, j'avais l'habitude de tarées du cul, alors

121

que Consuelito, c'était… Comment dire ? Elle voulait sans vouloir. Quand elle a été bien excitée, elle m'a dit :

– Si tu te comportes bien, je te laisserai le faire par-derrière un jour. Mais par-devant, n'y pense même pas.

Je n'ai pas cherché d'explication. C'était trop clair : elle se gardait sa virginité, si toutefois elle était vierge, pour sa nuit de noces. Toujours la même connerie.

Elle a refait du café. On avait eu quelques orgasmes, rien qu'à touche-pipi. Soudain, je me suis mis à rire comme un dingue.

– Hé, la petite Vierge de La Rosita, con ! Sainte Consuelito, ha, ha, ha, ha ! Ta fête, c'est quel jour, sainte patronne ? Que je t'apporte les fleurs et les bougies !

– Comment tu te moques, dis ? Dieu va te punir, tu sais ?

– Ouais, je sais ! Ça fait un moment qu'il me punit, ouais. Mais toi, Consuelito, avec qui tu vas te marier ?

– Avec quelqu'un de bien, qui me respecte. Pas un effronté comme toi.

– Et tu vas avoir trois mouflets, ou quatre.

– Comment tu le sais ?

– Parce que je vois ça dans ta tête. Et je sais que tu vas rester ici, à La Rosita. Tu vas jamais te barrer d'ici. Tu vas rester tout près de ta petite maman et de tes petits frères.

– Ah, Pedrito, alors c'est vrai ? Tu peux lire dans ma tête ?

Je n'avais pas oublié les paroles de Gustavo. Elles sont des sédentaires, et nous des chasseurs. Mais rien à foutre, au final. Allez-y, les tambours, et voyons si on peut les enfiler dans le cul, ces meufs ! Un tiens vaut mieux que deux tu l'auras…

– D'accord, Consuelito, j'y vais. On se revoit quand ?

– Quand tu veux. Je suis toujours là.

– Quoi, tu bouges jamais ?

– Non. Ça me plaît, comme ça.

– Tu ne t'ennuies jamais ?

– Mais non ! Je nettoie, je récure, je cuisine. C'est moi qui tiens la maison. Ma mère, elle rentre tard. Tous les soirs.

– Ouais. Tu es la petite esclave, quoi.

– Hé, pourquoi tu es effronté comme ça ? C'est pas possible, quand même !

– Et pourquoi pas possible, Sainte Vierge de mes deux ?

– Parce que tu fais l'imbécile, là ! Parce que tu fais l'intéressant. Je suis l'esclave de personne. Et ne te moque pas de nos saints, d'accord ?

– D'accord, sainte Consuelito ! L'esclave du Sacré-Cœur de La Rosita, ha, ha, ha !

À partir de là, on s'est chauffés encore plus, tous les deux. Petits fiancés, tous les deux. Je pédalais jusqu'à sa foutue colline, on se mettait à poil et au lit, mais rien que pour jouer avec son con. Son trou du cul était serré à mort, minuscule. On a essayé avec de la vaseline en pot, du miel d'abeilles. Rien. Elle se mettait à piailler et à courir dans toute la maison, sans jamais me donner son œillet. Elle a été comme ça pendant très longtemps,

123

des mois peut-être. À me refuser son trou. Le défi m'aidait à lire moins, me dégageait le cerveau. Par ailleurs, elle était très tendre, très accommodante, mais :

— Tout **sauf** ça, mon chéri, tout sauf ça...

Par « ça », elle entendait la pénétration. L'énergie farouchement maladive avec laquelle elle se défendait m'a amené à penser qu'elle ne devait plus être intacte par là, mais qu'elle avait l'espoir que ça se refermerait, avec le temps, et qu'elle serait à nouveau prête pour un moment de cinéma sanguinolent lors de sa nuit de noces.

Derrière chez elle, il y avait un grand terrain envahi de bananiers, de citronniers, de cages à poulets, de ferraille et d'ordures diverses. À ma deuxième visite, elle m'a entraîné dans la cour pour me le montrer.

— Regarde, papito, c'est mon rêve, ça ! Si tu te décides, on pourra avoir notre petite maison ici, un jour. Ah, j'imagine déjà la noce, moi tout en blanc et toi...

— Oui, oui, arrête ton char ! C'est à toi de te décider, oui, et de me donner ton cul, une bonne fois pour toutes.

— Ah, sur ta mère, tu es malade de la tête, ou quoi ? À toujours penser qu'à ça !

— Et à quoi je devrais penser d'autre ? Faut bien tirer un coup, non ? Toutes ces branlettes, ça me tue, moi ! Quand on baise pas, on perd la boule.

— Quelle vulgarité et quelle indécence ! Ah, je ne te supporte plus !

— Pourquoi ?

— On ne parle pas comme ça, lorsqu'on est bien élevé. Je n'apprécie pas ces grossièretés.

124

– Je sais pas causer autrement.

– Comment, on ne t'a jamais éduqué ?

– Non.

– Il faut que tu apprennes à respecter les autres. Le res-pect, tu entends ?

Des fois, elle versait même une larmichette, tellement ma « vulgarité » l'offusquait. Par chance, sa mère avait la tête sur les épaules, elle, très occupée par son bizness avec des marins, ou des douaniers – je ne lui ai jamais posé de question. Elle avait une cachette chez elle, dans laquelle elle entreposait des parfums, des cigarettes américaines, des produits de beauté, du linge, des bijoux de pacotille, tout ce qui pouvait être discrètement sorti du port. Quand on a été en confiance, elle et moi, elle m'a confié des trucs pour que je les vende. Bonne pioche, ça. Je me gagnais une thune correcte sans avoir à m'échiner. Le seul problème, c'est que nous n'allions pas plus loin que les branlettes, Consuelito et moi. Et elle répétait :

– Tout sauf ça, papito, tout sauf ça...

10

SON POINT FORT, à Consuelito, c'est qu'elle dansait super bien le *guaguancó*. Los Muñekitos de Matanzas, un groupe local, marchaient très fort depuis déjà un moment, et c'est ainsi que nous avons eu des soirées d'anthologie, à picoler et à danser. Je n'ai jamais su où elle avait appris ; c'était peut-être naturel pour elle. Le *guaguancó* est une sorte de rumba bizarre, qui imite la parade érotique du coq autour de la poule : il essaie de la monter, elle l'évite, mais il finit par obtenir ce qu'il veut, bien entendu. Je crois que nous étions les seuls Blancs à danser ça, à Matanzas.

C'est chez elle que j'ai eu mon premier coma éthylique : deux jours sans pouvoir me sortir du lit. J'ai vomi toute ma bile, laissant une tache blanchâtre indélébile sur le sol. Je buvais le rhum et la bière comme si c'était de la flotte. Allez savoir ce qu'ils mettaient à bouillir dans cette gnôle clandestine. Je me suis enfilé deux bouteilles de ce tord-boyaux, j'ai dansé le *guaguancó* dans un état second, je suis rentré à La Rosita par miracle et après, deux journées entières à moitié inconscient, avec la diarrhée et les vomissements. Même un verre d'eau, je n'arrivais pas à le garder dans le ventre. Et Consuelito à mon chevet comme la vraie petite épouse. Elle me préparait du bouillon de poulet, me posait de la glace sur le front, me gâtait et me grondait :

– Tu ne peux pas continuer à boire de cette façon ! Tu vas te retrouver avec le foie en moins !

Enfin, je suis revenu d'entre les morts, j'ai recommencé à me soûler comme une bête et à danser le *guaguancó* mieux que beaucoup de Noirs.

Et puis tout s'est terminé un matin d'une façon aussi brutale qu'inattendue. Je venais d'arriver devant sa maison. Elle est sortie et m'a lancé :

– Reste sur ton vélo, tu veux ?

– Hein ?

– Ecoute, Pedro Juan, il vaut mieux mettre un point final à cette histoire. Nous n'avons pas d'avenir, en définitive.

– Pas d'avenir ? Dis plutôt qu'on a pas de passé, puisque tu m'as jamais donné ton cul ni rien !

– Tu vois ? C'est une obsession chez toi. Je pense vraiment que tu as le cerveau qui ne tourne pas rond.

– Oh, assez, con ! C'est quoi, ces contes à dormir debout ?

– Ne te mets pas en colère, je te prie. J'ai horreur des disputes, moi.

– Putain, mais tu es plus froide que la banquise, ma parole !

– Et qu'est-ce que tu voudrais ? Que je te quitte en

pleurant toutes les larmes de mon corps ! Non, voilà ! Et en plus, tu n'as de chagrin pour personne, toi, parce que tu es un…

— Un quoi ? Vas-y, crache !

— Un effronté et un sans-vergogne. Qui fait perdre leur temps aux femmes. Égoïste, va !

C'est là que j'ai réagi. Je suis toujours un peu lent à la détente, c'est vrai :

— Aaaaah, j'ai compris ! Tu as un autre fiancé. Et il va se marier avec toi !

— Non, non !

— Si, si ! Ne nie pas, menteuse ! Je le vois dans tes yeux.

— Bon, oui, c'est vrai. C'est un brave garçon, qui travaille, qui ne boit pas, qui est très convenable.

— Ah, tu vas enfin avoir ta bicoque par là-bas derrière ! Dis, tu vas m'inviter à la noce ?

— Ne reviens plus ici, Pedro Juan, s'il te plaît. Il est très jaloux, vois-tu, et tu me fais du tort.

— Mais con, on croirait que je suis un démon !

— Non, pas un démon, un diable. Tu veux bien respecter autrui, même si ce n'est qu'une seule fois dans ta vie ?

— D'accord, d'accord ! Je remettrai plus les pieds ici. On oublie. Je te connais même pas !

— Adieu.

— Goodbye, la vierge de mes deux !

J'ai redégringolé la colline comme un fou furieux. Je pédalais dur, en souhaitant finir écrabouillé contre un mur. Je n'avais pas d'amis. Des connaissances, si. Par milliers. Mais j'étais un solitaire, dans le fond. Pas un seul vrai copain à aller voir, histoire qu'on se pinte ensemble, qu'on écoute des boléros et qu'on verse quelques larmes sur ce fumier de destin. Personne. Rien. J'ai réussi à contrôler mon vélo avant de me casser la gueule et je suis allé droit chez la vieille négresse. Elle avait de l'eau-de-vie. Je lui ai acheté une bouteille, puis je me suis assis au bord de la mer, à boire en silence. Calle Pavía, il y avait un bout de jetée avec un parapet. C'était une zone d'entrepôts de Coca-Cola et de produits alimentaires importés, avec un terminal de trains de marchandises, mais tout ça était abandonné et désert depuis trois ou quatre ans. Face à l'océan, je me suis envoyé quelques rasades de tord-boyau. J'étais en colère, mais dans le fond ça m'était égal ; elle avait peut-être bien fait de prendre l'initiative et de me jeter, même...

Sur ces entrefaits, un type s'est approché. C'était l'un des maquereaux qui fréquentaient le billard des deux gros lards. Il continuait à s'habiller comme le voulait sa profession, mais il était en pleine décadence, sale, dépenaillé, pantalon de lin blanc ayant viré au gris, chaussures bicolores toutes déglinguées, doigts couverts de bagouzes sans valeur, cheveu gras et gueule de rat mort. Il ne me revenait pas du tout. Il m'a salué poliment :

– Comment va, mon nanmi ? Voilà longtemps que je te voyais plus. Tu as eu des nouvelles de Dinorah ?

– Non, elle m'a jamais écrit.

129

– Réjouis-toi qu'elle t'ait oublié, va ! Cette vieille pute, elle a toujours attiré des ennuis à tous ses macs.

– Hmmm.

– Dis donc, je cherche à acheter une bicyclette. Tu la vends, celle-là ?

– Non. Ce clou-là, il est sacré. Ni je le vends, ni je le prête, ni je le donne.

– Je paierai bien, tu sais ?

– Non.

Je n'avais pas envie de parler, et surtout pas à un crétin pareil. J'ai continué à boire.

– Tu me files un coup ? m'a-t-il demandé.

Je lui ai tendu la boutanche. Il a bu longuement, puis s'est assis à côté de moi.

– Allez, on va causer, toi et moi. Je t'offre trois cents pesos pour la bicy.

Il n'y avait plus de vélos sur le marché depuis des années. La somme qu'il proposait était énorme. Mon père gagnait cent soixante-dix pesos mensuels, au temps où il dirigeait le commerce de glaces.

– Je vais pas circuler à pied, non. Je vends pas.

– Si, mon gars, si ! Tu vas voir, on va se mettre d'accord.

– Mais qu'est-ce qui te prend, punaise ? Fous-moi la paix !

Il s'est renfrogné d'un coup.

– Dis donc, tu me parles correctement, à moi, parce que je...

Encore plus en pétard, je lui ai envoyé une bourrade.

– Va te faire mettre et laisse-moi tranquille, je suis pas d'humeur !

– Hein ? Tu me pousses ? Moi ? El Nene, tu me pousses ? On me touche pas, mouaaaa !

On s'est levés d'un bond. Sans lui laisser le temps de réagir, et sans réfléchir, je l'ai attaqué à la gueule. Droite, gauche, crochet, jab, gauche, droite... Un massacre. Je voulais le réduire en bouillie. Quand il a eu le visage en sang, je l'ai jeté par terre et je me suis mis à le tataner. J'étais capable de le tuer, de lui taper la calebasse sur le sol jusqu'à ce qu'elle explose. J'étais aveuglé par mes pulsions meurtrières.

Heureusement, deux pêcheurs qui passaient par là se sont précipités pour me maîtriser.

– Hé, tu vas te mettre dans le pétrin, petit ! Tu vois pas qu'il s'est évanoui ?

Ils m'ont écarté en me retenant par les bras. Le mac restait à terre. Il pissait le sang de partout, même des oreilles. L'un des pêcheurs, un gars de mon quartier, m'a reconnu.

– Tu es le fils du vendeur de glaces, non ?

– Si.

– Allez, file ! Disparais d'ici et n'en parle à personne !

J'ai attrapé la bouteille, le biclou, et je me suis tiré de là. Jusqu'à cette crise d'agressivité, j'avais toujours été du genre pacifique. Je ne sais pas ce qui m'avait amené à réagir aussi violemment. La rupture avec Consuelito ? Très franchement, je n'en avais rien à battre. Je n'étais pas amoureux d'elle, je ne me sentais pas trahi... Alors, quoi ? Aucune idée. Amour-propre blessé, peut-être. Après ça, j'ai eu envie de castagner tout ce qui bougeait dès que je buvais. Je n'avais pas peur. Un instinct sadique s'éveillait en moi. Comme j'avais les bras longs, une garde haute et efficace, on ne m'atteignait pas facilement. En plus, je me collais à mes adversaires, je leur montrais les dents, je grondais, je grimaçais, je leur soufflais dans le nez, toutes choses qui les déstabilisaient beaucoup, sur le plan psychologique. Ne comprenant pas ce manège, ils devenaient fous de rage, ou bien ils paniquaient et ils se mettaient à mouliner dans tous les sens. Ils se fatiguaient vite tandis que je les maintenais à distance, et ensuite je leur rentrais dans le lard. Dans ce genre de rixes, tous les coups sont permis, bien sûr, donc je ne me privais pas d'y aller du genou dans les roustons. Des fois, je tombais sur encore plus brutasse que moi et je recevais une bonne raclée. Ou bien ils feintaient et me laissaient KO en deux minutes.

Pour l'heure, donc, je me suis esquivé et je suis allé boire ailleurs. Je me sentais tendu, anxieux. J'avais encore envie de cogner sur ce rat puant, jusqu'à le crever. Ne sachant pas quoi faire de ma peau, je suis rentré à la maison. Après avoir caché la bouteille dans la cour, j'ai pris un bain pour me rafraîchir les idées. Quand je suis sorti, ma mère avait de la visite. Une métisse aussi grande que moi, maigre, souriante. Bien éduquée, apparemment. Elle parlait doucement, sans jamais élever la voix. Je l'avais déjà vue à quelques reprises mais je ne lui avais pas prêté attention jusque-là. On s'est salués. Je l'ai observée avec soin. Elle aurait mérité un coup de rouleau entre les oreilles, pas de doute. Ma mère lui vendait tout ce qu'elle pouvait trouver au marché noir, tissus, fil de couture, savons, lait condensé…

Revenu dans la cour, j'ai sorti la gnôle et avalé deux bonnes rasades en me disant : « Toi, ma mignonne, je vais essayer de t'emballer, parce que c'est de pas baiser qui me rend aussi méchant… » Je suis allé m'asseoir sur le perron du Sloppy Joe. Le bar restait fermé, évidemment. Au bout d'un moment, elle est apparue dans la rue et j'ai entendu ma mère lui dire :

– Alors à bientôt, Celia. Reviens dans trois-quatre jours, je t'aurai peut-être trouvé ce que tu veux.

Je me suis levé pour la suivre. Maintenant, je connaissais son nom, au moins.

– Celia !

– Hé, comment tu sais que je m'appelle comme ça, toi ?

– Parce que, ah… Parce que ça fait un temps que je te vois dans le coin et la vérité, c'est…

Elle m'a lancé un regard à moitié sardonique qui m'a coupé le sifflet. On a continué à marcher en silence.

– Je… Ça t'ennuie pas, que je t'accompagne un bout de chemin ?

– Ça ne m'ennuie pas, non, mais tu n'es qu'un enfant et je ne sais pas trop ce que tu t'es mis en tête.

– Un enfant, moi ?? J'ai vingt ans !

– On t'en donnerait vingt, oui, et même vingt-deux, mais tu en as seize. Légalement, tu es mineur.

133

– Et qui t'a dit ça ?

– Je le sais, c'est tout.

– Et comment tu le sais ?

– Je travaille au comité des affaires militaires. J'ai ta fiche sur mon bureau, figure-toi !

– Je vois pas ce qu'il y a de drôle. C'est qu'un emmerdement, tout ça.

– Tu vas partir au prochain appel sous les drapeaux. Dans deux ou trois mois.

– Aarrrgh, quelle merde !

– Mais non, ça va te plaire. Une fois que tu te seras habitué.

– Je crois pas, non.

– À l'armée, tu pourras apprendre un métier, Pedro Juan. Et mettre un peu d'ordre dans ta vie. Tu n'es pas sur la bonne voie, en ce moment. Sois content d'aller au service militaire, plutôt que de finir ailleurs.

Je l'ai dévisagée, perplexe, et je me suis tu. Comment savait-elle tout ça sur mon compte ? Est-ce que c'était une menace déguisée, ce qu'elle venait de dire ? Qu'est-ce que c'était, cette histoire de « finir ailleurs » ?

– Tu peux très bien signer pour cinq ans et...

– Cinq ans ? Non, jamais !

– La carrière militaire, c'est pour les vrais hommes.

– Ouais. La prison et le cimetière aussi.

– Tu préfères qu'ils te ramassent et qu'ils t'envoient à l'UMAP ? à trimer dans les champs avec un uniforme sur le dos ? Après tout, tu ne fais pas d'études, tu n'as pas d'emploi...

On a continué à parler en marchant. Elle n'habitait pas loin. Une maison petite, mais accueillante.

– Entre, m'a-t-elle invité. Tu veux un café ?

– Oui, merci.

Je l'ai suivie à l'intérieur. J'ai pris place. Tout était propre et bien tenu.

– Tu vis seule ?

– Eh oui.

– Pas d'enfants ?

– Ni d'enfants, ni de mari, ni de fiancé.

On a bavardé de tout et de rien. Elle m'imposait un certain respect, je dois dire. Une femme seule, sérieuse, volontaire. C'est la première impression qu'elle donnait, en tout cas. Et elle maintenait les distances. J'ai bu mon café et je suis reparti.

Je suis repassé la voir deux ou trois fois, ensuite. En début de soirée, toujours. Elle ne me disait rien de sa vie mais elle connaissait tout de la mienne, y compris mes bagarres d'ivrogne.

– Tu as eu beaucoup de chance de ne pas être arrêté pour atteinte à l'ordre public. Quand ils te pincent, ils te mettent directement dans une unité militaire d'aide à la production. Pour vagabondage. Et une fois qu'on y est, à l'UMAP, on en ressort pas comme ça.

Un soir de la fin novembre, je suis allée la voir. Il faisait froid, les rues étaient vides, il y avait du vent et des nuages, c'était une journée aussi morne et sombre que mon humeur. Je me sentais seul, déprimé, et je n'avais pas abandonné l'espoir de tirer cette mûlatresse maigrichonne. Elle m'a accueilli avec gentillesse, comme toujours. Souriante, aimable. Elle m'a préparé un café, on a bavardé. Soudain, elle m'a proposé :

– Reste à dîner. Tu aimes le poulet rôti ?

– Oui.

Elle a sorti une bouteille de rhum et m'a servi un verre. Ça m'en a bouché un coin : nous n'avions jamais fait allusion à l'alcool.

– C'est quoi, ça ?

– C'est pour toi. Je sais que tu aimes. Moi, je ne bois pas.

C'était du rhum Mathusalem, avec l'étiquette et le cachet. On n'en trouvait plus nulle part depuis des années.

– Où tu as trouvé ça ?

– T'inquiète, et savoure. C'est pour toi, je te dis. Ça va te plaire plus que la bibine que tu t'envoies quand tu danses avec les Muñekitos…

Je l'ai regardée fixement pendant un instant.

– Pourquoi tu sais tout ça sur mon compte ?

– Ah, détends-toi, je répète ! Je m'occupe bien de toi, c'est tout. Je ne vais pas te laisser terminer encore dans un coma éthylique.

C'était très étrange, cette conversation : j'avais l'impression d'être une mouche qui ne comprenait rien aux araignées et à leurs toiles fatales.

Pendant que je continuais à boire seul, elle est passée à la cuisine. Il était clair qu'elle voulait jouer à la maîtresse de maison. Au bout d'un moment, je l'ai rejointe.

Je me suis mis à la mater tandis qu'elle s'affairait, en quête d'inspiration. Rien. J'avais la queue en berne. Elle n'était pas moche, non, mais le courant ne passait pas. J'ai continué à la regarder, mon verre à la main, et c'est elle qui a fini par prendre les devants. Avec un air tout coquin, elle s'est approchée et m'a embrassé.

– Ah, tu ne sais pas comme tu me plais...

– Moi ?

Elle m'a encore donné un baiser en me caressant. J'étais censé être le petit macho primitif et vulgaire, qui aurait dû bander déjà comme un âne, l'emporter dans sa chambre et la faire hurler de plaisir en lui mettant dix-huit centimètres de pine jusqu'aux ovaires. Mais non. Rien de rien. Pas le moindre petit frémissement dans le calbute. Calme plat.

C'est elle qui m'a déshabillé et entraîné sur le lit. Elle s'est mise à poil. Moi, toujours mou. Je me suis dit : « Cette femme va croire que tu es de la jaquette flottante ! » Ce n'était pas une grande experte, d'ailleurs. Elle m'a tripoté, languoté, elle a fait tout son possible mais elle a fini par renoncer et s'est laissée tomber à côté de moi, découragée. On est restés les yeux au plafond. Je ne savais pas quoi dire. J'ai passé ma main sur elle, c'était comme caresser un sac de patates. Je me suis senti honteux, et j'avais de la peine pour elle, aussi. Soudain, elle m'a annoncé :

– Je suis jeune fille.

– Toi ? Déconne pas ! Vioque comme tu es !

– N'empêche.

137

– Quel âge tu as ?

– Trente-quatre ans.

J'ai tout de suite pensé : « Mon cul, oui ! Trente-huit, minimum. »

– C'est… c'est complètement dingue.

– Ne me force pas à parler de ça. C'est inutile. Je suis vierge, voilà, et je…

– À trente-huit ans, t'as jamais eu d'homme ? Je peux pas y croire !

– Trente-quatre.

– Ouais, pareil…

Tout ça était pas mal déprimant. Je me suis levé et je me suis rhabillé, en inventant un prétexte :

– J'ai froid. Quand je suis sorti de chez moi ce matin, il caillait pas autant.

– Attends, tu vas prendre ce tricot de corps, il est bien chaud.

Elle a ouvert une armoire pour me le chercher. J'ai aperçu plusieurs uniformes vert olive alignés sur des cintres. Avec des épaulettes d'officier. Elle a tenté de pousser la porte pour les dissimuler, mais c'était trop tard.

– Tu travailles pas au comité des affaires militaires, Celia.

– Non. Je suis dans autre chose, mais je ne peux pas te le dire. Et tu n'as pas besoin de savoir.

– Bon, si c'est un secret…

– Je vais terminer de préparer le dîner. Mets de la musique et oublie les problèmes !

J'ai allumé la radio, continué à boire. On n'a presque plus parlé. J'ai seulement pu avaler un petit morceau de poulet et de la salade.

Il était presque onze heures, quand je suis reparti. Nuit noire. J'avais encore descendu quelques verres après le repas. Je n'avais pas envie de rentrer chez moi. Je me sentais angoissé, miné par tout ça. Trop absurde : quoi, c'était à moi que revenaient les seules vierges qui existaient encore dans le Territoire libre de l'Amérique ? Putain de Dieu ! Incroyable ! Et en plus, j'étais impuissant... Moi, un tigre sexuel, un Superman, l'égal de Taguari, roi blanc de l'Amazone !

J'ai marché sans but. Descendu la calle Milanés jusqu'à Magdalena, et ensuite à gauche. Passant devant ma maison sans m'arrêter, je suis entré à La Marina et je suis allé sur la rive du fleuve, le Yumurí. Vent glacial, rues désertes et sombres. Il me fallait une pute, une bouteille de rhum, un vieux pédé à agresser et dévaliser... De la distraction. Et brusquement, je suis tombé sur le mac, El Nene. Assis sous le porche d'une maison, la porte entrouverte. Il a eu un sourire et il m'a lancé :

– Comme le monde est petit, con !

Je ne le voyais pas bien dans la pénombre. Je me suis approché. C'était bien lui. Je suis resté immobile, aux aguets. Il a tendu le bras en arrière, exhibant une machette qui était cachée derrière la porte.

– On va voir si tu as des couilles ! L'autre fois, tu m'as eu en traître mais...

Je ne l'ai pas laissé terminer. Il ne s'est pas levé assez

vite, le triple crétin. Fou de colère, à nouveau, je lui ai envoyé mon pied dans la figure. Une fois, deux, trois, quatre. Il a lâché son arme, que j'ai attrapée, prêt à lui couper la figure en deux. Une force quelconque m'a retenu, mais je lui ai quand même donné quelques coups sur la gueule avec le plat de la lame. Il s'est affaissé sur le côté. Dans les pommes. J'étais très tenté de lui trancher la gorge, mais je me suis contenu. « Qu'est-ce que ça te rapporterait, imbécile ? »

Il ne saignait pas trop, au moins. Je me suis éloigné en hâte. J'ai observé les alentours. Personne en vue. Quand il fait aussi froid, les gens se claquemurent chez eux et ne sortent plus le museau. J'ai fait quelques pas. Je tenais toujours la machette à la main. J'ai enlevé ma chemise et je l'ai emballée dedans. Heureusement que j'avais le tricot que Celia m'avait donné…

J'ai glissé l'arme dans mon pantalon, le long de la cuisse. Je suis retourné à la maison en faisant un grand détour. J'ai enveloppé la machette dans du papier journal et je l'ai planquée sous mon matelas. Non, mauvaise idée. Je l'ai ressortie, je suis allé à la salle de bains, j'ai pris une douche et j'en ai profité pour rincer la lame. Non. Tout aussi idiot. J'étais nerveux, paumé. Quel sens ça avait, de laver cette machette ? Je me suis rhabillé en enfilant un long blouson, sous lequel j'ai dissimulé le paquet. Je suis allé sur la jetée. J'avançais lentement. Personne. Après avoir attaché solidement la chemise autour de la machette et du papier journal, j'ai jeté le machin à la baille. Tout au bout de la digue. L'eau est très profonde, par là.

De retour à la maison, j'ai bu un verre de lait froid et je me suis couché. Impossible de dormir. Mon esprit revenait sans cesse à la scène avec le mac. J'avais été sur le point de le tuer, de lui couper la tête… Je me suis levé, j'ai fumé une clope, pris deux ou trois grandes rasades de rhum. Après ça, je me suis endormi tout de suite.

11

L E LENDEMAIN, je me suis réveillé calmé, paisible. J'avais pioncé comme une souche. Je me sentais détendu, euphorique. Le cerveau fourmillant d'idées sur un sujet essentiel : le meurtre, le crime.

Le cannibalisme au temps de la horde sauvage : n'importe qui pouvait tuer son prochain et se le bouffer tranquillement. Normal. C'était il y a quinze mille ans, ça. La civilisation n'apparaît que cinq mille ans après, lorsque les hommes ont appris, entre autres choses, à ne plus se becqueter les uns les autres. À partir de ce stade, tout vise à protéger l'être humain de lui-même. Mais Moctezuma a continué à déguster des bébés rôtis à point. Pas tous les jours, certes : juste pour les grandes occasions. Et les guerriers aztèques buvaient le sang et grignotaient le cœur encore chaud de leurs collègues les plus vaillants, lesquels avaient été sacrifiés aux dieux. Et les Africains boulottaient les testicules de leurs ennemis particulièrement redoutables… Enfin, je prenais des notes mentales en vue de la rédaction d'une *Histoire sanguinolente de l'humanité*. La face cachée de la marche vers la civilisation.

Une enquête anthropologique, ce serait. L'évolution humaine sous l'impulsion du crime et du sang versé. Mais puisqu'on ne doit écrire que ce que l'on a vécu dans sa chair, il fallait tenter l'expérience, non ? Raskolnikov m'a toujours séduit : en fin de compte, l'assassinat peut être un art des plus raffinés, accompagné de moments où l'on approche de la perfection. La question me passionnait de plus en plus, revenait m'assaillir sans arrêt : pourquoi je ne l'avais pas zigouillé, ce rat puant ? Goûter à la saveur du meurtre, lui ouvrir la calebasse d'un coup de machette et disparaître dans l'obscurité. Pourquoi je n'étais pas allé jusque-là ? À cause d'un stupide interdit socioculturel inventé par mes prédécesseurs. Moi, je devais me plier à cette règle commune ? Je me sentais lâche, et surtout... respectueux. Or le respect, c'est la mort. Dès qu'on commence à respecter, on devient un adulte prudent et manipulable, un petit rouage du système.

Quelques heures plus tard, je me suis dégoûté d'avoir envisagé toutes ces horreurs, et encore après je me suis dit : « Mais non, c'est possible ! » J'oscillais comme un pendule. Entre civilisation et barbarie. Je luttais contre moi-même, je me débattais, puis je revenais toujours à la même chose : « La prochaine fois qu'il croise encore mon chemin, je l'entraîne dans un endroit isolé et je lui plante un couteau dans le cœur. »

Oui, c'était la bonne méthode, sans doute. J'ai cherché un manuel d'anatomie à la bibliothèque. Il fallait que je sache exactement où se trouve le cœur. Et si on tranche la jugulaire ? Où frapper au-dessus de l'oreille, pour que la lame atteigne le cerveau ? Est-ce que la boîte crânienne peut résister à un choc pareil ? Je voulais connaître tous les détails. J'étais enthousiasmé par l'idée du crime parfait, dans la tradition européenne du genre : précis, mathématique, rationnel, rigoureux. L'Europe a produit les criminels les plus exceptionnels de toute l'humanité. Ce sont des exemples pour nous tous. Comme ce serait drôle, ça ! Un assassinat méthodique en plein milieu du chaos et de l'incohérence de cette île tropicale, à la fois naïve et prétentieuse ! Il y avait plein de trucs que je pouvais essayer pour décontenancer les spécialistes de la police. Découper un bout de chaque cadavre et le lancer aux requins dans l'embouchure du San Juan, par exemple. Ça attirerait ces bestioles comme la vermine sur le bas clergé, et les enquêteurs chercheraient le coupable du côté des grands malades mentaux...

Ou bien, de temps en temps, vider un corps de tout son sang et l'emporter dans un bidon, sans renverser une seule goutte par terre. Ou abandonner sur les lieux du crime un couteau portant les empreintes digitales d'un cadavre qu'ils auraient retrouvé la veille... Bref, monter les diversions les plus macabres et les plus aberrantes de toute la criminalité mondiale, atteindre les sommets de la parano policière !

Je n'ai rien fait de tout ça, finalement. Comme la presse était désormais entièrement sous contrôle étatique, il était exclu que les journaux parlent de tels crimes. Les faits divers dégoulinant d'hémoglobine, ce n'était pas bien vu. En plus, tout le monde se prenait beaucoup trop au sérieux, le sens de l'humour avait disparu. Un criminel d'un tel acabit n'aurait pas rencontré d'adversaire à sa hauteur ; il lui aurait fallu un inspecteur non conformiste, bourré d'ingéniosité et même un peu tordu.

Pendant une bonne semaine, je me suis complètement absorbé là-dedans, allant et venant entre la bibliothèque et la maison, planifiant des crimes, méditant des horreurs. Et puis j'ai réussi à réintégrer la réalité vulgaire, misérable et répétitive que cette ville désenchantée me réservait.

J'ai fini par ranger mon couteau de pêche sous-marine, que j'avais gardé sur moi au cours de toute cette période. El Nene n'essaierait pas de me chercher noise : il avait une tête de bon à rien et de branleur. D'instinct, j'ai réduit les cuites. Il fallait que je garde l'alcool et la haine sous contrôle. C'est ce que j'ai passé ma vie à essayer de faire, depuis ce temps : limiter la gnôle, limiter la colère. Des fois, j'arrive à avoir deux ou trois jours de modération. Cinq, c'est mon record.

Cette époque de lectures et de pensées sanguinaires m'a légué pour toujours une série de questions laissées sans réponse : Ai-je le droit de tuer, ou non ? Pourquoi ? Dans quel but ? La fonction d'assassin est-elle louable, ou dégradante ? Les réponses se trouvent dans deux vastes zones de démence juvénile, puis sénile, séparées par une longue période d'équilibre et de mesure, c'est-à-dire la vie de l'adulte raisonnable et prévoyant. Je n'ai pas abandonné facilement l'état de larve hallucinée pour passer à la phase suivante.

Le monde qui m'entourait n'était pas si équilibré et réfléchi, d'ailleurs. Mon quartier a ainsi connu deux événements plutôt bizarres en ce temps-là.

Une nuit, vers dix heures, les cris épouvantés d'une femme ont attiré tous les voisins dans la rue. C'était une petite nana maigre et vivace qui habitait le bidonville au bord du fleuve et couchait avec n'importe qui pour une ou deux piécettes. Elle était bien connue de par chez nous, parce que, en plus de pute de bas étage, elle était à moitié cinglée. Personne ne connaissait son vrai nom. On l'appelait « Os à moelle ». Et là, elle courait de-ci de-là, complètement nue, hystérique, en piaillant :

– Aïeeee, maman, j'y ai rien fait, j'y ai rien fait ! Aïeeee, maman, l'a clamsé tout seul, j'y ai rien fait !

La porte de l'épicerie était ouverte et il y avait de la lumière à l'intérieur, alors qu'elle fermait à sept heures, d'habitude. Imaginant ce qui s'était passé, j'ai risqué la tête à l'intérieur. Le gérant était là, transformé en cadavre. Un type maigre comme un clou, grand buveur, coureur de jupons, sympathique. Il gisait à poil, les yeux ouverts, sur quelques sacs de riz vides étendus par terre en guise de drap. D'autres voisins sont arrivés pour mater un peu. Une femme tentait de calmer Os à moelle ; elle l'a obligée à enfiler des habits, parce qu'il faisait froid. La petite continuait à criailler et à pleurnicher. Un vieux du quartier s'est approché et m'a dit à l'oreille :

– Il l'a cherché ! Ces putasses à deux ronds, c'était

devenu une obsession pour lui. Il s'envoyait des huîtres et du ginseng, il s'injectait des hormones… Avant, il était toujours correct et tout, mais avec l'âge, le goût de la chatte de rue lui est venu. Moi, par contre, j'ai fait mon devoir, vu que…

Et il s'est mis à me raconter toute sa vie, là, devant le macchabée. Le Cubain typique, hâbleur et mytho. À l'entendre, il avait été une sorte d'Ulysse à la puissance cent, un héros capable de séduire les sirènes sur leurs rochers, de les rendre folles d'amour et de continuer sa route. Et maintenant, au crépuscule de son existence, il profitait de la paix du foyer et de l'amour admiratif que sa famille lui vouait. Il lui a suffi de cinq minutes pour me conter son roman, et puis j'ai réussi à ce qu'il me lâche la grappe.

La police a mis plus d'une heure à rappliquer. On était en décembre, en pleine saison de récolte, quand La Havane se transformait en ville-fantôme : tout le monde aux champs, à couper la canne à sucre. Même les flics. Finalement, ils ont conclu que le gérant avait été terrassé par un infarctus. C'était un petit hommage rendu à Os à moelle, peut-être le seul qu'elle ait jamais reçu. Quelques jours plus tard, elle a repris ses aventures érotiques dans le quartier. On l'appelait « Croque-Mort », maintenant. Elle trouvait ça tordant.

Peu après, il y a eu encore une affaire criminelle. Sur la rive du San Juan, un hameau s'était formé au cours des dernières années en un ramassis de cahutes en planches pourries et en bouts de tôle ondulée. Il s'était étendu peu à peu le long de la voie ferrée, mais sa présence nous était tellement désagréable que nous faisions tous comme si ces gens n'existaient pas.

Depuis des jours, une escouade de vautours tournait au-dessus de ce village de gueux, mais personne n'y avait pris garde jusqu'à ce que quelqu'un prévienne la police de la disparition d'une femme et de ses deux enfants. Le mari, un poivrot chronique, prétendait ne rien savoir. Ils ont retrouvé les corps sous le matelas. Il les avait tués à coups de bâton et il avait dormi sur eux toutes les nuits. J'étais justement en train de pêcher sur le pont du chemin de fer, à quelques mètres de là. J'ai tout vu. La police l'a entraîné avec les menottes au poignet. Il avait l'air lointain, comme anesthésié par sa cuite permanente. Je ne me suis pas approché. Je n'étais pas si morbide que ça, en fin de compte, mais je crois qu'à ce moment-là, pour la première fois, j'ai éprouvé le désir de vivre dans un endroit pareil, un univers de marginalité tragique et d'atrocité. Un petit enfer. Un bidonville que tous les autres évitaient avec répugnance. Juste pour observer, et écrire. Il me fascinait, cet assassin. Il avait commis quelque chose d'abominable, signé une histoire complètement dingue à deux pas de chez moi, et personne ne s'en était rendu compte ? Quelle était l'architecture intérieure de ce crime ? Ah, j'avais eu un Raskolnikov à portée de la main et je perdais mon temps à me traîner sans but !

Le soir est tombé. Toujours le vent et le froid de décembre. Comme je m'ennuyais encore plus, je suis allé voir Celia. Rien d'autre à faire. On avait encore essayé, elle et moi, mais ça n'avait servi à rien. Je restais totalement impuissant en sa présence. Elle me plaisait, mais elle avait quelque chose qui me paralysait. C'était angoissant, parce que j'aurais voulu lui prouver que j'étais un mâle en état de marche. Et elle, elle gardait l'espoir de perdre sa virginité sous ma queue et me traitait tel un roi : petites bières glacées et poulet rôti, flacons d'eau de Cologne, rasoirs, caleçons... Je n'ai jamais su d'où elle tirait tous ces cadeaux. Elle devait avoir de bons contacts au marché noir, puisque les magasins restaient vides...

À mon arrivée, elle m'a dit :

– Il y a un super match de playoff au stade. On y va ? Ou tu as d'autres plans ?

– Non, non...

– Alors, filons !

J'ai obéi, trop content de profiter de l'occasion et d'éviter ainsi une nouvelle déconvenue au plumard. Le problème, c'est que je ne supportais pas le base-ball. Je n'y comprenais rien et je n'essayais même pas. Dans mon enfance, mon père m'avait obligé à l'accompagner au stade. Il avait été un bon joueur, de son temps. Pitcher. Avec le rêve suprême de terminer dans la meilleure sélection, aux États-Unis. Son ami Pedro Ramos y était bien parvenu, lui, et il était devenu riche et célèbre. Mais mon grand-paternel était un immigré, débarqué de Santa Úrsula, îles Canaries, alors qu'il avait à peine dix-huit ans, qu'il ne savait ni lire ni écrire et qu'il n'avait pas un rond en poche. À force de travail, il avait eu une plantation de tabac, une femme, huit gosses. Pour lui, il n'était pas question qu'un petit rigolo vienne démolir tout ça. Il le lui avait dit sans prendre de pincettes :

– Jouer avec une balle, c'est bon pour les fainéants. Je veux te voir dans les champs, avec tes frères, à semer les plants.

– Mais, papa...

– Il n'y a pas de « mais ». Et tais-toi. Les enfants ne discutent pas ce que disent les parents.

Pour plus de sûreté, le vieux Juan a ensuite jeté dans le feu l'uniforme, les chaussures crantées et la casquette de son fils.

À ma naissance, mon père a reporté tous ses espoirs déçus sur son premier mâle. Une avalanche de balles, de gants, de battes, de maillots et de déplacements à des stades proches ou éloignés m'est tombée dessus. Ça ne m'a pas intéressé, tout simplement. Il est parvenu au résultat inverse de ce qu'il avait recherché : je déteste le base-ball, qui est selon moi le sport le plus compliqué, le plus ennuyeux, le plus insipide au monde. C'est le sport le moins... sportif qui existe. Au football, au moins, il faut courir tout le temps. C'est déjà quelque chose.

Et là, installé sur les gradins à côté de Celia, j'ai commencé à entrer dans une fureur noire contre moi. Pourquoi j'avais accepté d'aller à ce match débile, bordel ? Pendant que je maudissais mon sort et que je crevais de froid, elle s'amusait de tout, se souvenait même des scores des batteurs de chaque équipe. Je l'ai regardée un instant et je me suis rendu compte qu'elle ne me plaisait pas. Pas du tout. Je la détestais, cette vierge de merde ! Qu'elle se carre sa virginité dans le cul ! Je me suis levé.

– Je vais pisser. Je reviens tout de suite.

– Ne tarde pas trop, parce que ça devient de mieux en mieux.

– Tout de suite, j'ai dit.

J'ai descendu les marches, je me suis dirigé vers la sortie et j'ai continué tout droit. Elle doit être encore en train de m'attendre, là-bas. Je n'ai plus jamais remis les pieds dans un stade et Celia, fâchée peut-être, ou triste, n'est plus jamais venue à la maison. J'ai continué à me faire des pognes en matant la voisine. Parfaites, d'ailleurs, ce qui prouvait que je n'étais pas du tout impuissant. Mon tracas quotidien restait de me chercher un peu de fric. Et puis une barge énorme, chargée d'une drague, est arrivée un beau jour et a jeté l'ancre au milieu du port. Ils ont mis les tubes en place et ils ont commencé à nettoyer le fond, en rejetant la vase sur la rive, des terrains en friche qui appartenaient aux autorités portuaires.

J'ai ignoré tout ça. J'ai continué à pêcher. Chez nous, on mangeait du poisson aux patates douces, du riz au poisson, du poisson pané, bouilli, grillé, en sauce, du poisson matin, midi et soir. Un jour, un des voisins m'a alerté :

– Hé, Pedro Juan, viens ! On va bosser à la drague.

– Hein ? Pour quoi faire ?

– Chercher l'argent et l'or.

– Tu délires ou quoi ?

– Mais non, l'argent et l'or des pirates ! La Banque nationale paie les gens pour fouiller dans la boue qu'ils ont rejetée. Il paraît qu'il y avait plein de trésors de pirates au fond de la baie.

– Et si on trouve quelque chose ?

– Tu peux pas le garder. Propriété de l'État.

– Aaahh, alors...

– Écoute, ils paient bien ! Pareil que travailler à la mine. Allez !

Je n'ai jamais autant pué de ma vie. Toute la journée dans cette vase pourrie qu'il fallait retourner doucement à la pelle, en regardant bien. De la fange jusqu'aux chevilles, parfois jusqu'aux roustons.

En 1628, le corsaire hollandais Piet Heyn attendit que les galions espagnols chargés d'argent, d'or, de pierres précieuses et d'autres breloques offertes par les indigènes à la Couronne quittent le port de La Havane pour les prendre en chasse. Cinglant vers l'est, les navires se réfugièrent aussitôt dans la baie de Matanzas. Au cours de la bataille, plusieurs d'entre eux allèrent par le fond. Les souverains espagnols n'apprécièrent pas que Juan de Benavides, le commandant de la flottille, revienne en Espagne les mains vides : ils le firent pendre aussi sec.

Les fameux lingots ne sont jamais réapparus. Ce que nous avons retrouvé dans la mélasse, par contre, ce sont de très nombreux restes de ces épaves : fourchettes et cuillères du XVIIe siècle, boutons, boucles et médailles militaires, pipes hollandaises en céramique, horloges de

cheminée, pièces de monnaie, débris d'armures et
d'épées, fragments de vaisselle... Discrètement, le musée
de la ville a installé une petite table dans un coin et
entrepris de racheter tout ça pour quelques ronds.

Jusqu'à ce moment, la collection du musée se résumait
à quelques puces habillées par des Indiens du Guatémala,
ainsi qu'à des éventails madrilènes, des mantilles et des
peignes de Manille qui avaient appartenu à une poétesse
fossilisée à l'ère mésozoïque. Mais quand la drague a
finalement levé l'ancre, ils ont dû chercher un local dix
fois plus grand pour exposer tous leurs trésors.

J'ai gardé quelques pièces et quelques médailles, non
parce que j'y accordais de l'importance mais parce que
j'avais décidé de les offrir aux sœurs Brontë. En réalité,
elles s'appelaient Pijoán mais elles étaient très flattées par
le sobriquet que je leur avais trouvé. C'était quatre vieilles
filles toutes vêtues de noir et paralysées dans le temps,
en 1920 ou dans ces eaux-là. Leurs vêtements, leur mobi-
lier, leur manière de penser, tout s'était arrêté à cette
époque. Je trouvais cet état végétatif passionnant, moi.
Une expérience unique, vraiment. Leur père, qui avait
émigré de Catalogne, leur avait laissé, à sa mort, un peu
d'argent et des propriétés. Et elles n'avaient jamais trouvé
d'hommes dignes d'elles, de sorte qu'elles ne s'étaient
jamais mariées. Elles vivaient dans le raffinement : l'une
jouait des *habaneras* et des valses au piano, une autre
composait des poèmes rimés qui avaient généralement
pour thèmes la mer, les vagues et les conques marines,

une troisième brodait et fabriquait des fleurs en écaille, la quatrième était lesbienne.

Je m'entendais très bien avec la Pijoán lesbienne, une femme dynamique, positive, énergique, très masculine. C'était elle, le chef de famille, alors que les trois autres étaient d'insupportables souris grises qui prenaient un verre de lait tiède à neuf heures du soir et allaient se coucher aussitôt après. Des fois, elles n'arrivaient pas à trouver de lait et c'était comme si la guerre atomique mondiale venait de se déclencher. Le ciel leur tombait sur la tête. Elles habitaient tout près de chez moi mais ne savaient même pas que le quartier des putes commençait à deux pas de là. Elles s'étaient bâti un univers dangereusement clos sur lui-même.

Dès qu'elles étaient au lit, cependant, la maison retrouvait un peu d'oxygène. Sara, la lesbienne, possédait une collection fabuleuse de photos pornographiques anciennes. Des tas d'albums. Des milliers de clichés. Elle me déclarait, très orgueilleuse :

– Mon père était un grand pornographe. Il collectionnait les instruments, aussi.

Elle ne me les a jamais montrés, ces « instruments ». J'ai toujours pensé qu'elle les cachait parce qu'il s'agissait de matériel sadomaso. Pour se justifier, elle me disait :

– Tu es mineur, encore. Tu les verras bien un jour.

Les photos, par contre, elle me les laissait voir à chaque fois que je le demandais. Mais elle tenait à me laisser seul quand je les regardais, autre preuve de son caractère foncièrement viril. Je suppose que c'était un trait génétique chez elle, parce qu'elle avait des bras musclés, une carrure impressionnante et même de la moustache.

Quelquefois, Sara invitait ses amis poètes. Presque tous étaient cultivés, raffinés et prétentieux. Persuadés qu'ils étaient des artistes exceptionnels et que l'humanité perdait beaucoup à ne pas publier leurs petits vers idiots.

Il y en avait un qui était capable de raconter deux fois par semaine comment il avait été envoyé au tapis par Hemingway. Quelques années auparavant, vers 1959, l'écrivain allait boire tous les soirs au bar du restaurant Floridita. Il était totalement dégoûté par tout le monde. Pas seulement les Cubains, mais les Terriens en général. J'imagine qu'il en avait assez de la célébrité, d'être importuné partout où il apparaissait. À ce stade, il devait être au bout du rouleau. Personne n'est inépuisable, même si c'est ce que nous voulons croire quand nous sommes jeunes.

Donc, ce poète exquis entre au Floridita, aperçoit le fameux auteur, ce dur de dur, en train de s'enfiler des whiskies-soda dans un coin. Il ouvre les bras, sourit d'une oreille à l'autre, fonce vers lui dans l'intention de lui donner l'accolade et lance d'une voix de fausset :

– Maestrooooo !

Et là, Hemingway lui décoche un crochet du gauche au menton qui le met KO à ses pieds, puis continue à boire comme si rien ne s'était passé.

Cette histoire, j'ai dû l'entendre au moins dix ou douze fois. Il employait toujours les mêmes mots, les mêmes gestes, et jusqu'aux mêmes pauses théâtrales.

C'était son œuvre maîtresse. Et c'est en écoutant ce triste et obscur écrivaillon pérorer au cours de soirées d'une insupportable pédanterie que je me suis mis à détester la vie de province. Je n'ai jamais pu souffrir la campagne et les petites villes.

12

JE NE VOUDRAIS PAS penser que Celia ait pu être une femme assoiffée de vengeance, mais le fait est que mon avis de recrutement est arrivé à la maison trois semaines après l'épisode du stade de base-ball. On m'avait dit que je serais convoqué en février ou en mars, alors que je l'ai reçu fin décembre. J'ai toujours considéré ça comme une vengeance anonyme.

Cette nuit-là, j'écoutais tranquillement un programme de musique classique à la radio. Un concerto pour violoncelle de Schumann. Le premier mouvement. *Non troppo presto.*

Il était un peu plus de neuf heures quand on a frappé à la porte. Ma mère a ouvert et on lui a donné la lettre. Conformément à la loi tant et tant, je devais me présenter le lendemain, à six heures du matin, au comité militaire siégant à telle adresse. Toute absence serait sanctionnée au titre du décret-loi numéro tant.

J'ai replié la feuille et je l'ai mise dans ma poche. Une guerre annoncée ne tue pas de soldats, comme on dit.

J'ai refermé les yeux, revenant à Schumann. Ma mère s'est mise à pleurer :

— Arrête cette musique pour les morts ! Tu ne peux pas trouver quelque chose de plus gai ? On se croirait à un enterrement, que Dieu me pardonne !

— Arrête. Silence. Écoute cette merveille.

— Tu es fou ! Ils te prennent pour trois ans et tu restes là, comme si de rien n'était...

— Et qu'est-ce que tu voudrais ? Que je chiale ? Écoute plutôt. *Non troppo presto.*

— Hein ? Qu'est-ce que tu dis ?

— « Pas trop rapide. » Tais-toi.

Elle est partie dans la cour en sanglotant. Je suis resté à ma place, avec Schumann et ce violoncelle parfait. *L'attimo fuggente.*

Le lendemain, je suis parti. Très calme. À dix-sept ans, on ne connaît rien et c'est pour ça qu'on n'a jamais peur. L'expérience et le désir, c'est ce qui nous injecte l'effroi et la haine dans le sang. Mais ça, ça vient après. Chaque chose en son temps.

Pour rester dans le ton, j'ai mis deux livres dans ma petite valise : *Le Socialisme et l'Homme à Cuba,* ainsi que *Trois femmes,* de Musil. Les premiers jours, cependant, je n'ai pas pu lire une ligne. Pas le temps. Ils m'ont versé dans une unité de sapeurs basée près de l'aéroport de La Havane. Il faisait froid, on devait se lever tous les matins à cinq heures et demie pour des exercices de trente minutes ; ensuite, petit déjeuner – du lait en poudre tout aqueux et un bout de pain –, puis écouter une émission de commentaires politiques à la radio, tous alignés sur l'esplanade. Je n'ai jamais pu l'oublier, ce programme : c'était comme s'ils ouvraient le crâne de chaque recrue, le remplissaient de cette bouillie et le refermaient soigneusement. Un peu tous les jours, et tous les jours, sans exception.

Je me suis vite adapté pour une raison très simple : je n'avais pas le choix. En plus, j'étais un sportif-né. Je pratiquais depuis toujours la natation, le cyclisme, le kayak, le volley. J'étais préparé à la discipline, j'avais vocation pour la vie spartiate, donc ce régime d'extrême frugalité ne pouvait que me convenir. Et je n'étais pas seul dans ce cas. Toute ma génération était plus ou moins modelée de la même façon : des gladiateurs au stoïcisme de héros. La seule chose qui me déplaisait, c'était nos salauds de chefs, qui nous traitaient pire que des chiens errants. Encore aujourd'hui, je ne peux m'empêcher de faire la grimace quand je vois un uniforme et des barrettes d'officier.

Au bout d'une quinzaine, ils nous ont tous embarqués dans un train. Nous sommes descendus à Camagüey, pas loin d'Esmeralda. Les champs de canne à sucre s'étendaient à perte de vue. De la canne, rien que de la canne, qu'il fallait couper de six heures du matin à sept heures du soir, tous les jours, du lundi au dimanche. Des fois, ils nous laissaient souffler le dimanche après-midi.

À Cuba, la Noël n'existait plus depuis longtemps, si bien que nous n'avions aucun prétexte pour faire une seule pause. Les esclaves africains qui nous avaient précédés dans ces mêmes champs soixante-dix ans plus tôt avaient au moins leurs tambours, leurs négresses, leur gnôle et leurs dieux yorubas, de quoi être soutenus et recevoir un surplus d'énergie. Résultat, ils finissaient par tous s'enfuir et devenaient des « cimarrons » libres, retranchés dans des coins inaccessibles de la montagne. Nous n'avions pas cette issue, nous autres : il fallait rester fermes et machos jusqu'au bout.

Au point du jour, un chef qui faisait tout pour se rendre détestable nous réveillait en tapant sur un bidon avec un marteau et en gueulant : « Debouuuuut, jeunesse d'acier ! »

Pour éviter les risques de contamination, ils prenaient soin de nous garder loin d'une unité UMAP qui bossait à un ou deux kilomètres de là. C'était un grand mystère pour nous : eux aussi, ils coupaient de la canne comme des tarés, mais on ne les croisait jamais. Quand nous posions la question aux commissaires politiques, ils ne répondaient pas. Finalement, le moins rigide d'entre eux nous a confié :

– On peut pas parler de ça.

– D'accord, mais c'est quoi ?

– N'allez pas raconter que je vous l'ai dit, parce qu'ils me mettront sur la croix, mais cette bande-là, c'est la lie de l'humanité : fainéants, pédérastes, religieux, maquereaux… Vermine sociale.

– Et quoi ? Ils sont prisonniers ?

– Pas prisonniers, non ! Ils sont là pour être rééduqués. Des fois qu'ils arrivent à réintégrer la société, un jour…

– Aaaah !

– N'allez surtout pas raconter que je…

– Pas de souci, l'ami ! On est pas des mouchards, nous autres, on est des hommes !

La routine était dure. Par chance, nous avons été quelques-uns, parmi les plus aventureux, à découvrir l'existence d'une vachette pas loin de notre champ. Noire, jolie comme tout, des yeux rêveurs… Elle appartenait à un bouseux qui la laissait attachée jusqu'au matin sous les arbres, avec sa mère. On a pris le vice : presque chaque nuit, tout notre peloton allait se tirer la vachette. Pas la vache, non, parce qu'elle avait toujours le cul couvert de bouse et que son vagin était… énorme, vraiment. La petite, au contraire, c'était le bonheur. Un con tout étroit, bien serré, chaud à souhait, rouge vif. Sublime. Des fois, on était dix à se la faire, l'un après l'autre. On a calculé qu'elle devait recevoir chaque nuit un litre ou un litre et demi de jute dans sa moulette. Il fallait bien que la jeunesse d'acier se détende un peu, non ? Pour ne pas devenir dingue.

Le commissaire politique « sympa » avait amené de La Havane une mini-bibliothèque qu'il a mise à notre disposition. Œuvres choisies de Marx, d'Engels, de Lénine, quelques bouquins de Mao et de Kim Il Sung, mais surtout, le meilleur, des romans réalistes-socialistes comme *Un homme, un vrai*, *La Vieille Forteresse*, de Belaev, *La Réserve du général Panfilov*, *La Chaussée de Volokolamsk*, les livres de Cholokhov… Il n'y avait rien d'autre, de toute façon, et on risquait de tuer la vachette si on la grimpait toutes les nuits, donc je me suis lu tout ce qu'il y avait. Sans commentaire.

On avait tous l'air de zombies, à ce stade. Maigres à faire peur, parce que la bouffe était infâme, et insuffisante. On avait tout le temps faim. Chacun de nous devait abattre quotidiennement pas moins de sept cents arrobes de canne, soit sept tonnes quatre. À la machette. Avec deux repas par jour qui consistaient en une poignée de riz, une poignée de petits pois et quelques feuilles de laitue ; des fois, le riz était remplacé par de la farine de maïs.

On s'est entraînés à chasser le serpent. Le premier qu'on a pris, personne n'a su quoi faire avec. Moi, j'ai cru voir le septième ciel : de la bidoche ! De majá, d'accord, mais de la viande quand même ! J'ai parlé sans réfléchir :

– C'est un délice, ça. Il faut le frire.

– Quoi, tu as déjà essayé ?

– Évidemment ! Mon père m'a appris. Il attrape des serpents depuis des années et des années.

J'ai toujours été menteur, et je dois dire que les mensonges m'ont sauvé la peau plus d'une fois. C'est tout un art. L'essentiel, c'est de croire dur comme fer à ce qu'on dit. Du coup, ce n'est plus mentir : quand on en est convaincu à fond, ça devient la vérité.

Ils m'ont confié le machin. Je l'ai dépouillé avec une lame de rasoir et je m'apprêtais à le couper en tronçons quand l'un des gars m'a soufflé à l'oreille :

– Si tu lui enlèves pas la graisse, tu vas le foutre en l'air.

– La quoi ?

– Tu as dit que tu savais, non ? Le mensonge donne des fleurs, mais pas de fruits…

Il m'a aidé, mais sans me balancer aux autres. En palpant le ventre du serpent, on a trouvé une petite poche remplie d'un liquide épais. On l'a sorti avec une cuillère et on l'a donné à un asthmatique qui en prenait un peu tous les matins et disait que ça le soulageait. Ensuite, j'ai mis les tranches à frire. Je suis devenu le grand chef des protéines. À partir de ce jour-là, dès qu'un serpent nous tombait entre les mains, j'étais le cuisinier officiel.

Un autre groupe s'est spécialisé dans les chats. Ils les attrapaient et les préparaient en sauce. Des fois, ils m'invitaient. Je leur ai proposé de goûter un bout de majá, à leur tour. Un échange de politesses entre gourmets. Mais ça ne m'a jamais plu. Les chats, c'est trop maigre. Ou ceux-là, en tout cas. Rien que la peau et les os.

Au début, tout marchait bien, mais les nerfs ont commencé à nous lâcher peu à peu, parce que les chefs ne nous disaient pas quand on retournerait enfin en ville. Les journées étaient longues, les semaines interminables. On ne savait plus si on était lundi ou mercredi. Rien à battre. Les mois passaient avec une lenteur atroce. Février. Mars. Avril. Fin avril. Les pluies de mai ont commencé. Les champs étaient noyés. En barbotant dans la boue, trempés du matin au soir, on a continué à couper

163

de la canne pour la coopérative « Premier janvier ». « La coopérative de la jeunesse », comme ils disaient. On ne pouvait pas arrêter tant que l'ordre de repli n'arrivait pas. Et les chefs savaient qu'il était exclu de laisser tous ces jeunes, avec leurs glandes qui fonctionnaient à cent à l'heure, sans rien faire dans les baraquements, à se regarder en chiens de faïence. Mieux valait qu'ils crèvent de la grippe. En tout et pour tout, on a dû arrêter deux jours, pas plus. Quand il est devenu impossible aux équipes de chargement d'entrer dans les champs, on a dû sortir à la main la canne qu'on avait coupée. Finalement, pourtant, ils nous ont accordé un petit repos : à tout moment, on allait nous commander de décrocher les hamacs, de réunir nos quelques affaires et de repartir à La Havane. Du coup, ça nous a rendus encore plus nerveux, encore plus affamés, encore plus en manque de femmes.

Vers midi, j'ai pensé aller prendre une douche, mais je n'ai pas réussi à retrouver mes claquettes. J'ai demandé. Personne ne savait rien. Soudain, j'ai vu un gars, un qui aimait faire le beau, surgir de la salle d'eau avec mes claquettes aux pieds. Je lui ai foncé dessus, furibard.

– Qui c'est qui t'a prêté ça, con ?

– Hein ? Je les ai prises, c'est tout. Parce que ça m'est passé par les couilles.

On a commencé à se castagner. J'ai commis des erreurs, parce que j'étais aveuglé par la rage et que j'avais perdu ma technique. Ne pensant qu'à l'esquinter, j'ai complètement négligé ma garde et il m'a envoyé une droite dans le pif. Ce n'était pas des poings qu'il avait, mais des boules de plomb doublées d'acier. Il m'a poussé de côté, je suis tombé par terre en me blessant l'œil droit contre le coin d'un lit en fer. Un geyser de sang est parti en l'air. Ils ont eu du mal à nous séparer. On voulait continuer à se mascagner. Quelqu'un m'a plaqué une serviette sale sur l'arcade sourcilière, puis on m'a hissé sur un tracteur. Direction l'hôpital de Morón.

On est arrivés là-bas au soir tombant. J'ai dû attendre. Je n'étais pas le seul blessé : les machettes sont faites pour couper la canne, c'est sûr, mais de temps en temps elles dévient de leur course et tranchent un pied, une main… Mon tour est arrivé. Ils m'ont nettoyé la plaie, m'ont recousu la paupière. Il y avait une infirmière belle à mourir, les cheveux et les yeux très noirs. Un canon. Elle me caressait la joue en susurrant :

– Ça va faire un peu mal, tu sais. Tiens le coup, parce que tu es un petit homme.

– Pas « petit », non, un homme ! Je… aaaaaaaah, cooooooon !

– Parle pas, mon cœur, parle pas. Serre les dents, patiente. Tu ne dois pas bouger, et on peut pas te faire d'anesthésie, alors tu…

– Pourquoi ? Faites-moi une anesthésiiiiiiiiiiiie !

– Y en a pas. Tiens le coup…

Après, elle m'a guidé jusqu'à un lit et, de la voix la plus douce au monde :

– Il faut que tu passes la nuit ici.

– Que… Pourquoi ?

– Pour que l'ophtalmo t'examine demain. Tu es mignonnet, il faut qu'on te surveille cet œil.

– Je suis pas « mignonnet » !

– Tu es joli comme tout. On te l'a jamais dit ?

– Non.

– Tu ressembles à un acteur de cinéma.

– Ah, déconne pas !

– Tu as vu *À l'est d'Eden*, avec James Dean ?

– Tu te moques…

Elle m'a embrassé, en plein sur la bouche. J'étais devenu un animal, moi. Sale, puant la crasse et la cambrousse. Avec toujours les mêmes fringues cradingues. Avec des poils sur la tronche, parce que je n'ai jamais eu de vraie barbe. Sur une photo d'identité de l'époque, je fais penser à Jésus-Christ en ses moments les plus dramatiques. Les yeux tristes et fatigués, engloutis par des cernes énormes, maigre, la peau sur les os. Épuisé, affamé, mais sans doute que tout ça était très romantique…

On s'est embrassés, caressés de-ci de-là, mais on ne pouvait pas aller plus loin. C'était une salle avec au moins vingt lits, tous occupés, et les malades n'avaient pas l'air de dormir. Ils attendaient le début du spectacle, en fait. Elle est allée me chercher un sédatif. Deux minutes plus tard, je ronflais.

Je me suis réveillé à sept heures, le lendemain. Avec sa douceur inoubliable, elle m'a donné une page arrachée d'un recueil de poèmes de José Ángel Buesa :

166

Tu passeras dans ma vie sans savoir que tu es passé.
Tu passeras en silence devant mon amour, léger,
Je feindrai un sourire, comme un contraste discret
À la souffrance de t'aimer, et tu ne le sauras jamais.

Au verso, elle avait inscrit son nom et son adresse à Esmeralda, un village à l'est de l'enfer, près de Morón. Elle est partie. On ne s'est jamais revus. C'était une femme romantique, merveilleuse, mais il est arrivé avec elle ce qui s'est toujours produit dans ma vie : les femmes restent et moi je m'en vais.

Le spécialiste s'est arrêté devant mon lit. Il a inspecté la blessure.

– C'est un miracle que tu aies encore ton œil. Un millimètre, ou même un demi-millimètre, et c'était terminé. Je vais signer ta sortie.

Je suis arrivé au campement sous une averse torrentielle, au milieu de ces alignements infinis de cannes à sucre. Les chefs m'attendaient avec mon paquetage prêt. Ils me l'ont remis en me disant :

– Tu es expulsé de la base avec blâme. Tu es un fauteur de troubles et un irresponsable. Tu devrais avoir honte. Alors que nous sommes tous ici à accomplir une mission héroïque, toi tu sèmes le désordre.

Il y avait plusieurs cadres présents, et chacun a voulu ajouter son grain de sel. Sans me laisser ouvrir la bouche. Ils ont accumulé tellement d'accusations qu'ils sont parvenus à leur but : me faire sentir coupable et me démoraliser.

J'ai été forcé de rentrer tout seul, par la route, en stop. Au bout de je ne sais combien de camions, je suis parvenu à Matanzas, à moitié mort. J'ai frappé à la porte. Ma mère a ouvert. Elle ne m'a pas reconnu. Elle m'a regardé en silence, comme si elle attendait que je me présente. Au bout d'un moment, j'ai articulé :

– C'est moi, la vieille. Laisse-moi entrer.

– Ah, mon fils à moi ! Qu'est-ce qu'ils t'ont fait ? Pourquoi tu es dans cet état ?

Elle s'est mise à pleurer sur mon épaule, mais l'odeur a été plus forte que l'amour maternel, car elle s'est rejetée en arrière.

– Enlève ces hardes et jette-les à la poubelle. Je vais te faire couler un bain. Tu sens comme… je sais pas quoi. Il n'y a pas d'eau, là où tu étais ?

– De l'eau, si. Mais pas de savon.

13

APRÈS M'ÊTRE LAVÉ, avoir mangé, écouté un peu de musique et dormi vingt-quatre d'heures d'affilée, j'ai pensé : « Et maintenant, tu files dehors ! Il te faut du rhum, et de la fesse. » Mais non. Une démangeaison insupportable me torturait le ventre, les cuisses, le derche. J'ai été obligé d'aller voir le médecin. Sarcoptes, il a dit. En termes moins châtiés : la gale, la grattelle. Il a inspecté mes mains, mon état général.

– Tu étais à couper la canne à sucre ?

– Oui.

– Alors, c'est normal. Dans ces campements… Euh… et chez toi, est-ce que… ?

– Non, non. On est propres, dans ma famille.

– D'accord. Bon, cet acarien est très, très résistant. Il faut que tu suives le traitement à la lettre, ou bien tu ne guériras jamais.

– Quoi, la gale pour toute la vie ?

– Exactement. Tu fais tout comme je t'ai expliqué. Point par point.

– Okay…

J'allais m'en aller quand je me suis souvenu de quelque chose d'important :

– Docteur ? Ce truc, ça se transmet par contact ?

– Oui.

– Ah… Merci, et à bientôt.

Il était préférable de ne pas chercher de femme et de ne me frotter à personne. Les jeunes du quartier continuant à m'appeler Suce-Mémé, je n'avais pas besoin d'autres surnoms, du genre « le Rogneux », « Gros-Dégueu » ou « le Galeux ». Non. Ma condition devait rester un secret.

Après tous ces mois d'absence, j'en suis venu à apprécier énormément la ville, à la considérer avec des yeux différents. Elle me paraissait splendide dans sa façon de prendre des airs importants. Ses fondateurs avaient inscrit dans ses façades toute la vanité et l'affectation étudiée des grandes métropoles européennes. Madrid, Strasbourg, Stockholm, Barcelone, Paris, Hambourg, Moscou, Rome, chacune partageait cet ingénu et délicieux besoin de se donner en spectacle, comme s'il s'agissait de tourner la tête au visiteur, de cacher les misères humaines de ses habitants derrière la solide beauté de la pierre de taille et du verre poli.

Une grande ville qui se respecte fonctionne à la manière d'un immense décor destiné à épater le nouvel arrivant. Mais ceux qui l'habitent ne sont pas assez dupes pour croire à cette mise en scène. Ils mènent leur banale existence sur les planches, sans oublier de jouer leur rôle lorsqu'ils sont devant un public : homme d'affaires, chauffeur de taxi, pute de luxe ou de coin de la rue, barman, caissière de supermarché, prof d'université, policier, journaliste… La pièce de théâtre est impeccable, le costume et l'emplacement de chacun sur les tréteaux ont été déterminés à l'avance. Pas de faux pas, pas d'improvisation : telle est la règle du jeu fondamentale. On n'échange pas les rôles : une pute ne fera jamais le taxi, un barman restera toujours loin du businessman, de son complet bien coupé et de sa cravate en soie. Chacun à sa place. C'est tantôt une comédie, tantôt une tragédie, selon l'emphase avec laquelle la troupe mène à bien la représentation. Matanzas, ainsi, fut jadis la ville prétentieuse des aristocrates du sucre. Au temps où ceux-ci avaient assez de moyens pour y attirer les meilleurs artistes de l'époque, ils allèrent jusqu'à la baptiser « l'Athènes de Cuba ». Le ridicule achevé. La démesure de la vanité humaine.

Quand mes parents se sont lancés dans le commerce des glaces, ils se sont retrouvés endettés jusqu'au cou auprès de la banque. Pendant un moment, nous avons vécu dans une seule pièce. Un meublé de calle Velarde, en plein quartier noir. Ma mère a tenu à se teindre en blonde, histoire d'accentuer les différences. C'est là que les tambours, la rumba et le *guaguancó* me sont entrés dans le sang. Chaque semaine, quelqu'un fêtait son saint. La bamboula débutait le vendredi et s'achevait le lundi. Folie totale de percussions, de danses, de bouffe et d'eau-de-vie. Tout petit, déjà, je m'enfuyais de chez moi. J'étais tellement gamin que je ne me rappelle même pas quand j'ai commencé à danser le *guaguancó*.

Tout ça effrayait beaucoup mes parents. Ils se disaient

« chrétiens », eux, alors que le culte des saints était une « diablerie faite pour les nègres ». Le mépris classique devant ce que nous ne connaissons pas et qui nous intimide. L'un de nos voisins était *santero*. Un Noir massif qui dirigeait toutes ces festivités, une sorte de prêtre de la tribu, que tous respectaient. Nous étions les seuls à ne pas appartenir au clan, mais ce type m'a pris en sympathie. Un jour, il est venu parler à mes parents. Ils l'ont reçu à la porte, sans même l'inviter à entrer.

– Bonsoir.

– Bonsoir.

– Je voulais vous dire deux mots au sujet de vot' petit. Je sais pas quelles croyances vous avez, vous autres, alors il faut que vous m'excusiez mais ce que j'ai à vous dire est ceci.

– Nous ? Nous sommes catholiques, señor, mais nous vous écoutons.

– Ce pitchoune-là, il a une tendance vers Changó et Obatalá, voyez-vous, et il va être quelqu'un d'important dans la vie, parce qu'il brille déjà. Et il faut l'aider.

– Euh… Plaît-il ?

– Il faut l'initier à son saint, señora. Avec Changó et Obatalá, pour l'épauler dans la vie. Il faut lui ouvrir les chemins. Il vous en sera bien reconnaissant, plus tard.

– Mais non, mais non ! Nous ne croyons pas en ces choses-là. Et nous ne comprenons rien à ce que vous dites, donc je regrette mais…

– C'est ce que j'imaginais, oui. Encore pardon du dérangement, señora, mais moi j'écoute rien que Dieu.

Quoi qu'il en soit, il est né avec cette grâce, ce 'ti-là, et personne peut la lui enlever. C'est de naissance. Quand il va être majeur, peut-être qu'il...

– Quand il sera majeur, il fera ce qu'il voudra. Mais tant que ce sera un enfant et qu'il vivra avec nous, c'est non. Je vous répète que nous ne croyons pas en ces choses.

– Bien, señora, encore pardon du dérangement. À bientôt.

– Adieu.

Ma mère avait répondu d'un ton sec, insultant. Mon père n'avait pas ouvert la bouche, comme d'habitude. Moi, je savais déjà tout ça, puisque cet homme m'avait pris à part pendant une fête et m'avait dit ce qu'il avait répété à mes parents, et plus encore. Beaucoup plus. Je m'en souviens toujours, mot pour mot, parce que chacune de ses paroles s'est vérifiée au cours de ma vie. Je n'avais que six ans mais j'avais l'air plus âgé, déjà. Et je lui ai dit :

– Parle à mes parents.

– De quoi, 'ti ?

– De m'initier au saint.

– Ils sont pas croyants. Tu chemineras toujours seul par la montagne, mon 'ti. Par chance, tu es sous une influence très forte. Mais d'accord, je leur parlerai.

Un an plus tard, nous avons déménagé. Mes parents ont loué un appartement microscopique de la calle Pavía, face à la mer. Finie, la promiscuité du meublé. C'était un immeuble neuf, nous avions un balcon avec une vue superbe sur la baie. Et puis, peu après, mon père a enfin trouvé une petite maison en location, calle Magdalena. Trop près du quartier des putes, certes, mais très agréable. Et on restait à deux pas de la mer.

Petit à petit, ma mère a fait l'acquisition du décor qui correspondait à une existence petite-bourgeoise. Il fallait non seulement s'intégrer à la classe moyenne, mais aussi lui ressembler, pour que l'insertion soit parfaite.

Mon père travaillait comme un mulet, de dix heures du matin à deux ou trois heures après minuit. Il a réussi à éponger les dettes et à relever la tête. Désormais, il distribuait des glaces dans toute la province et il avait un camion frigorifique. Ils formaient l'équipe conjugale typique de ce temps-là : il produisait, elle consommait. Elle achetait à tour de bras des nappes et des serviettes, de l'argenterie, des verres en cristal et même de la vaisselle de Maastricht. Pure mise en scène, bien entendu. Ils ne se sont jamais servis de ce linge de table, ni de la porcelaine hollandaise, ni de rien du tout. En fait, ils ne savaient même pas dans quels verres il fallait servir l'eau ou le vin. En plus, ils n'avaient ni le temps, ni les occasions de les sortir. Quand on s'échine du matin au soir, les relations sociales et l'agrément en pâtissent. Ça n'est plus que du temps perdu.

Lorsque mon père a constaté que je ne serais jamais un joueur de base-ball célèbre, et encore moins de la Ligue américaine, il s'est rabattu sur une nouvelle manie : « Il faut qu'on économise pour que Pedrito puisse étudier aux États-Unis. Docteur en sciences économiques, il sera ! » J'étais nommé héritier potentiel du commerce de glaces.

Pour proclamer la bonne nouvelle dans le quartier, ma mère en a donné une version augmentée et corrigée : « Pedrito va être docteur en sciences économiques et son départ pour New York est imminent. Nous sommes en train d'étudier l'inscription. » Peu après, elle a diffusé une version encore plus audacieuse : « Peut-être qu'il va même faire la *high school* là-bas ! Du coup, on peut se retrouver seuls d'un jour à l'autre. Comme il va nous manquer ! Parce que ce petit, il a plus de présence que dix gamins ! » Et elle versait une ou deux larmes, accompagnées des sanglots de rigueur.

Moi, je ne les écoutais pas. Ils ne se rendaient même pas compte de ce que leur auraient coûté des études pareilles. De plus, ils n'avaient jamais pris la peine de me demander si je serais intéressé par ces « sciences économiques », un concept qui m'était d'ailleurs complètement inconnu. Je n'ai jamais pu savoir qui leur avait fichu cette drôle d'idée dans la tête. Qu'elle soit venue d'eux était impossible : c'était trop original.

En même temps, je les comprenais. Quand je pêchais sur la jetée à attendre le poisson pendant des heures et des heures, je repensais à tout ça et je me félicitais d'être né à Matanzas. Mes parents venaient de la campagne, eux ; ils avaient bouffé des bananes et de la farine de maïs pendant des années parce qu'il n'y avait rien d'autre. Point final. Qu'ils aient voulu effacer un passé aussi dur

175

était logique. Et la gomme qu'ils avaient sous la main, c'était Pedrito…

Les fêtes de santería de la calle Velarde m'avaient attiré comme un aimant. Je m'amusais, je m'y sentais bien. Ma mère, elle, a rejeté de sa mémoire toute trace de cette étape de notre vie. À l'entendre, le meublé n'avait jamais existé, elle n'était jamais passée dans cette rue. « C'est un quartier très dangereux, je n'y mettrais les pieds pour rien au monde. » J'en restais bouche bée à chaque fois que je l'entendais sortir ça. Et maintenant, elle consacrait son temps à revendre tout ce qu'elle avait accumulé. Petit à petit.

La gale a été un bon prétexte pour m'accorder des vacances supplémentaires. Ils ne m'avaient donné que cinq jours de permission. J'ai obtenu un certificat médical pour deux semaines. J'étais prêt à récupérer.

Les premiers jours, parfait. Je me suis montré tout convenable, tout calme. Pêche, musique, cinéma, les copains, la plage, le vélo, quelques coups de rhum. J'ai repris les branlettes avec la voisine, mais beaucoup moins : ce n'était déjà plus mon passe-temps préféré. Le troisième ou quatrième jour, je suis tombé sur Mecho. On avait le même âge. À treize ans, on avait suivi des cours de mécanographie dans le même institut. Impressionnante, la nana. Pas une métisse mais la vraie fille russe, des cheveux blond paille, des taches de rousseur sur le visage et les épaules, des nénés et un cul à tomber qui, avec tous ses poils jaunes sous les bras, lui donnaient facilement cinq ans de plus. Ses deux touffes aux aisselles me fascinaient. De retour chez moi, je me branlais en rêvant à ses lolos splendides et à sa forêt de poils. Elle n'était pas jolie, elle était sexy. Une sexualité agressive. Elle riait sans cesse, irradiait l'énergie par tous les pores et par ses yeux brillants. De l'électricité haute tension. Quand on s'est revus, là, elle était pareille, ou encore mieux. Encore beaucoup mieux, je dirais. Bordel, des femmes comme ça, il n'y en a pas des mille et des cents ! Et elles font tourner les hommes en bourrique. Elle le savait, cette grande salope. Elle n'avait jamais été innocente, à mon avis. Même au temps où elle n'était qu'un fœtus dans le ventre de sa mère.

Il n'y avait qu'un seul petit problème entre nous : je n'existais pas pour elle. Elle ne m'avait jamais adressé un regard, ni dit bonjour, ni rien. J'étais l'Ado invisible. Ce jour-là, pourtant, elle s'est réjouie de me voir comme si nous étions des amis intimes depuis le berceau. Elle savait tout sur mon compte. Comment je m'appelais, que je faisais mon service militaire, que j'étais basé à La Havane, que je ne m'occupais plus de glaces, que ma mère avait plein de choses à vendre... Ça m'a halluciné. Elle avait enquêté ou quoi ? Tout vérifié ? Ses yeux brillaient, les miens aussi. En une seconde, nous nous sommes rendu compte l'un et l'autre que nous n'avions pas envie de parler. Il n'y avait rien à dire. On voulait seulement se mordre et se sucer. Du coup, la gale m'est complètement sortie de la tête et je lui ai proposé qu'on sorte ensemble, le soir même.

– D'accord. Passe à la maison, comme ça tu salueras ma maman.

– Entendu. Ciao.

Ils vivaient dans un local immense. Tout le devant était un garage plein de bagnoles, envahi par la graisse, la poussière, les ordures dans les coins, des chats et des rats gigantesques. En plus de cet atelier, ils réparaient et chargeaient les batteries de voiture. Le père de Mecho était mort quelques années plus tôt dans des circonstances étranges, sans que l'on puisse savoir si c'était un accident ou un suicide. Il avait attrapé à deux mains la barre de contact du chargeur. Quatre cents volts dans le système. Les mauvaises langues du quartier s'étaient partagées en deux camps. Les uns soutenaient que ça avait été accidentel, parce qu'il était soûl comme un cochon ; les autres affirmaient qu'avant de s'exposer à la décharge, il avait avalé une bouteille d'acide sulfurique et s'était mis les pieds dans une flaque d'eau croupie...

C'était un type sombre, renfermé, avec un éternel rictus d'amertume sur les traits. Pas rasé, toujours couvert d'huile de vidange. Je ne l'ai jamais vu propre et souriant. Mirella, sa femme, était du même genre. Alcoolos, tous les deux. Ils n'étaient qu'à deux pâtés de maisons de chez moi mais on ne les voyait jamais dehors.

Au fond du garage, il y avait quelques pièces sombres, humides, mal ventilées. Ou plutôt jamais ventilées. On avait l'impression que personne ne faisait le ménage, ne changeait les draps. Les meubles, les murs, tout était abîmé, dégueulasse. Dès qu'on entrait là-dedans, on

178

étouffait. Et au milieu de ce cauchemar, on voyait surgir une Mecho resplendissante, fraîche, avenante. Elle affectionnait les pulls blancs sans manche très moulants, qui lui dessinaient bien les seins. À l'institut, ses tétons toujours bandés sous le tissu m'obsédaient. Ça et ses mèches de cheveux, qu'elle remettait en place toutes les deux minutes en levant les bras et en exposant ainsi ses fabuleuses touffes sous les bras. Ah, pauvre de moi ! Impossible de me concentrer ! Mais j'ai quand même eu mon diplôme de mécanographie de l'institut Minerve. Ils ne se sont jamais aperçus que je tape à toute allure, et sans regarder le clavier, mais seulement avec trois doigts... La concentration était exclue, avec Mecho.

Je suis donc allé chez elle ce soir-là. Pire que dans mes souvenirs. Le garage était toujours aussi déprimant, obscur, puant la saleté et le moisi. En entrant, j'ai eu un drôle de pressentiment pendant quelques secondes. Danger, mort. Les piaules du fond étaient toujours dans le même état de délabrement révoltant. Mirella m'a fait l'effet d'être pas mal fêlée du caisson.

– Bonsoir, vous vous souvenez de moi ?

– Oui... Tu es le caméléon.

– Moi ? Non. Je suis le fils du marchand de glaces. Vous vous rappelez pas ? J'apportais les accumulateurs à recharger de temps en temps.

– Ah, oui, oui ! Mais il faut faire quelque chose ! Cette obscurité, c'est insupportable ! Mecho, ma fille, tu n'es pas confuse d'amener ce jeune homme ici ? Dans ces... ténèbres ? Vous voyez un peu, señor ?

– Oui.

– Et cette odeur ! Ça sent les pieds, n'est-ce pas ? Ça sent les arpions pas lavés. Aaaah, quelle fatigue ! C'est l'heure d'aller au lit, non ?

– Maman, maman, écoute-moi ! Je sors un moment avec Pedro Juan.

– Comment ? Tu vas sortir dans cette obscurité ? Quand on ne voit rien !

– Oui, je sors. Reste tranquille. Je reviens dans deux ou trois heures.

– Nooooon ! Noooon ! Ne me laisse pas seule, Mecho ! Aïe, mais où tu es ? On ne voit rien, rien. Tout ce noir, ça va me tuer ! Mecho ? Mecho ? Apporte-moi mon petit déjeuner, j'ai faim.

– Je suis là. Je n'ai pas bougé.

– Ne me laisse pas seule, ne me laisse pas seule, ne me...

– Bon, bon, punaise, booooon !

– Ne me laisse pas seule ! Ah, je vais mourir ! Ah, il m'appelle encore ! Je ne veux pas rester seule avec lui. Je viens avec toi, Mecho, ne me laisse pas seule ! Aïe, ma fille, toute cette obscurité immense...

– Ah, s'il te plaît, con ! Assez, bordel de merde ! Tais-toi !

C'était la première fois que je la voyais de mauvaise humeur. Et ce langage... J'avais cru qu'elle ne connaissait même pas ces jurons, qu'elle était un nénuphar immaculé qui avait éclos dans la fange. Erreur. Saisissant sa mère par les deux bras, elle l'a secouée sans ménagement.

— Assez, putain de zob ! Arrête de faire chier ! Silence !

— Oouuch, aïïiiie…

— Je te laisse pas seule ! Calme-toi et ferme-la. Me baise pas encore plus l'existence !

En une demi-seconde, Mecho a changé d'attitude. À nouveau souriante et aguicheuse, elle s'est tournée vers moi en chuchotant :

— Tu vois, on peut pas sortir, parce qu'elle se met dans tous ses états…

— Mechoooo ! Ne t'en va pas !

— Je suis là. Je t'ai dit que je ne bougeais pas. Calme-toi !

Mirella s'est tassée sur elle-même en marmonnant quelque chose à propos de l'obscurité et de la mort. Mecho avait pris sa décision, visiblement, et elle était très déterminée. Nous avons fait quelques pas hors de la pièce, nous arrêtant au milieu du garage où il faisait en effet très sombre. Elle s'est étendue sur le capot d'une voiture. Sans parler, nous avons commencé à nous enlacer, à nous embrasser. Nos langues se léchaient. J'étais déjà totalement parti, et elle aussi. J'ai relevé son pull, dégrafé son soutien-gorge, et les seins les plus fermes, les plus sublimes du monde m'ont sauté au visage. Mais je n'avais pas oublié mon obsession pour ses poils.

— Lève les bras, Mecho, ai-je chuchoté. Fais moi voir… (Elle a obéi. Elle avait les aisselles impeccablement rasées.) Hein ? Je peux pas y croire…

— Qu'est-ce que tu peux pas croire ?

— Tes touffes ! Pourquoi tu t'es rasée ?

— Comment ? Tu aimes les poils, toi ?

— Un peu ! À l'institut, tu me rendais fou avec ces...

— Plus personne ne se les laisse. Sauf les porcasses. Je suis une fille propre, moi.

— Mais ça me plaît, à moi ! Je me suis branlé cinquante mille fois en pensant à ça !

— Qu'est-ce qui te plaît, au juste ? Moi, ou mes poils ?

— Mais toi, tes poils, tes nibars, ta... Ah, je sais plus, con !

Elle a posé une main sur ma queue, par-dessus le pantalon. J'avais débandé. Elle a rabaissé son pull et m'a dit d'un ton très sévère :

— Attends-moi une seconde. Ne t'en va pas, surtout.

Elle est retournée dans la pièce. On entendait toujours Mirella balbutier dans la pénombre. Mecho est revenue. Elle avait un flingue à la main. Énorme, nickelé. Un Colt 45 automatique. L'arme réglementaire de la police, dans le temps. Elle me l'a fourré sous le nez.

— Tu vois ça ?

— Oui, mais attends...

— Attends, mon cul. Le prochain qui m'entourloupe, je le descends.

— Mais... Qu'est-ce que tu dis ? Moi ? Je sais même pas de...

— Si, tu sais !

— Je sais pas de quoi tu parles. Ce revolver, c'est... un vrai ?

Elle a tiré sur un petit cliquet et le magasin est tombé dans sa main gauche. Rempli de grosses balles en plomb.

Mortelles. Je n'osais pas lui tourner le dos pour m'enfuir. C'était quoi, cette dinguerie ? Comment m'en aller de là ? Mes genoux s'entrechoquaient.

– Dis-moi un truc, Pedrito.

– Te dire quoi ? Tu es folle, Mecho ? Range ce flingue et arrête de déconner.

Elle me l'a encore montré, en souriant, mais son sourire n'avait plus rien d'aguichant, d'après moi. Il était froid, méprisant.

– Regarde-le bien. Et pas d'entourloupe, parce que je voudrais pas t'en coller une dans la peau. On va être heureux, nous deux. On peut être très heureux, à condition que tu joues franc-jeu. Tu veux passer la nuit avec moi ?

– Euh… Ici ?

– Mais oui. Dans ma chambre.

Elle était à nouveau douce et tendre comme une chatte. Elle m'a embrassé, me transmettant ses vibrations magnétiques, mais j'avais encore les foies. C'était une sorcière, cette femme.

– Euh, Mecho, je dois aller un moment chez moi, mais je reviens tout de suite, tu sais…

Elle m'a pris dans ses bras, m'a languoté et mordu avec une passion effrénée qui était aussi tout en délicatesse et en abandon.

– Viens dans ma chambre, mon grand couillu, viens me tirer et arrête tes conneries…

D'un coup, je bandais à mort. Écouter ces grossièretés sortir de sa bouche, c'était affolant. Et puis merde ! Elle me plaisait, cette femelle ! Je l'ai suivie. Nous sommes passés devant Mirella, qui continuait à mâchouiller des mots incohérents, nous sommes entrés dans l'autre pièce, elle a refermé la porte, allumé une petite lampe sur la table de nuit, rangé le flingue dans le tiroir, et puis elle m'a sauté dessus. Une tigresse en furie. Moi, j'étais le lion affamé. Ça a duré la nuit entière, comme toujours. Après trois orgasmes, ma queue n'a plus molli. On a tout oublié. La chambre puait l'humidité et la poussière, il n'y avait pas un souffle d'air, les draps étaient dégoûtants, il y avait des vêtements sales partout... Bref, Mecho était une sagouine à moitié folle, mais je m'en fichais.

Le jour s'est levé vers sept heures du matin. La seule lumière très relative entrait par un petit contrevent dans la cuisine. Claustrophobie totale dans cette cave. Mecho devait se rendre à ses cours, dans une école de gestion. Elle voulait travailler dans une banque, il ne lui manquait que quelques mois pour obtenir le certificat qui lui permettrait d'être agente bancaire ou je ne sais quoi. On avait sué comme des bêtes, tous les deux. J'ai reniflé sous ses bras. Schlingue extrême. Elle ne s'est même pas lavée, s'est contentée de s'habiller et de se mettre du parfum. J'ai renfilé mes fringues. On est sortis. Sur le trottoir, j'ai essayé de prendre congé correctement mais elle m'a ignoré. Avec un air de « qui t'es, toi ? », elle est partie de son côté, sans même un au revoir. Moi non plus. Je me suis jeté dans le premier bar en vue.

– Un café, vite, ou je meurs !

14

MECHO s'est évanouie dans le néant. Elle ne m'a jamais cherché, moi non plus. On en est restés là. Je n'ai jamais su si je lui avais refilé la gale ou non. Mais c'est à partir de là que ma période de veine avec les femmes a commencé. Elles me tombaient dans les bras, quasiment. Rien qu'en les regardant. Presque pas besoin de parler. À la plage, au ciné, dans le bus. Peut-être que j'avais l'air plus vieux, amoché et intéressant, après tous ces mois à couper la canne à sucre et à crever la dalle comme un esclave noir.

Dans le quartier, il y avait un vioque vraiment crado. Pedro Pablo. Il vivait seul dans une piaule au-dessus d'entrepôts à moitié abandonnés. Il avait été poivrot dans le temps, mais il ne picolait plus, ne touchait plus au tabac. Il se contentait de jouer aux dominos avec mon père et quelques autres. Toute la journée assis, captivé et enthousiasmé par le jeu, sans manger ni boire. Il me conseillait tout le temps de lire l'encyclopédie *Trésor de la jeunesse,* me prêtait les tomes au fur et à mesure. On aurait dit un mendiant analphabète, mais non : il se laissait aller, c'est tout. Rien ne comptait pour lui. Il était capable de parler intelligemment sur n'importe quel sujet. Quand je me suis mis à me faire toutes ces nanas, je lui ai posé la question. Il m'a répondu sans réfléchir une seconde :

— Les femmes ne supportent ni les jeunes, ni les idiots, ni les gros, ni les bellâtres. Tous ces types d'hommes ne leur donnent aucune sécurité. Or c'est ça qu'elles cherchent. La sécurité.

— Hé, au temps des cavernes, peut-être, mais de nos jours...

— Ne m'interromps pas et écoute-moi bien. Pour plaire aux femmes, il faut être laid, maigre, sérieux, avoir un peu d'argent et d'autorité. Et aussi les tringler tous les jours en leur disant quelque chose à l'oreille. Tantôt des mots doux, tantôt des cochonneries.

— J'ai pas d'argent ni d'autorité, moi.

— Mais tu peux te servir de ta pine vingt-quatre heures d'affilée, ha, ha, ha ! Ça équilibre l'équation. Quand tu ne pourras plus niquer autant, essaie d'avoir un peu d'argent et d'autorité. Et si tu n'as rien, renonce aux femmes. Tu n'as qu'à me regarder.

— Les nanas d'aujourd'hui ont l'esprit moderne, Pedro Pablo, alors qu'à ton époque...

— Il n'y a pas d'époque. On est des animaux, tous. Ne gobe pas ces histoires de modernité.

— Elle est compliquée, ton équation...

— C'est l'art d'être un vrai homme. Je te cause d'expérience, Pedrito. Tu me vois maintenant, vieux et solitaire, mais j'ai eu des centaines de femmes dans ma vie. Seulement, il faut leur construire un nid où elles se sentent à l'abri. Elles veulent un mâle qui assure. C'est simple.

– Et à la fin, tu es resté tout seul.

– Parce que j'aimais la nouveauté. Toute ma vie a été une expérimentation, vois-tu ? Du neuf tous les jours. Et donc j'allais d'une femme à l'autre. Ça les perturbe, ça. Elles veulent l'exclusivité totale.

– Je ne suis pas convaincu. La femme d'aujourd'hui est plus indépendante.

– Baratin ! Mensonge ! C'est juste un moyen de les manipuler, ces idées. Et celles qui y croient vraiment finissent à l'asile. Elles arrivent à quarante ans et elles sont seules, sans gosses, avec l'impression de s'être trompées de bout en bout. Elles ont désobéi à la nature, alors hop, droit chez le psychiatre !

– Peut-être que tu es un peu aigri, non ?

– Vivre, c'est souffrir : voilà une idée qu'il faut combattre tous les jours. Moi, j'ai toujours été pêcheur et policier. Presque vingt ans dans la police. Ça m'a beaucoup appris sur les êtres humains.

– Qu'est-ce que tu as appris d'autre ?

– Que nous sommes une vaste farce. J'ai appris à rire de moi. Il faut toujours rire de soi. Pas des autres, non. D'abord, tu te regardes dans une glace et tu verras que tu as plein de raisons de te gondoler.

Il me restait encore plein de temps à l'armée. Contre ma volonté. J'ai fait deux récoltes de plus. Pareilles que la première, ou pire, parce qu'on est partis aux champs dès le début du mois de novembre, avec le retour en mai. Les maux les plus courants ? Anémie, gale, gonorrhée, morpions, blessures de machette.

Une fois, je me suis coupé à la main gauche. Comme j'avais toujours ma machette affûtée tel un sabre de samouraï, elle est entrée jusqu'à l'os. Sept points de suture, et une quinzaine de jours en convalescence au campement. C'était une plaie sérieuse, mais je m'ennuyais ferme. Pour me distraire, je suis allé aider à l'infirmerie. Une sorte de grouillot médical. Il y avait une armoire de premiers soins. C'est là que j'ai encore développé mon sadisme latent, un côté que j'avais découvert avec Dinorah. Les putes agissent comme des catalyseurs : très vite, elles font jaillir de nous ce que nous cachons. Une société sans putains ne peut que s'inhiber et se recroqueviller sur elle-même jusqu'à l'asphyxie.

À chaque fois que quelqu'un arrivait avec une coupure de machette, donc, c'était moi qui devais nettoyer et désinfecter. Les instructions que j'avais reçues étaient très claires : « Nettoyer à l'alcool, puis à l'eau distillée ou préalablement bouillie. Insister en retirant toute trace de terre, de poussière ou de cendres. Les tendons ou les os doivent être parfaitement propres. Seulement après nettoyage complet de la blessure, appliquer une crème antibiotique, envelopper dans de la gaze et diriger le patient à l'hôpital. »

J'avais toujours sous la main des bâtonnets de bois un peu plus gros que des crayons. Dès que ma victime se présentait, je lui en tendais un et je lui disais :

— Mords là-dessus et gueule pas. Supporte comme un homme. Te pisse pas ou te chie pas dessus.

Si le type se mettait à se débattre et à crier, je m'arrêtais, je le fixais d'un regard sévère.

— T'es un homme ou une gonzesse ? Si je fais pas ça, tu vas avoir de la pourriture dans tout le bras, alors ferme-la et serre les dents !

C'était comme ça. Il n'y avait pas d'autre moyen de traiter la plaie et je m'y employais « vraiment » à fond. J'avais trois ou quatre blessés par semaine, ce qui me laissait plein de temps de libre. Pour le meubler, j'ai entrepris d'écrire quelques petits contes macabres. Il y a en avait un où un naufragé dérive sur l'océan, seul, torturé par la faim et la soif. Sur son canot, il n'a qu'un sabre. Après avoir pesé le pour et le contre pendant des heures, il se décide à se couper la main gauche pour la bouffer. Schlac ! Tranchée net, elle tombe au fond de l'embarcation. Le type s'apprête à la prendre pour la déchiqueter entre ses dents, mais elle s'écarte de lui, mue par l'instinct de survie qui fait bouger les doigts. Il la poursuit un moment comme ça. Finalement, la main se hisse sur le bastingage, se lance à l'eau et s'éloigne en nageant.

J'ai écrit plein d'historiettes sinistres dans ce genre. Je les cachais. Personne ne les a jamais lues. J'avais honte de révéler mes pensées les plus morbides sous un jour aussi cru. La mode était aux héros. À l'homme parfait, d'une moralité à toute épreuve, bâti en pierre et en acier. À la dimension héroïque de la vie. Tout ça s'infiltrait

189

dans ma conscience et me faisait souffrir, parce que je n'en voulais pas. Je voulais rester comme j'étais, un être vulgaire qui aimait traîner dans les rues. Rien d'autre. Un inutile de plus. Mais l'époque voulait que l'on soit héroïquement utile. Dans une atmosphère aussi envahissante, je gribouillais de petits contes nés d'un esprit frondeur et donc je pratiquais l'autocensure, évidemment. Sentiment de culpabilité. Je méritais presque de me flageller le dos pour mes péchés, pareil que les jésuites. Des fois, je me consolais un peu en me disant que j'avais lu énormément Edgar Poe. Comme ça, la faute ne retombait pas que sur moi.

En guise d'exorcisme, j'ai écrit une courte chronique à propos de mes camarades. Les héros que nous étions, à couper la canne contre vents et marées, invulnérables, inflexibles. Je l'ai envoyée à un journal national à grand tirage.

Dans les bureaux du commandement, il y avait une machine à écrire, mais comme je restais un « fauteur de troubles » pour eux, je n'avais pas le droit d'entrer là-bas. J'ai posté mes feuillets manuscrits, en supposant qu'ils n'y comprendraient rien, et puis je n'y ai plus pensé. Une quinzaine de jours plus tard, on nous a réveillés avec une demi-heure d'avance :

– Debouuuut, jeunesse d'acier !

Ils nous ont dit de nous regrouper au réfectoire. Là, ils ont appelé mon nom et j'ai dû m'avancer devant tous les autres. Moi, le trublion. J'ai failli me chier dessus. Qu'est-ce que j'avais encore fait, sainte mère ? Ils allaient m'expulser une nouvelle fois ? Ou bien un de mes blessés avait calanché ? Un peu trop sadiques, mes désinfections de plaie ? Inconsciemment, je me laissais déjà envahir par la peur. Ils allaient sans doute encore m'humilier et me casser le moral.

Mais non. Tout le contraire. Sourires et applaudissements. Le quotidien avait publié mon texte. Ils l'ont lu de bout en bout, m'ont félicité et ont invité mes camarades à prendre exemple. Moi, un exemple ? Ils m'ont offert le journal en souvenir, et on est tous partis couper la canne à sucre.

Le soir, j'ai comparé ce que la rédaction avait publié avec le brouillon que j'avais gardé. Deux ou trois mots changés, c'est tout. Parfait. C'est tout ce que je voulais savoir. Cette chronique était héroïque tout ce qu'on voudra, mais elle coulait bien, surtout. Un galop d'essai dans le style de *La Réserve du général Panfilov*, ou quelque chose comme ça.

J'en ai tiré quelques autres conclusions. Pour mes contes macabres, ils étaient capables de me détester, de me mettre à pied ou du moins de m'envoyer chez le psychiatre et de me faire passer à la trappe, mais pour cette chronique ridicule, ils me félicitaient... Conclusion, ma règle numéro un est devenue : « Fais la sourde oreille aux applaudissements et aux huées. » Et la numéro deux : « Ce monde est vide. Il n'y a que toi et tes personnages. Le reste ne t'intéresse pas. » Et la trois : « N'imite personne. Ne demande pas. Ton chemin, c'est toi qui dois le trouver tout seul. » Et la quatre : « Tu

191

paieras cher pour t'éloigner des sentiers battus. Sois prêt. »

Cette nuit-là, j'ai noté quelques lignes dans le carnet où j'entretenais une conversation avec moi-même : « Nous autres humains sommes complexes, contradictoires et cruels, de même que les personnages de mes contes sinistres, mais nous n'aimons pas savoir que ça ne changera jamais. Il est plus facile de se persuader que nous sommes héroïques et prévisibles. Le métier d'écrivain ne va pas être simple, parce que je vais devoir nager toujours seul, et à contre-courant. »

La vie militaire était trop. Six mois à couper la canne, puis six mois d'entraînement pour gladiateurs, avec manœuvres en montagne, exercices de tir, séances de sport. Et seulement trente heures de perm' tous les quinze jours. Il fallait avoir la vocation spartiate bien accrochée. La routine était assommante. Chronométrée, millimétrée. Je m'échappais à chaque fois que je pouvais. J'inventais un certificat médical quelconque, saignement des cordes vocales, os cassés, grippes fulgurantes, gale, rougeole… Je n'ai jamais été aussi malade de ma vie, quoi. Je rentrais à la maison quelques jours, je me la donnais à fond, puis je revenais à la rigueur de l'armée.

Les nanas apparaissaient et disparaissaient, fugaces, sans complications. Parfois cinq ou six en même temps. Je ne tombais jamais amoureux, mais à la faveur de l'un de ces plans de baise j'ai découvert un moyen de gagner ma croûte.

Un après-midi, j'ai niqué avec une garce timbrée. Sur

une plage, pas loin de la ville. On est allés dans l'eau et je l'ai embrochée. Elle était fille de salle à l'hôpital. Elle lavait les sols. Très vulgaire. Encore plus d'ordures à la bouche que moi : « Vas-y, con, que je te jute dessus comme t'as jamais vu ! Plus fort, salaud, démolis-moi ! »

Il se faisait tard, on était presque seuls dans cette petite crique. La maigrichonne s'est déchaînée. Spectaculaire. Un vieux Noir pédé nous matait, assis sur le sable. Je le connaissais, c'était un ami. Il m'avait raconté toutes ses histoires d'enculeur professionnel. Il n'avait jamais travaillé de sa vie, ni sauté de femmes. Rien que faire payer les tantes pour un coup de queue. C'était un type silencieux, qui bougeait souplement, comme un félin ou un serpent en chasse. Il parlait à voix très basse, sans jamais vous regarder dans les yeux.

On fréquentait beaucoup cette plage, lui et moi. Je venais nager, et voir s'il y aurait de la fesse. Au début, il m'avait pris pour un collègue et m'avait décrit toutes ses prouesses. Très fier de lui. Quand il a compris que les pédales de bord de mer n'étaient pas mon truc, il a pris ses distances. On se contentait de se saluer de loin, mais il me revenait bien, ce vieux nègre cynique et malin comme tout, avec pourtant une nuance de tristesse dans les yeux. Tristesse, ou solitude. Sa vie m'intéressait. Il était renfermé, en réalité. Timide. Un jour, je lui ai demandé s'il lui était arrivé de tomber amoureux.

– L'amour, ça existe pas. La vie, c'est de l'hypocrisie totale. Si t'en as du fric, tout le monde te respecte. Si

193

t'en as pas, t'es qu'un vieux négro et on te refile un coup de pied au cul.

Rien d'autre. Il m'intéressait vraiment, je l'ai dit, mais quand il a vu qu'on avait des goûts différents, il s'est replié dans sa coquille.

Donc, ce soir-là, on était comme des dingues dans la flotte, cette fille et moi. Une perverse très, très salope. Elle me rendait zinzin. Soudain, le vieux a sifflé, de sa place. J'ai tourné la tête vers lui. Il m'a hélé. Je me suis dégagé en disant à la maigrichonne :

— Attends, je vais voir ce qu'il veut, ce vioque.

— Ah, laisse-le tranquille !

— Non, attends, je te dis !

Je suis allé à lui. Sans chercher midi à quatorze heures, il m'a sorti :

— Tu veux te faire quelques biftons, là maintenant ?

— Ben… oui.

— Continue à la baiser là-bas d'dans. Dans cette cabane.

Il y avait un alignement de cabines où les baigneurs pouvaient se changer. Avec des trous dans les planches, toutes.

— Laquelle ?

— La première.

Il a sorti un rouleau de billets de sa poche. Gigantesque. Ça lui tenait même pas dans la main. Il a pris plusieurs coupures, sans regarder, et me les a tendues. J'ai compté rapidement. Plus de cinq cents pesos ! Le salaire d'un médecin spécialiste. Ça m'a paru exagéré. J'ai voulu en avoir le cœur net :

— Qu'est-ce que tu veux ? Te branler en regardant, pas plus ?

— Pas plus.

— Bon.

J'ai appelé la timbrée pendant que le vieux allait derrière les buissons, près des cabines. On est entrés à l'intérieur et on a recommencé à niquer, debout. J'avais un peu de mal à me concentrer mais elle avait deviné le business, en vraie salope qu'elle était, et elle m'a dit :

— Dis voir, petit, on fait moitié-moitié. Sois correct avec moi.

— La moitié de quoi ?

— Fais pas ton niais. J'ai bien vu que ce vieux t'a allongé de la thune.

— D'accord, ça va.

— Ouvre la porte, qu'il se branle devant nous.

— Pas la peine d'aller jusque-là…

Elle a ouvert elle-même et elle a crié :

— Hé, sors de tes buissons et pignole-toi ici, que je te voie !

Ce type avait dans les soixante-dix ans, ou plus, je ne sais pas, mais il avait une bite noire, dure et longue comme celle d'un canasson. Incroyable. Et moi qui pensais qu'on mourait quand on atteignait un âge pareil. Rien du tout. On aurait dit un adolescent en rut. La maigrichonne n'en croyait pas ses yeux. Elle m'a poussé de côté et elle lui a dit :

195

– Allez, viens par là et mets-la-moi jusqu'à la gorge, tellement que tu m'as l'air fringant !

Le vieux a reculé de quelques pas. Il avait peur de la fille.

– Non, non, pas moi. Continuez, vous deux.

J'ai attrapé la salope et je l'ai enfilée à nouveau. Et depuis cette fois-là, je me suis gagné un paquet de fric sur cette plage avec nos petits shows. Je n'ai jamais su d'où il sortait tout cet argent, le vioque. Il trompait son monde avec ses vieilles groles déchirées, ses vêtements usés et sales. La garce a arrêté de frotter les sols à l'hosto. Elle n'en avait plus besoin. Ça a duré un temps. Un an, deux ? Je ne me rappelle pas. La belle vie.

15

MES TROIS ANNÉES de service devaient se terminer dans quelques mois. J'allais être libéré en décembre 69. Un jour, pourtant, ils ont réuni tous les conscrits de notre unité pour nous faire une proposition : on pouvait rester un an et demi de plus et suivre des cours « accélérés ». Sur place, sans sortir de la caserne. Du coup, la période militaire serait de quatre ans et demi mais on s'en irait avec un certificat de chef de chantier et la garantie de trouver du travail. L'idée m'a plu. J'avais rêvé de devenir architecte, au point d'accumuler des livres illustrés de photos et de plans à propos des grands maîtres modernes, Le Corbusier, Niemeyer, Frank Lloyd Wright, Gropius, l'école du Bauhaus. J'ai toujours pensé que l'architecture pouvait se combiner à l'écriture dans ma vie ; la première serait visible, profession officielle, la seconde secrète, cachée à tous, telle une dangereuse amante qu'il est préférable de séquestrer dans la cave. Et si je ne pouvais aller jusque-là, je travaillerais avec des architectes, au moins.

Nous avons été nombreux à accepter. Une semaine

après, les cours ont commencé : dessin industriel, béton armé, calcul structurel, topographie, technique de coffrage, maçonnerie additionnelle, économie politique, matérialisme dialectique et, petite bouffée d'oxygène dans tout ça, une heure hebdomadaire d'histoire de l'architecture.

Gretel, la prof chargée de ce cours historique, était une architecte de vingt-cinq ans. Ultra-sophistiquée, au point qu'elle ne paraissait pas cubaine. Le contraste était frappant avec notre bande de bidasses grossiers, bruyants, mal élevés et chahuteurs. Des homoncules primitifs. Nous venions tous de petites villes, ou carrément de la cambrousse. La vingtaine, en moyenne. De loin, on aurait dit un troupeau de poulains sauvages. De près, on dégageait exactement la même odeur.

On était quatre-vingt-quatre à écouter les enseignants dans une salle prévue pour quarante personnes. Là-dedans, ça sentait un condensé de sueur juvénile intense, de caleçons imprégnés de sperme, de cuir mouillé de nos bottes russes, de toile de treillis jamais lavée. Plus un pet de temps à autre, plus les panards puants de quelqu'un qui s'était déchaussé pour se gratter les champignons entre les doigts de pied…

On était trop sauvages, comme poulains, et les profs s'en sont rendu compte tout de suite : pour ne pas perdre de temps et d'énergie, ils se sont empressés d'essayer d'organiser des examens éliminatoires, dans le but de se débarrasser des plus bouchés et de ne garder que ceux qui avaient une vraie chance d'arriver au bout. C'était logique, mais pas politique. Comme toujours, des ordres péremptoires sont descendus « d'en haut » : « Sélection, pas question ! Il faut œuvrer à ce qu'ils aient tous le diplôme. Le pays a besoin de bâtisseurs révolutionnaires, disposant de la formation technique et idéologique indispensable face aux défis que nous devons relever en cette période puisque l'ennemi nous a dépouillés de professionnels qualifiés en les attirant avec leurs chants de sirènes capitalistes », etc.

Donc on est restés à quatre-vingt-quatre, entassés les uns sur les autres. La majorité d'entre nous avaient perdu l'habitude de se concentrer et d'étudier, s'ils l'avaient jamais eue. Quand ils renonçaient à écouter le professeur, parce qu'ils n'entravaient que dalle, ils se mettaient à regarder distraitement par la fenêtre et à se tirer les crottes du nez.

Lorsque Gretel a débarqué dans cette écurie, on a senti l'ambiance se tendre, s'échauffer. Elle nous a montré des diapositives des grottes d'Altamira et de Lascaux, de dolmens, de Stonehenge, puis elle a écrit au tableau le titre de la première leçon : « Appropriation du milieu ambiant par l'homme primitif en tant que phase initiale de l'habitat nomade ».

Elle parlait, parlait, parlait, et s'approchait toutes les deux minutes de la porte restée ouverte pour aspirer un peu d'air frais. Elle ne supportait pas l'odeur glandulaire des poulains en rut. Elle regardait tout le temps l'horloge, aussi. Finalement, quand la cloche a sonné au bout d'une heure, une vingtaine de rossards sauvages ronflaient bouche ouverte, la tête jetée en arrière, et les autres se sont bousculés dehors comme une manade descendant au point d'eau afin de profiter des dix minutes de pause. Elle a dû attendre le passage du troupeau pour sortir. C'était un vrai bonbon : mince mais bien roulée, délicate, avec des cheveux bruns et lisses comme ceux d'une poupée. Un mélange de peur, de colère et de résignation se lisait sur ses traits fins. Dehors, elle a allumé une cigarette. Ses mains tremblaient. De fureur contenue, je me suis dit.

À ce stade, j'avais définitivement le vice dans la peau. J'étais un séducteur accompli et maladif. Je consacrais l'entièreté de mon temps et de mon énergie à séduire et à baiser. Tout ce qui bougeait. Depuis la charogne la plus pourrie jusqu'à la poulette la plus exquise. Je ne faisais pas de distinction. Toutes les femmes m'attiraient, laides et jolies, plates ou avec des seins énormes, fessues ou non, blanches et noires avec toute la gamme intermédiaire, grandes ou basses du cul, romantiques et caressantes ou vulgaires et toxiques. Épouses fidèles et nymphos dépravées. C'était une obsession incontrôlable, mais je crois que je n'étais pas le seul : à mon avis, c'était ça, le vrai sport national. Plus que le base-ball. Une sorte de « Conjuration des imbéciles machos ». Tout ça dans la gaieté et l'amusement, quoique. L'explication historique et sociologique prendrait trop de place. Disons que nous étions des gladiateurs avec l'épée constamment défouraillée, toujours en action, entraînés à ne pas penser et à ne jamais poser de question. C'était l'une des multiples règles du jeu.

Mais une femme sophistiquée comme Gretel, je n'en avais jamais connu. Où je l'aurais trouvée, con ? Je me suis approché d'elle. Elle était revenue à son bureau. J'ai remarqué qu'elle était nerveuse, impatiente de s'échapper de là au plus vite.

– Bienvenue, camarade enseignante. Votre cours m'a beaucoup plu.

Elle s'est écartée de quelques pas, sur la défensive. Elle m'a lancé un regard. Oui. Elle était apeurée, déconcertée.

– Allons ! Ils se sont endormis en ronflant !

– Quelques-uns, oui. Ce sont des brutasses. Mais tout le reste, on a extrêmement apprécié.

Elle n'a pas répondu. À la place, elle s'est mise à réunir en hâte ses diapos, ses crayons, ses carnets, ses craies colorées. Elle avait apporté plein de matériel dont elle ne s'était pas servie. Après avoir fourré tout ça sous son bras, elle est partie à toute allure. Je l'ai suivie.

– Euh, dites, pour le prochain cours, est-ce que je peux vous apporter mon…

– Je ne crois pas que je reviendrai. Je déteste perdre mon temps.

– Mais…

– Désolée. Adieu.

Elle a essayé de me lâcher, mais j'ai continué à lui emboîter le pas. Presque en courant, elle a foncé vers la vieille Volkswagen rouillée qu'elle avait laissée sur le parking. Pressée et affolée comme elle était, elle a laissé échapper le classeur de diapos, qui sont tombées par terre en s'éparpillant. Pendant que je l'aidais à les ramasser, j'ai pris la voix la plus grave, la plus vibrante et la plus rassurante possible pour lui annoncer :

— Tu as besoin d'un peu de sérénité dans ta vie.

Elle s'est arrêtée, braquant sur moi de grands yeux. Pleins de défiance et de colère.

— Quoi ?!! Qu'est-ce que tu dis ?

Je suis revenu à la charge. Voix profonde, très mâle. D'habitude, ça suffisait pour qu'elles mouillent leur culotte et me supplient de leur lire des poèmes de José Angel Buesa.

— Que tu dois être plus sereine. Je ne voudrais pas que tu aies un accident.

— Tu es un malotru et un impertinent !

Encore deux tons plus bas, j'ai imité un célèbre acteur de la télévision, Enrique Santiesteban :

— « Bois à ma coupe, petite. »

— Tu es un crétin ! Ah, fais-moi le plaisir de disparaître !

Elle est montée dans sa vieille caisse en jetant tout son fouillis sur la banquette arrière. Elle a essayé de démarrer, une fois, deux, trois. Rien. Elle enfonçait trop l'accélérateur. Le carburateur s'est vite noyé. Je suis resté tranquillement à côté. J'étais la solution à ses problèmes mécaniques et spirituels, mais je prenais mon temps.

— Camarade enseignante, il faut que tu te calmes, ou…

— Ou quoi ?!

Elle est ressortie, a envoyé un coup de pied dans la roue.

– Tu veux que je t'aide ?

– Je… Oui, mais arrête de parler comme ça, s'il te plaît. On croirait un présentateur radio à la con ! Tu te prends pour Humphrey Bogart ou quoi ?

Elle ne se maîtrisait plus. Parfait. Ça me convenait.

– Camarade enseignante, Humphrey Bogart avait une voix nasillarde, très désagréable. Ça, c'est ma voix naturelle. Je n'en ai pas d'autre.

– Pfff, quel enquiquineur tu es… Bon, tu t'y connais en… ?

– Je suis mécanicien de profession. Enquiquineur, mais mécano. Assieds-toi, mets le contact et n'appuie pas sur l'accélérateur, surtout.

– Si je n'appuie pas, elle ne démarre pas !

– Non, c'est si tu appuies dessus, beauté. Le mécanicien, c'est moi, alors fais confiance. Tu as une clé de 3-4 ?

– Oui, devant, dans le coffre.

Après avoir pris les outils dont j'avais besoin, je suis allé à l'arrière et j'ai ouvert le capot du moteur. Avec un tournevis, j'ai retiré la cuve du carburateur. Elle débordait. J'ai bouché l'arrivée d'air avec ma main.

– Vas-y, Gretel, démarre !

Le moulin est parti facilement, mais elle a tout de suite enfoncé l'accélérateur et il a calé. Encore noyé.

– Gretel, s'il te plaît, ne touche pas à l'accélérateur !

– D'accord… Euh, comment tu t'appelles ?

– Pedro Juan.

– Très bien, señor Pedro Juan. À vos ordres.

J'ai répété toute l'opération. Cette fois, oui. J'ai refermé le capot et je suis revenu près d'elle.

– Tu vas continuer à avoir des problèmes avec ça. Il faut démonter entièrement le carburateur et le nettoyer. J'ai l'impression que le gicleur est sale, du coup l'aiguille ne descend pas bien.

– Hein ? Quoi ?

– Rien à voir avec l'appropriation du milieu ambiant par la horde sauvage, ni avec les phases primaires de l'habitat nomade.

– Ha, ha, ha ! Tu te souviens de ça ? Mieux que rien !

– Mais oui. J'ai beaucoup appris.

– Merci.

– Si tu veux, je peux t'arranger le carbu. Il faut compter deux heures, en gros.

– Oui, mais aujourd'hui je n'ai pas le temps.

– Moi non plus. Je dois retourner en cours.

– Et demain, si tu… ?

– Je peux me débrouiller pour demain soir, oui. Dans ce cas, je viendrai chez toi ou…

– Comment, ils te laissent sortir ?

– Ils me laissent pas, non, mais je sors quand même.

Elle a noté son adresse sur un papier et me l'a tendu. Quelque part dans la vieille ville de La Havane.

– Très bien, Gretel. Demain soir, sur les six heures, j'y serai.

– Okay. Je t'attendrai.

– Et trouve une bouteille d'alcool.

– Hein ? Pour… boire ?

– Mais non. Pour nettoyer le carburateur.

– Ah, okay… Ciao.

– Ciao.

Le lendemain, vers cinq heures, je me suis esquivé par l'entrée numéro six. La porte du fond. C'était toujours un appelé qui était de garde là-bas, donc c'était simplissime. On passait tous par là, quand on faisait le mur. Le jour suivant, il y avait revue de détail juste après le lever, à cinq heures et demie. Ça me donnait douze heures.

Gretel habitait une petite maison dans une ruelle en face du port, derrière le bar Two Brothers. Une zone très chaude. Ils avaient retiré le nom en anglais sur la façade – on voyait encore la trace des lettres –, ne laissant que celui en espagnol : Bar Dos Hermanos. Pas question d'accepter quoi que ce soit de l'ennemi, même pas sa langue. Dans ce quartier, il restait encore quelques putes à deux pesos, contre lesquelles la police ne pouvait rien. Près de chez Gretel, on voyait trois portes badigeonnées en rouge, très étroites, sur lesquelles était peint en doré le nom de trois catins qui recevaient ici les marins russes ou grecs : Berta, Olga et Marta.

Gretel occupait deux pièces riquiqui, mais joliment arrangées. Il y avait un petit autel avec un bouddha, de l'encens, une bougie et une assiette de riz. Les murs étaient peints en lilas, en jaune, en violet. Des affiches de cinéma – *L'Homme au bras d'or, Citizen Kane* –, un canapé recouvert d'un sari indien, des coussins pour s'asseoir par terre… Tout m'a paru étrange. C'est comme ça qu'ils vivaient, les gens sophistiqués ? Sur le tourne-disque, l'album *Sergeant Pepper* des Beatles. Ah, mais très bien ! L'atmosphère me plaisait, en fait. Et Gretel, très détendue et souriante, qui m'accueillait avec un baiser sur la joue…

– Gretel ? Je préfère démonter le truc tout de suite, pour le laisser tremper dans l'alcool deux ou trois heures.

– Quoi, ils t'ont donné une permission très courte ?

– J'ai pas de permission, señorita, je suis juste…

– Ne me donne pas de la « señorita ».

– Très bien, señora.

– Non plus !

– Je plaisantais.

– Je n'apprécie pas ce genre de plaisanteries.

– Hé, t'es pas commode, mamita !

– Allons voir ce moteur et arrête de faire le dindon.

La bagnole était dans la rue, en face de chez elle. Je me suis mis au travail. Retournée dans sa maisonnette, elle est revenue peu après avec une tasse de thé pour moi. Je lui ai dit merci et je l'ai posée par terre, mais elle a insisté pour que je le goûte. Il y avait du rhum là-dedans. Mmm, ça devenait très intéressant ! En quelques minutes, j'ai retiré le carbu, je l'ai mis dans l'alcool et j'ai dit :

– Il faut attendre un moment pour que ça agisse. Il y a plein de saloperie au fond de la cuve.

– Ah ?

– Depuis quand tu l'as pas donnée à réviser ?

– Hein ? Jamais. Je ne comprends rien à ces choses-là.

– Le mieux, c'est d'installer un filtre. Je vais t'en trouver un. De jeep russe. Ils sont très bons.

– Ah… Alors, tu es mécanicien pour de bon ou… ?

– Non, pour de rire. Mais je répare.

Le disque s'est terminé.

– Tu aimes les Beatles, Pedro Juan ?

– Oui, mais figure-toi que…

– Ils sont interdits.

– « Interdits », c'est beaucoup dire, mais…

– Non, c'est la vérité.

Elle m'a apporté une liste interminable de groupes et de chanteurs qui ne pouvaient plus passer à la radio ou à la télévision. C'était un document confidentiel de la direction de l'Institut de radiodiffusion. Là-bas, quelqu'un décidait de ce qui était « diversion idéologique » et de ce qui était acceptable. Je n'ai pas demandé de détails.

– J'ai le *Yellow Submarine*, le *White Album* et le *Revolver*.

– Tu as tout, quoi.

– Presque. Je cherche ceux qui me manquent encore.

J'étais à la fête, moi. C'était la première fois que je pouvais écouter tranquillement les Beatles. Après un deuxième thé au rhum, nous avons dansé. Elle est allée chez la voisine deux minutes et elle a rapporté de l'herbe, en refermant la porte derrière elle. On a fumé et hop, au lit. Ce qui me plaisait, c'était de tringler à fond en sentant la nana jouir, mais Gretel n'a pas eu le début d'un orgasme. Moi, si. Un. Deux.

Terminé, le thé. Maintenant, il n'était plus question de diluer quoi que ce soit dans cet antre sophistiqué : rhum pur, Beatles purs, herbe pure et plein les poumons, tringlage pur. Gretel est allée chercher des cordes quelque part.

– Attache-moi, papito. Et défonce-moi. Mais défonce pour de bon, que je la sente !

Au-dessus de son lit, il y avait un anneau en acier fixé au mur. J'y ai passé une corde, je l'ai ligotée par les poignets et j'ai recommencé à lui donner de la queue. Elle a fermé les yeux, s'est concentrée. Rien. Elle m'a dit :

– Va prendre les revues, là, dans le placard. L'étagère du haut.

Je les ai trouvées. Des femmes nues qui se faisaient des 69. En regardant ça, elle est devenue folle. Moi, je tournais les pages pour elle tout en la bourrant à fond. Finalement, elle a joui. Elle me haletait à l'oreille :

– Je veux être pute, mon chéri ! Vingt mecs par jour ! Qu'ils me paient, qu'ils m'empêchent de quitter le lit, qu'ils me battent… Aïeeee, pour te donner l'argent à toi, papito ! Je veux faire la pute et que toi, tu sois mon mac ! Tous les jours, toutes les nuits ! Qu'ils me tuent avec leur bite, et toi tu seras mon maquereau ! Vas-y, frappe-moi, frappe-moi dans la figure, fort !

Cette petite Gretel avait le cerveau pourri. À côté d'elle, j'étais un mouflet innocent. Je n'avais encore

208

jamais entendu un tel déluge de dépravation. Sans arrêt. Après, elle a sorti des godes, on s'est excités de plus en plus et… Je ne peux pas écrire ça, c'est trop. On ne s'est endormis qu'à l'aube. Je me suis réveillé à deux heures de l'après-midi. Je suis parti en courant. Je suis arrivé à la caserne à trois heures et demie. Entré par la porte six, j'ai filé à mon baraquement. L'aspirant de garde était un pote. Il s'est exclamé :

— Pedro Juan, t'es grillé ! Absent au rapport ce matin, absent à tous les cours… T'es fou ?

— Quelle histoire, con ! Qu'est-ce que je fais ?

— Le lieutenant m'a dit que tu devais aller le voir dès que tu réapparaîtrais. Réfléchis bien à ce que tu vas lui raconter. Invente un bon truc, parce qu'il est furax !

16

L E GOMME pouvait m'aider. C'était un type à part, et un bon ami à moi. Un tiers acteur, un tiers musicien, un tiers danseur de claquettes, et un comédien né, avec des tonnes d'expressivité. Il voulait devenir mime professionnel, comme Marcel Marceau. Pour que son surnom ne sonne pas trop féminin, on l'appelait « le Gomme », au lieu de « la Gomme ». Il occupait le lit à côté du mien. Quand je suis entré, il somnolait dessus. En le voyant, une idée lumineuse m'est venue. J'avais besoin d'un cabotin convaincant, parce que le lieutenant était une crevure implacable. Qui nous disait toujours : « Avec moi, il faut filer bien droit. Je me méfie de tout, même de mon ombre. »

J'ai parlé au Gomme, donc. Ma trouvaille lui a plu. On est sortis derrière le bâtiment. Il y avait un terrain en friche immense, qui n'avait pas été fauché depuis longtemps, de sorte que les herbes approchaient un mètre de haut. Personne en vue. Tant mieux : quand il y a des témoins, il y a toujours au moins un mouchard. Nous avons choisi un endroit à vingt mètres du baraquement, tout près d'un fossé très profond. Je me suis couché dans l'herbe et le Gomme est parti à toutes jambes chercher le lieutenant. Ils ont mis tellement de temps à arriver que je me suis endormi.

Ils m'ont réveillé avec des précautions incroyables. J'ai entendu le galonné dire au Gomme :

— Avec celui-ci, on a cinq somnambules dans l'unité. Ça devient un problème.

Et mon pote de s'écrier :

— Regardez ce fossé, mon lieutenant ! Il faisait deux pas de plus et il se tuait au fond !

— Oui, en effet, ils sont très problématiques... Il va falloir réunir tous les somnambules et les envoyer au psychiatre.

J'ai ouvert les yeux en jouant mon rôle :

— Quoi ? Qu'est-ce que c'est ? Comment je me suis retrouvé ici ?

Ce salaud de Gomme a voulu me faire perdre mon sérieux :

— Le lieutenant ici présent dit qu'il faut te mettre les électrochocs. Deux ou trois décharges dans les oreilles.

— Je n'ai pas dit ça, conscrit ! Pas d'embrouilles, ou je vous colle un rapport pour manque de respect à un supérieur, moi !

— Compris, mon lieutenant, compris. Mais vous avez bien dit qu'on devait expédier tous ces zozos chez le psy et, d'après ce que je sais, les psychiatres, ils collent les électrochocs à n'importe qui !

— Pas d'embrouilles, conscrit, et... fermez-la ! Bon,

vous allez me ramener le 516 au dortoir. Aidez-le, et ne parlez pas tant, si vous ne voulez pas que les mouches vous entrent dans la bouche.

Le 516, c'était moi : cinquième compagnie, seizième élément. Par chance, le lieutenant a tout de suite oublié la multiplication des somnambules et le recours à la psychatrie.

Je n'ai pas pu me barrer une nouvelle fois ce soir-là, vu que le président d'un pays ami devait arriver. Comme nous étions basés près de l'aéroport, ils se servaient toujours de nous pour faire le comité d'accueil de la population en liesse. On devait s'habiller en civil, aller se planter le long de l'avenue qui va du terminal à la ville et agiter de petits drapeaux. L'avion était en retard. Il ne s'est posé qu'à huit heures du soir, le cortège officiel est arrivé devant nous encore une heure après, on a agité les drapeaux, on a applaudi, on est passés à la télé, et voilà. Mission accomplie. On est rentrés à la base. Notre récompense était un dîner de gala : riz, haricots rouges, deux croquettes de farine, salade de chou, un verre d'eau gazeuse parfumée à la fraise. La bamboche ! Le seul problème, c'est que les quantités étaient réduites ; comme toujours, on crevait de faim en sortant de table.

Le lendemain, les cours finissaient à une heure. Trente minutes plus tard, je jaillissais par la porte six comme une fusée, et à trois heures et quelque j'étais devant le Two Brothers. Il était encore très tôt, Gretel n'était pas rentrée. Je me suis adossé à un mur. Il fallait patienter.

Brusquement, l'une des portes peintes en rouge s'est ouverte. Olga. Elle m'a appelé, toute mielleuse :

– Viens par ici, mon petit.

J'ai traversé la rue. Elle m'a fait penser à Dinorah. Aussi abîmée et décatie.

– Tu attends une des nôtres ?

– Non, j'attends Gretel, votre voisine.

– Pour cinq pesos, je te fais des merveilles. Et tu oublies Gretel en deux minutes.

– Cinq pesos ! J'en gagne sept par mois…

– Tu es soldat ?

– Ouais ! En plus, tu t'es regardée dans une glace, des fois ? Cinq pesos ! C'est à moi que tu devrais en payer vingt ! Non, attends : je couche pas avec toi même pour quarante.

– Ah, sois pas faraud comme ça ! Qu'est-ce qui t'arrive ? Tu te prends pour Rock Hudson ?

– Quarante pesos et je te touche même pas ! Je suis une barre de chocolat à la noix de coco, moi. Laisse tomber !

– Hé, oh, ça va ! Arrête ton char !

– Alors, fiche-moi la paix, toi. C'est toi qui m'as cherché, non ? Même pour quatre-vingts pesos je te grimpe pas, ha, ha, ha ! Même pour cent soixante, ha, ha, ha, ha !

– C'est bon, arrête ta frime, que tu pisses encore au lit. Regarde, viens par ici, que je te montre que'que chose.

– Non, non.

– J'ai de l'herbe, petit. Très spéciale. Pas cubaine.

– Fais voir.

– Entre. Dans la rue, comme ça, c'est pas possible.

J'ai mis un pied dans son bouge sans aller plus loin que le seuil. Elle m'a montré sa ganja. Odorante à souhait.

– Ça vient d'où ?

– Je sais pas. C'est un Grec qui me l'a donnée. Elle est extra bonne. Prends-en-moi. Pour un peso. Allez, aide-moi, que j'ai pas encore fait la croix aujourd'hui.

Je lui ai acheté un petit paquet. Elle s'est signée avec le peso que je lui avais donné. J'allais ressortir mais elle m'a arrêté par le bras.

– Pourquoi que tu t'en vas si vite ? Tu vas fumer tout seul ?

– Non, mais quand Gretel va venir, on..

– Gretel, elle est pleine aux as, elle achète plus que ça. T'inquiète pas pour elle. Elle est bien placée, Gretel, elle a du fric à pas savoir qu'en faire. (Sortant une cigarette d'entre ses seins, elle a insisté, très sûre d'elle :) Allez, viens qu'on fume. Passe-moi ce paquet. (Elle a roulé un pétard.) On va se mettre ça dans le système, et après je te la suce pour un peso. Tarif spécial pour Rock Hudson ! D'habitude, je suce jamais pour moins de deux pesos. Ni les petites, ni les grandes.

– Non, non.

– Mais si, mais si ! Viens par là, j'te dis ! T'esquive pas. Quoi, tu aimes pas les femmes ?

– Oh, hé, ça suffit, hein ? Insiste pas.

On a fumé en silence. La pièce était minuscule, étouffante, mais elle avait un côté qui m'attirait. Peut-être parce qu'elle appartenait à un autre monde, très loin du mien. La police, qui patrouillait à quelques pas d'ici, sur l'avenue du Port, n'entrait presque jamais dans cette zone. Les flics y étaient pratiquement invisibles.

Olga tirait sur le pétard plus vite que moi. C'était une gourmande. Elle a posé une main sur mes roustons et s'est mise à tâter. Je me suis écarté.

– Ah, tu es pédé...

– Arrête tes conneries.

– Pourquoi tu es entré, alors ?

– Ah, meeerrde !

– Je te répugne ?

– Assez. Je m'en vais.

– Laisse-moi te la sucer, quoi ! Je vais le faire même si tu veux pas, ha, ha, ha ! C'est par pur caprice maintenant, alors mets-toi ton argent dans le cul et donne-moi cette pine !

Elle est allée dans un coin de son taudis, a pris une bouteille et bu au goulot. Revenant vers moi, elle me l'a tendue.

– Tiens.

– C'est quoi ?

– Bois et discute pas tant !

J'ai goûté. Rrrrraaah ! De l'alcool à cent dix degrés. Je n'ai pas pu avaler. Pendant ce temps, elle s'est agenouillée devant moi et a ouvert les boutons de ma braguette. Elle ne m'excitait pas. Au contraire. Elle me dégoûtait encore plus. Je me suis dégagé en reculant vers la porte. Elle a essayé de m'embrasser.

– Comme tu es beau, toi ! Laisse-moi faire.

– Allez, allez, sois pas lourde ! Fiche-moi la paix.

À moitié pétée maintenant, on aurait cru une folle de l'asile. Je suis sorti dans la rue, et elle derrière moi. Les autres portes se sont ouvertes. Berta et Marta. En découvrant le spectacle, elles se sont mises à rire. Tapage et scandale. Moi, rouge comme une tomate. Elles se ressemblaient beaucoup, toutes les trois : la quarantaine mal négociée, usées, démolies, sales. Berta était la plus vivace.

– Ah, Olga veut se bouffer le bambin au déjeuner, ha, ha, ha ! Laisse ce petit, Olga, c'est du détournement de mineur, ha, ha, ha !

J'ai continué à marcher pour m'éloigner de ce tintouin. Il y avait même deux roquets qui m'aboyaient dessus. À ce moment, Gretel a tourné le coin de la rue. Elle a saisi la scène d'un coup d'œil et elle a éclaté de rire, elle aussi.

– Ha, ha, ha, comme c'est bien, tu t'es déjà fait des amies dans le quartier !

– Ces voisines que tu as, quelle plaie ! Elles rendraient la vie impossible à n'importe qui.

En apercevant Gretel, les trois putes se sont calmées. Je me suis mis au boulot. Il m'a fallu un moment pour remonter le carburateur, le tester, le régler. Impeccable. Ensuite, Gretel a rapporté de l'herbe, on a attaqué le rhum, on s'est mis au lit. Reprise du show de la veille avec les revues porno, les poignets liés, quelques coups de ceinture. Elle en demandait encore et encore. Soudain, elle a fondu en larmes et c'est comme ça qu'elle a joui, en pleurant... Aïe, putain de Dieu ! Je comprenais chaque jour moins les femmes. Elle orgasmait comme une bête, l'un après l'autre, sans même que je la pénètre. Je lui ai encore montré de ses photos de cul.

– Tiens, regarde, je veux te mater pendant que tu suces une moule, comme à celle-là...

– Non, non, pas à une Blanche. Une Noire, oui. J'adore leur toucher la chatte et leur...

Du coup, l'inspiration lui était revenue et on a repris la partouze. Vers dix heures du soir, je lui ai dit :

– Faut que j'y aille.

– Non. On va faire un tour. Comme ça, je cherche une négresse qui me plaît, et après je te laisse nous tringler toutes les deux.

– Me tente pas. Je dois rentrer à la caserne.

Elle a réfléchi un instant.

– Bon, d'accord, va-t'en. Je suis fatiguée, de toute façon. On le laisse pour la prochaine fois.

– Déconne pas, Gretel !

– Ça te plairait ?

– Un peu !

– On ira à Varadero. Je connais à fond le terrain, là-bas.

– J'ai pas d'argent.

– Et alors ? J'en ai, moi.

– Ça me fait honte, Gretel. Un homme sans fric, c'est...

— Allez, fais pas ton papa-gâteau ! J'ai de l'argent, je paie. Une autre fois, ce sera ton tour.

— Bon…

— On pourrait y aller vendredi soir.

— Okay. À trois heures, ou quatre, je serai ici.

Le jour suivant, j'ai demandé au lieutenant qu'il me laisse partir en permission plus tôt, parce que j'avais un problème personnel à la maison.

— Quel genre de problème ?

Comme je ne m'attendais pas à la question, j'ai répondu la première chose qui m'est passée par la tête :

— C'est que mon père est alcoolique, vous voyez, et on va devoir le mettre en traitement.

— Ah… C'est peut-être pour ça que tu es somnambule. Sans doute qu'il est ivrogne depuis tout jeune.

— Oui, depuis l'enfance.

— Comment ça, depuis l'enfance ?

— Oui… Je veux dire, non… C'est que ça vient de loin. De mes grands-parents.

— Quoi, des deux ?

— Des quatre. Les grands-mères aussi, alcooliques.

— Pfff, c'est très grave, ça. Avec une famille pareille…

— Oui, c'est terrible. Rétablir la respectabilité… C'est ce que je dis toujours à ma mère : nous devons rétablir la respectabilité de cette famille ! Des fois, je me dis que le seul élément présentable de la bande, c'est moi. Un désastre familial, lieutenant ! Vous voudriez jamais être dans ma peau !

– Bon, bien… Tu seras relevé de ton service vendredi à six heures.

– Ça pourrait pas être trois ?

– Mais si, mon grand. Affirmatif.

Parfait. À cinq heures du soir, le vendredi, nous roulions sur la vía Blanca dans la Volkswagen. À sept heures, nous nous sommes garés devant l'hôtel Oasis. Gretel avait réservé une chambre au rez-de-chaussée, de celles qui ont une terrasse avec accès direct à la plage.

L'hôtel était pratiquement vide. Le personnel était réduit, tout fonctionnait au ralenti. À cette époque, Varadero ressemblait à une ville-fantôme. Son âge d'or était du passé. Les rues, la plage, les hôtels, tout était à moitié désert. La station balnéaire avait été étiquetée « repaire de la bourgeoisie », donc elle pouvait crever. Le pays avait d'autres priorités. Moi, par contre, j'aimais Varadero, et je m'y échappais chaque fois que je pouvais.

Pendant que Gretel restait dans la chambre, attendant les sandwichs et les boissons qu'elle avait commandés, je suis allé nager. À mon retour, il faisait nuit noire. Gretel avait de la visite, en la personne d'une métisse très sympathique. De grosses lunettes de myope et un visage piqué de boutons, mais un corps de rêve. Le cul, les nénés, les hanches, tout était impeccable. Très féminine. Quand je suis arrivé dégoulinant d'eau de mer, elle m'a serré dans ses bras et m'a donné deux baisers comme si nous nous connaissions depuis des années.

– Salut, moi c'est Mapi. L'amie de Gretel.

– Ah ? Salut.

219

Gretel était étendue sur le lit, toute nue.

– C'était ma surprise, Pedro Juan. Un petit cadeau.

– Sacré cadeau, con... Je prends une douche vite fait. Une minute, pas plus.

Dans la salle de bains, j'ai entendu qu'on sonnait à la porte. J'ai pensé que ce devait être un serveur avec le room-service. En fait, c'était le réceptionniste. Il voulait me parler. J'ai tendu l'oreille. Gretel argumentait avec lui, mais il insistait :

– Oui, je sais, camarade, mais c'est avec l'homme que je dois parler. Avec vous, ce n'est pas possible.

Je me suis séché rapidement pour revenir dans la chambre. Le type m'a salué, puis :

– Désolé de vous déranger, camarade, mais si vous voulez bien me suivre dans le couloir...

Je ne comprenais rien à tout ce mystère. Une fois dehors, il m'a dit à voix basse :

– C'est qu'on a une urgence avec un de nos clients. Il faut l'emmener au dispensaire et vous n'allez pas me croire, mais la seule voiture sur le parking, c'est la vôtre.

– C'est pas la mienne, c'est celle de ma fiancée.

– Mais vous pouvez conduire ?

– Bien sûr.

– Parce ce que ce serait embarrassant pour elle. On voit que c'est une jeune fille bien, éduquée et tout... Bon, je vous explique, camarade : le client en question est arrivé hier avec son épouse, en lune de miel. Très jeunes, tous les deux, et ce qui se passe... Voilà, ça fait plus de vingt heures qu'il a une érection.

J'ai éclaté de rire.

– Hein ? La bite en l'air pendant toute une journée ? Ça existe pas !

– Il faut le conduire au dispensaire d'urgence. Il arrive à peine à parler, tellement il souffre.

– Okay, pas de problème, je l'emmène. Mais ça m'étonnerait qu'il y ait un médecin de garde, un vendredi soir.

– Je ne sais pas. Aucune idée.

On s'est rendus à sa chambre sans perdre plus de temps. On a frappé à la porte. Un gars de mon âge, peut-être encore plus jeune. Son sexe lui faisait mal au point qu'il se déplaçait difficilement. La fille est allée se cacher dans la salle de bains. Des cambrousards, tous les deux. Je l'ai aidé à gagner la voiture. Le réceptionniste m'a dit qu'il ne pouvait pas nous accompagner.

Juste au moment où on est arrivés, le médecin est sorti du cabinet de consultation en lançant aux cinq ou six personnes qui attendaient déjà :

– Je vais manger un morceau et je reviens. Il va falloir que vous patientiez.

Je me suis jeté devant lui pour lui barrer le passage, avec le jeune marié à moitié écroulé sur moi.

– Non, docteur ! Cet homme est à deux doigts de mourir ! Vous devez vous occuper de lui tout de suite.

– Qu'est-ce qu'il a ?

– Entrons, docteur.

Je les ai entraînés tous les deux dans le cabinet en refermant la porte derrière nous. Même si le jeune pla-

221

quait ses deux mains sur son bas ventre, il était facile de voir qu'il avait une érection colossale. Ça lui coupait le sifflet.

Je l'ai aidé à baisser son pantalon. Sa pine était tendue à mort, enflammée. Le toubib a parlé d'étranglement de je ne sais quel anneau. Il l'a interrogé :

– Quel âge as-tu ?

– D… dix-huit.

– Depuis combien de temps tu es comme ça ?

– Le… la nuit dernière.

– Presque vingt-quatre heures ?

– À peu près.

– À quoi c'est dû ? Tu as pris une drogue quelconque ?

– Baaah…

– Allez, dis-moi. Qu'est-ce que tu as fait ?

– Je… je me suis bu un grand broc de… de tisane de campanule.

– Quand ?

– Hier matin. Le… le mariage était l'après-midi et…

– Et tu as eu peur de perdre la face si tu ne bandais pas. Bon, écoute : je n'ai pas d'infirmière, moi, alors j'envoie tous les cas de blessures à Matanzas. Je ne peux pas les traiter ici.

Je m'en suis mêlé :

– Mais c'est pas une blessure, docteur ! Et il a peut-être déjà la gangrène…

– Oui, la congestion dure depuis des heures, ça peut être dangereux… Laissez-moi voir si j'ai des seringues stérilisées par là, au moins, parce que… (Il a inspecté une étagère.) Ah, oui, il y en a. Tu as de la chance, toi. Comment tu t'appelles ?

— José Pérez.

— Et toi ?

— Pedro Juan.

— Vous êtes parents ?

— Non.

— Bon. Pedro Juan, lave-toi les mains. Tu vas devoir m'aider. (Je me suis exécuté.) Allez, dépêche ! Prends son pénis par là. Avec les deux mains. Qu'il ne puisse pas bouger.

J'ai attrapé la trique du gars avec un sérieux tout scientifique. Le médecin a réussi à introduire son aiguille dans une très grosse veine – ou une artère, qu'est-ce que j'en sais ? –, par en dessous. Il a pompé du sang jusqu'à remplir la seringue, l'a vidée. Trois fois de suite. Il allait opérer une quatrième purge quand j'ai remarqué que le machin commençait à se dégonfler.

— Ça se ramollit, docteur !

— Lâche-le.

J'ai obéi. La bite a baissé la tête peu à peu. En quelques minutes, elle était revenue à sa taille normale, mais elle restait violacée.

— Pour un peu, tu te retrouvais sans queue, mon petit José ! Bien, ça va rester douloureux deux ou trois jours, donc aucun rapport sexuel, hein ? Repos total. Et évite les érections.

— Mais, docteur, c'est ma lune de miel...

— Tu es de la campagne, non ?

223

– Oui.

– Alors, civilise-toi un peu et suis mes conseils. Pas d'érection pendant au moins trois jours. Et maintenant, bougez de là parce que je dois aller croûter, moi !

– À bientôt, docteur.

– Adieu.

En revenant à l'hôtel, j'ai dit au gars :

– Ta lune de miel est à l'eau.

– Oh non ! Dès que ça fait moins mal, hop, je grimpe la femelle. Dès demain, oui !

– Comme tu veux.

Nous nous sommes dit au revoir. Je ne l'ai pas revu. Ces deux-là n'ont pas quitté leur chambre, même pour le petit déjeuner.

À mon retour, Gretel et Mapi étaient étalées sur le lit, nues, exténuées, et sans aucun désir de continuer. Elles n'ont même pas voulu que je les touche. Je suis allé sur la terrasse. Nuit épaisse, rumeur des vagues. Il n'y avait pas de téléviseurs dans les chambres. Ni de musique.

– Bon, jeunes filles, qu'est-ce qu'on fait ?

– On va au Red Coach, a édicté Gretel. Quelle heure est-il ?

– Onze heures.

– Très bien.

On est partis à la marina. Comme c'était l'une des rares boîtes qui restaient ouvertes à Varadero, le Red Coach était bourré à craquer. On a commandé des verres au bar. Gretel est tombée sur des amis de La Havane. Visiblement, tous les sophistiqués de la capitale se donnaient rendez-vous ici en fin de semaine. Un petit orchestre jouait de la soupe. On est allés dans un coin plus tranquille, à huit ou neuf. Ils se sont mis à parler entre eux. Moi, je n'avais rien à dire. Tous des enfants d'ambassadeurs, de ministres. Des gens de la haute. D'après ce que j'ai compris, plusieurs revenaient d'Europe, et d'autres s'apprêtaient à s'y rendre d'ici peu. Certains étaient déjà employés par la FAO à Rome, le père d'un zigue venait de refuser un poste à Madrid parce qu'il préférait Londres... Rien de nouveau sous le soleil. Toujours la même chanson : je côtoyais les vainqueurs alors que mes parents appartenaient à l'autre camp, celui des perdants. Heureusement, mes pensées me maintenaient loin de ces mesquineries. J'étais qui j'étais, point. Un électron libre dans la galaxie. J'ai entendu Gretel dire à l'un de ces gus :

– Quelle chance vous avez, tous ! Vous voyagez et vous êtes en bons termes avec vos vieux.

– Et toi, tu continues à ne pas leur parler ?

– On s'ignore. Ils ne me supportent pas. Mon père me traite de contre-révolutionnaire, moi je lui réponds qu'il se prend pour Staline.

– Tu l'as difficile parce que tu le veux bien, Gretel, vu qu'en définitive...

– En définitive, rien du tout ! Je suis une communiste primitive et je vis avec la horde sauvage. Vivent les putes à marins ! Vive la horde ! En avant pour le communisme primitif !

S'emparant des bougies qui étaient sur les tables, ils sont partis en procession, brandissant les petites flammes.

– Com-mu-nisme – pri-mi-tif, com-mu-nisme – pri-mi-tif, com-mu-nisme – pri-mi-tif !

Une bouteille de rhum vieilli en fût était abandonnée sur une table. Je me suis versé un verre et je suis allé m'asseoir plus loin, par terre. Il m'aurait fallu de l'herbe. Mapi m'a jeté un regard hésitant. Elle se demandait si elle devait les suivre ou rester avec moi. Je crois qu'elle n'était pas trop à l'aise avec eux, mais elle a fini par leur emboîter le pas. Ils sont tous montés sur l'estrade, où ils ont changé de mot d'ordre. Ils réclamaient une chanson maintenant :

– *Pa-tri-cia, Pa-tri-cia, Pa-tri-cia, Pa-tri-cia* !

Dans mon coin obscur, invisible, déjà pété, j'ai senti mes instincts meurtriers se réveiller. À la base, j'avais une mitraillette tchèque qui pouvait tirer en rafales ou balle par balle. En la tenant à hauteur de la ceinture, j'étais capable d'exploser des mangues et des avocats à quatre-vingts mètres de distance. Sans rater une seule fois. C'était le pied intégral. Quand je m'entraînais, j'avais l'impression que l'arme devenait une extension de mon bras. Si je l'avais eue sous la main, là, je n'aurais jamais pu résister à la tentation de coller un pruneau dans la tête de chacun de ces fils à papa. C'était le signe que l'alcool m'était monté au cerveau, ça : je me laissais prendre par une agressivité sanguinaire. Est-ce qu'ils méritaient une balle juste pour être superficiels et arrivistes ? Pour jouer les snobs, affecter un accent étranger comme s'ils n'étaient pas cubains ? Pour se vautrer dans leur vanité ? Dans ce cas, il faudrait flinguer la moitié de l'humanité. Ou bien j'étais envieux, brusquement ? Si mon père avait accédé à une forme de pouvoir ou à une autre, qu'est-ce que j'aurais fait ? Je me serais transformé en un crétin de plus ? Non, je crois que j'aurais résisté, comme Gretel. Je les aurais ignorés, laissés à leurs postes importants et à leurs cocktails mondains, et j'aurais vécu dans une bicoque humide de la vieille ville, avec trois putes imprésentables pour voisines, mais en faisant tout ce que j'aurais voulu.

La première nuit de baise dans son refuge, Gretel m'avait confié :

— Je ne veux pas être la fille d'un ambassadeur qui se la joue. Tout le contraire. Si je pouvais, j'entrerais dans la marine marchande, déguisée en homme.

— Ha, ha, ha, tu as des nénés bien gros pour ça !

— Ha, ha, ha, je sais ! C'est seulement une idée. Ou même pas une idée. Un rêve.

— Tu aimes les voyages ?

— Oui, pendant un moment. Après, je m'arrêterais dans un pays bien froid, bien gris, bien pluvieux. Tout différent de Cuba. Où il y aurait de la neige.

— Et pourquoi ce changement ?

— Pour vivre ! La vie est un roman, et c'est moi qui l'écris ! Je refuse que quiconque me dicte ce que j'ai à mettre sur ces pages.

— Bon, tu es déjà au premier chapitre, alors.

— Non, au deuxième. Le premier s'appelait « Les

227

parents despotiques ». Le second, « La liberté à côté des putes ». Le troisième, « Haute mer et tempêtes ». Le quatrième, « Distance et neige ». Pour le cinquième et le sixième, j'ai pas encore de titre. Le septième, ce sera : « Prémonition de la fin ».

– La vache, c'est bon, ça ! Ça me plaît.

– Ce serait en sept chapitres, sur le tempo d'une grande symphonie.

– Mmmm.

– Tu n'as jamais considéré ta vie comme un roman ? Avec toujours un emmerdeur près de toi qui veut t'imposer chaque mot ? Il faut être fort pour dire non. Pour dire : « Taisez-vous et respectez-moi. » Mon roman, c'est moi qui l'écris.

– Oui, c'est ce qui arrive tout le temps.

– Bien sûr ! On naît au milieu d'un troupeau. Résultat, le but de la lutte quotidienne, c'est pas la survie, c'est la liberté. On doit s'éloigner de la meute ! J'ai le droit de vivre dans un endroit où on me rabaisse pas sans arrêt !

Elle avait élevé la voix. Elle bouillait de colère.

– Gretel ? Toi, il t'est arrivé quelque chose…

– Je n'ai pas le diplôme de l'université. Ils nous ont convoquées, en troisième année, Mapi et moi. Ils nous ont dit que ce qui se passait entre nous était un scandale inadmissible dans une société bla, bla, bla… On a été renvoyées toutes les deux.

– Et ton père n'a pas essayé d'arranger le truc ?

– Mes parents étaient en poste à l'étranger. En Europe.

Ils les ont appelés là-bas pour tout leur dire. Mon père m'a téléphoné et il m'a mis la tête dans le cul. Il m'a traitée de tous les noms. Il a gueulé que je devais oublier son existence, qu'il n'était plus mon père, parce que j'étais une gouine de merde et une larve contre-révolutionnaire avec deux cent cinquante déviations idéologiques !

– Bordel !

– C'est un dictateur et un fils de pute. C'est ce que je lui ai répondu : « Et toi, tu te prends pour Staline, ou Hitler, fils de puuuute ! » Il m'a raccroché au nez. C'était il y a deux ans. On ne s'est plus adressé la parole depuis.

– Il est taré, ce vioque !

– Il est pas vieux. Même pas cinquante ans. Et il est pas fou du tout. C'est un fils de pute qui n'a pas un gramme d'humanité. Et avec une mentalité de dictateur : opportuniste et sans scrupules. Il a toujours été comme ça. Je ne sais pas comment ma mère le supporte. Ou si, je sais ! Elle est pareille ! Ambitieuse, avare, égoïste. L'expression préférée de mon père, c'est : « d'une main de fer ». Il s'en sert à n'importe quel sujet. « D'une main de fer » ! Ah, quand je me souviens de lui, je vois un gangster et un mafieux devant moi, pas mon père.

Après avoir écouté la tirade de Gretel, je me suis dit que mes perdants de parents étaient préférables à ça. Et là j'étais bourré, assis dans un coin du Red Coach, pendant que sur l'estrade Gretel et deux autres filles avaient commencé un strip-tease. Complètement allumées. Deux nanas les ont imitées, puis un type, puis encore trois meufs. Dans les zones les moins éclairées de la boîte, d'autres faisaient la même chose. Les musiciens, imperturbables, enchaînaient *Patricia* en *bis* permanent. Ils s'étaient habitués à cette ambiance décontractée. Mapi a surgi, me prenant par le bras.

– Viens, Pedro Juan, reste pas seul !

– Non, non.

– Allez, déshabille-toi ! Tu as honte ?

– Ce que j'ai, c'est une envie folle de baiser ce cul d'enfer que tu as. Mets-toi à poil, ici, devant moi !

Nue comme la main, Gretel s'est approchée en dansant. Elle a retiré à Mapi tous ses vêtements, un par un. En la languotant de partout. On m'a passé un joint, j'ai tiré dessus. Un type, qui me matait depuis un instant, m'a attrapé par les fesses. Je me suis retourné.

– Dis donc, il y a trois cents nanas ici. T'abuse pas. Elles ont toutes un trou du cul, comme moi.

– C'est le tien qui me plaît.

Il a avancé la tête en avant, la langue tirée. Il y avait trop de rage accumulée en moi. Je lui suis tombé dessus à coups de poings. C'était comme frapper une poupée de son. Il était tellement pété qu'il ne se défendait pas. Gretel et Mapi ont réussi à m'écarter de lui. Il a titubé en zigzag, s'est effondré par terre.

Gretel m'a grondé :

– Faut que tu évolues, Pedro Juan. C'est pas un truc à faire.

– J'aime pas qu'on me touche le derche.

– C'est du machisme, ça. Tu dois apprendre à jouir par-devant et par-derrière.

– Non et non ! C'est quoi, ça, ce délire ? T'es jetée, ou quoi ?

– Bon, c'est fini. Viens. On part avec la Señora. Elle nous a invités chez elle. Tu peux conduire, Pedro Juan ?

– C'est dans cet état que je conduis le mieux.

Elles se sont rhabillées en chancelant. Tout le monde avait pas mal forcé. Il y avait des gens étendus au sol, complètement à poil. Un type virant cinglé a cherché à mettre le feu aux rideaux. Par chance, deux ou trois serveurs étaient restés relativement sobres et contrôlaient les débordements.

Elles sont allées chercher la Señora, puis on est partis dans la Volkswagen. Chargée jusqu'à la gueule. Ça aurait pu mal tourner mais il n'y avait pas de circulation à cette heure-là. J'ai conduit comme je pouvais. On est arrivés entiers.

La Señora habitait une demeure patricienne entourée d'un grand jardin sans chichis qui se terminait sur la plage de Kawama. Quartier résidentiel. Désert, abandonné. Rien que les arbres, les rochers, le murmure du vent et de la mer, le silence. Et les ténèbres d'une nuit sans lune.

17

C'ÉTAIT UN PETIT PALAIS en pierre de taille, de deux étages, à une soixantaine de mètres de la plage. À l'intérieur, tout exprimait un luxe et une solidité en train de s'enfoncer lentement sous la poussière et la négligence. Une profusion de meubles, de lampes, de tentures, de tapis, de cendriers et de bibelots, le tout datant des années 30 et 40, décoloré, trop usagé. On attendait à tout moment des fantômes, des chuchotements d'outre-tombe. On est entrés dans un immense salon avec de grandes baies vitrées. Ici encore, accumulation de canapés, de fauteuils, de rideaux épais, de sombres tableaux à cadre doré. Les effets de la cuite se multipliaient. Tout tournait autour de moi. Gretel et Mapi manquaient de se ramasser à chaque pas. Elles se sont jetées sur des sofas moelleux et se sont endormies en une minute. J'ai encore observé les lieux. Ils me rappelaient quelque chose, mais je n'arrivais pas à savoir quoi, tant mon cerveau était engourdi par tout ce que j'avais avalé. La Señora, qui se tenait près de moi, a enlevé sa perruque. C'était un homme, mais un homme dont les traits restaient très féminins. Un androgyne de cinquante ans, peut-être. Ou plus. Ou moins. Il m'a adressé un doux sourire. Soudain, je me suis exclamé :

– Ah, ça y est ! Fellini !

– Oh, merci. Tu es trop aimable.

Pourquoi il me remerciait, pas la queue d'une idée. Lui aussi, il appartenait à ce petit monde fermé et obtus, un monde qui se terminait à quelques jets de pierre de là, sur le rivage obscur dont on ne devinait la présence que par l'écho du ressac et du vent. Je ne voulais pas qu'il me touche, surtout. Je me suis écarté de lui. Il a dû le remarquer, car il m'a dit d'un ton dédaigneux, en tendant le doigt vers le siège :

– Ce canapé est très confortable, mon cher.

Et il a disparu par une porte, dans le froufrou soyeux des tentures lie-de-vin qui se balançaient lentement. Je me suis dit que j'aurais aimé avoir une baraque pareille au bord de la mer. Pour inviter Brigittte Bardot à un petit séjour aux Caraïbes. Viens me voir une semaine, BB…

Je suis allé dehors. J'ai pissé sur le sable. J'avais la dalle, mais il n'y avait rien à portée de main. Comme toujours, le mieux était d'ignorer la faim. Je suis tombé sur le canapé, j'ai fermé les yeux. Encore le tournis, et puis adieu.

À mon réveil, le soleil était déjà haut. J'avais la bouche sèche et amère, ainsi qu'une érection enragée. Le jus au bord du cigare. Ou je tringlais, ou je crevais sur place. Sans y penser à deux fois, je me suis approché du divan de Gretel. Elle dormait toujours. J'aimais beaucoup ça, moi : réveiller la nana tout doucement, délicatement, en lui mettant la bite dedans sans hâte. La baise de l'épouse, j'appelais ça. Elles se mettent à ronronner alors qu'elles sont encore dans le sommeil. Je lui ai donné un baiser. Elle a entrouvert les paupières, souri en voyant que c'était moi. Elle a écarté les jambes et refermé les yeux.

– Déshabille-toi, Gretel.

– Fais-le toi, papito. Je suis morte. Mais tu dois me gicler dans la bouche. J'ai trop soif...

Je lui ai enlevé ses vêtements. Elle m'a attrapé la tête, l'a attirée entre ses cuisses. Je me suis mis à téter comme un petit veau. Un délice : sale, odorant, tout. Incapable d'attendre plus, je l'ai pénétrée. On bougeait lentement, mais j'avais trop de sperme accumulé et je n'ai pu tenir que deux minutes. J'ai eu le temps de sortir ma queue pour juter dans sa bouche. Elle a avalé, léché. J'avais terminé, mais je restais pareil. Elle a rouspété :

– Quel bâcleur tu fais ! Tu m'as laissée comme avant !

J'ai jeté un coussin sur Mapi. Elle a continué à dormir. Je suis allé à elle et je l'ai réveillée. En ouvrant les yeux, la première chose qu'elle a vu a été ma pine tendue. Ça ne lui disait rien, visiblement :

– Aïe, non, Pedrito, s'il te plaît... J'ai un mal de tête que tu peux pas imaginer... Apporte-moi de l'eau.

De sa place, Gretel lui a crié :

– Ah, fais quelque chose pour ce garçon, mon cœur, sois pas si gouine... Aaaah, moi aussi, j'ai mal à la tronche, maintenant ! Que... aspirine.

Elle s'est tournée vers le mur, sombrant à nouveau dans le sommeil. Comme Mapi ne me laissait pas l'approcher, je suis revenu à Gretel. Je lui ai sucé le trou de balle, mais soudain elle s'est levée en s'étirant :

– Ah, papito, faut que je pisse et que je me trouve une aspirine. Où est-ce qu'il y a de l'eau ?

– Qu'est-ce que j'en sais ? Tu ne connais pas la maison, toi ?

– Si, mais… Aaah !

Elle est partie pisser en se tenant le front. Je me suis assis sur le divan. Il faisait très chaud. Je suais. Par les grandes baies vitrées, on voyait la mer vert émeraude, la plage d'un blanc que le soleil rendait encore plus éblouissant. Plus près, des dunes piquetées de touffes d'herbes et de fleurs violettes. Et au milieu de tout ça, un gus en manteau. Un long manteau en peau de mouton, idéal pour les Alpes en décembre. Dans sa main droite, il tenait la tête gigantesque d'un barracuda. Il lui fourrait des sardines argentées dans la gueule tout en lui parlant. C'était un métis, jeune. Il regardait dans notre direction. Il a eu un rire provocant et il a repris son discours très animé à l'intention de la tête de poisson.

Je suis allé à lui. À poil. Le type en avait vu d'autres. Il m'a souri.

– Écoute, tu peux pas rester ici. Va, poursuis ton chemin.

– Je suis en train de nourrir les poissons, moi. Le gros bouffe le petit.

– Bon, très bien, mais va plus loin.

— Tu vois ? Je les nourris et ils me remercient pas.

— Un poiscaille, ça parle pas, mon pote. Sois pas imbécile.

— Mais si que ça parle ! Nous pouvons tous parler, et être hypocrites, et mentir. Tu remercies, toi ? Tu fais partie des riches.

— Hein ? Moi ?

— Oui ! Et on va tous les fusiller, les riches ! Je suis El Capitán Araña ! Ma troupe, elle dort jamais. Je les laisse pas fermer l'œil. En alerte, en alerte permanente !

Sur ce, il a entonné une sorte d'hymne militaire :

El Capitán Araña,
Et sa troupe qui dort pas.
Montez la garde, montez la garde,
L'ennemi nous envahira.
El Capitán Araña, il est resté par là-bas,
Les recrues sont parties hagardes,
Capitán Araña, l'ennemi nous envahira !

— Très jolie, ta chansonnette, mais poursuis ton chemin, j'ai dit.

— Oui, je dois continuer en menant la troupe... L'ennemi est partout, l'ennemi dort pas ! Mais nous non plus ! C'est pour ça qu'on peut pas remercier, nous autres. Toi, on t'a appris à remercier, parce que tu es un riche. Dans ce palais, là, ils se remercient tous. (Il a lâché un pet. Retentissant. Il avait levé légèrement la jambe droite. Pour faire plus de bruit.) Ah, merci, merci, merci beaucoup, merci ! Merci merde ! Il faut fusiller tous ceux qui disent merci.

Il s'est adressé à la tête de poisson, à nouveau :

– Pas vrai ? C'est exact ou c'est pas exact, ce que je raconte ? Oui ? Aaah, bien sûr ! J'ai raison ! Tu vois comment ils vivent, les riches ? Dans l'hypocrisie totale ! Regarde un peu cette maison immense, ce château, pour deux ou trois personnes… Ah, c'est pas possible, là ! On va amener la troupe ici, pour qu'ils y restent et qu'ils pètent tout, et que… aaahh !

Il a encore levé la cuisse droite pour loufer, bruyamment. Son regard est revenu sur moi. Fou de colère. Fou tout court.

– Me remercie pas ! Viens avec moi, je te donne le grade de lieutenant et on va gagner les montagnes. Il faut prendre le maquis et tuer tous les riches hypocrites. Tous, bougredieu, tous ! Aaaarrrrfgh ! (Un cri de malade mental patenté.) Prends cette tête. C'est la tête d'un ami… Non, non, d'un traître ! El Capitán Araña n'en a pas, des amis ! Rien que des ennemis ! Que des ennemis ! Prends-la et garde-la !

Il m'a tendu la grosse tête ensanglantée. Je n'y ai pas touché. Il me l'a jetée à la figure. Furax. En pleine crise d'hystérie :

– Prends ça, j'te dis ! Il te faut m'obéir. Je suis El Capitán ! Pour commencer, on va fusiller les hypocrites et les riches. Ce qui est du pareil au même. Et tu seras mon lieutenant. Allez, dans la montagne ! Prendre le maquis ! En avant, lieutenant ! Suivez-moi, lieut'nant, suivez-moi, lieut'nant, suivez-moi, lieut'nant...

Il a déboutonné son manteau, l'a enlevé. Il était à poil dessous. Et comme ça, tout nu, en agitant le pardessus comme un drapeau et en vociférant son hymne du Capitán Araña, il est parti le long du rivage. Pas plus mal. Mais non ! Rien du tout ! Il a rebroussé chemin. Doux comme un agneau, maintenant. Il a lancé le manteau loin de lui, sur le sable. Il est remonté jusqu'au portail de la maison, s'est collé le dos à l'une des colonnes en bois, a écarté les bras. Jésus-Christ sur la croix. Sans le bout de linge que les peintres lui ont ajouté pudiquement. Un Christ nu sous le soleil féroce des Caraïbes. Un Christ métis aux cheveux mal teints en blond, avec un braquemart disproportionné qui lui pendait à la moitié de la cuisse. Déprimé, d'un coup, il marmonnait :

– Je suis le Messie. Je suis le Sauveur. Venez à moi et suivez-moi. Je suis le Messie. Nous créerons l'homme nouveau et la société nouvelle. Tous sur la croix, avec moi. Prions le Seigneur. Tous sur la croix... Il faut laver les péchés dans le sang. Plein de sang. Il faut laver les péchés dans le sang...

Je suis allé me planter devant lui et je lui ai dit, le plus gentiment possible :

– Écoute, mon pote, arrête tes singeries et poursuis ton chemin.

– Trouve-moi un suaire, mais je ressusciterai d'entre les morts. Encore et encore. Tous les cent ans, je vais sortir de mon suaire. Baise-moi les pieds et lave mes plaies.

– Oh, mec, je t'ai dit de dégager. Assez déconné.

– J'amène la rédemption ! Tous ceux qui me suivront seront sauvés.

– Où on est, exactement ? Tu es El Capitán Araña ou le Christ rédempteur ?

– Je suis tous et je suis Un...

J'ai profité qu'il se soit un peu calmé pour aller chercher son manteau et le lui rapporter. Il s'est éloigné en marmonnant, et les péchés, et le sang, et que chacun allait le suivre pendant des siècles et des siècles... Il a fait quelques mètres, s'est arrêté. Il m'a regardé.

– Abandonne les riches. Ils seront consumés par le feu éternel. Donne tes biens aux pauvres. Et suis-moi. Je suis le salut.

Et il est reparti, cette fois pour de bon. Lentement. Nu comme un ver, en traînant son manteau sur le sable derrière lui. Personne d'autre sur la plage. Le paradis abandonné. Je suis entré dans l'eau, j'ai nagé un moment, ce qui m'a ragaillardi. Je me suis éloigné à trois cents mètres du bord. Pour faire la planche et me détendre.

À cette distance, la demeure en pierre était encore plus impressionnante. Le toit était couvert de tuiles vertes émaillées, avec deux grandes terrasses. Mais il manquait des tuiles çà et là, la peinture s'écaillait sur les embrasures des portes et des fenêtres, les corniches pourrissaient. Devant la mer, l'air et le sel attaquent rapidement. Je suis retourné sur la plage. La Señora est sortie à ma rencontre.

Il était habillé en homme, maintenant. Bermuda, chemise blanche flottante et casquette beige. La peau très blanche, les yeux très bleus. Il observait chaque partie de mon anatomie. Avec gourmandise, plutôt que luxure. Quand je suis arrivé devant lui, il m'a déclaré :

– Hier soir, je ne t'ai pas bien vu. Tu es un prince de Botticelli.

– Merci. Très aimable.

Il m'a tendu une serviette.

– Couvre-toi. On croirait que nous sommes seuls, mais non. La maison d'à côté, là ? Les gardes-frontières s'y sont installés.

Je me suis passé la serviette autour de la taille. Ce n'était pas facile, parce qu'elle n'était pas grande. Il s'est mis à marcher sur la plage, très digne. Il a mis des lunettes de soleil. Un vrai señor, cette Señora... Brusquement, il s'est retourné.

– Il y a du café à la cuisine.

Gretel et Mapi dormaient à leurs places respectives. J'ai essayé d'ouvrir les portes. Elles étaient toutes fermées à clé, sauf une, qui donnait sur une salle à manger gigantesque, aux meubles solides et discrets. Un luxe très contenu, vieilli et couvert de poussière. De là, je suis passé à la cuisine. Une dame bâtie en pot à tabac m'a salué avec un sourire las :

– Bonjour. C'est vous, le prince ?

– Hein ?

– Ha, ha, ha ! Le Señor m'a dit que nous avions un prince en visite.

– Ha, ha, ha !

– Son Altesse désire-t-elle son petit déjeuner ?

– Ha, ha, ha ! Oui, j'ai tellement faim que je boufferais un cheval !

– Asseyez-vous.

Elle m'a servi une collation de première catégorie : jus d'orange, lait, café, pain, beurre, marmelade, fromage, galettes... Je n'avais pas vu un petit déjeuner pareil depuis trois cents ans. D'où ils sortaient tout ça ?

– Je peux vous proposer des œufs sur le plat, à la coque ou en omelette.

– Au plat.

– Avec bacon ?

– Oui, super.

Elle était d'un âge avancé, mais elle bougeait avec vivacité. Pendant qu'elle faisait frire les œufs et le bacon, elle a allumé la radio.

– Un peu de musique. Cette maison est devenue très morne, depuis que la famille s'en est allée. Ce qui me sauve, c'est la radio.

– Vous travaillez ici depuis longtemps ?

Elle m'a apporté mon assiette et, s'apercevant que je n'avais pas de serviette, elle s'est dépêchée de m'en offrir une, en toile blanche brodée d'un monogramme.

– Je travaille ici depuis que cette maison a été construite, en 1930. Ce qui fait... Ah, je ne sais plus !

– 1930 ? Eh bien... trente-neuf ans.

– J'en ai soixante-dix. C'est vous dire si j'en ai vu, des choses… Aaahh ! Même trop, je pense parfois.

– La famille en question… Ils sont partis à Miami ?

– Tout de suite, oui. Fin janvier 1959. Ils disent qu'ils vont revenir, mais ça fait déjà si longtemps… Ils nous ont confié tout ceci, au Señor et à moi, mais…

– Mais quoi ?

– Ce n'est pas ce qu'ils croyaient. La fin n'est pas pour demain.

– Qu'est-ce qu'ils pensaient ?

– Que ça ne durerait jamais. Un an, six mois, ils disaient… En partant, ils nous ont certifié qu'ils passeraient la Noël 59 ici, sur la plage. Et vous voyez… Enfin, je n'aime pas parler de ces choses-là, parce qu'on ne sait jamais qui est qui, n'est-ce pas ? Pour un rien, on se retrouve en prison et… Mais soyez de bon conseil au Señor, puisque vous êtes un petit ami à lui.

– Mais non ! Pas petit ami !

– Mais vous le connaissez.

– Depuis la nuit dernière. On a dû échanger quatre mots, au plus.

– C'est quelqu'un de très bien. Vous verrez, quand vous le connaîtrez mieux. Il est très fantaisiste. La nuit, il va et vient habillé en femme. La peur qu'il me donne, à chaque fois ! Personne n'a des idées pareilles : se déguiser en femme pour aller faire la tournée des cabarets… Ah, mon Dieu ! Vous n'imaginez pas comme je prie pour lui !

– Peur ? Pourquoi ?

242

– Mais, mon petit, parce qu'ils peuvent l'attraper, le mettre dans une UMAP et personne ne saura quand ils le relâcheront ! C'est un très grand risque. S'ils le prennent, qu'est-ce que je deviens, moi ? Toute seule ici ? C'est lui qui mène cette maison, de bout en bout. Il était le secrétaire du señor.

– Ha, ha, ha ! Le Señor était le secrétaire du señor ?

– Mais oui ! Nous autres, les domestiques, on l'avait surnommé le Señor parce qu'il paraissait plus élégant et cultivé que le propriétaire. Je ne veux surtout pas dire des choses blessantes, mais le fait est que le señor Rodríguez était… très rustique, que Dieu me pardonne ! Il ne savait pas bien s'exprimer, il disait de très vilains mots… Enfin, il n'était pas à la hauteur de sa position, si vous comprenez ?

– Oui, oui, je comprends.

– Et un jour, Genovevo a fait son apparition. On nous l'a présenté comme le secrétaire et assistant du señor Rodríguez. Et il était tellement distingué que nous nous sommes mis à l'appeler le Señor. Sans que la famille le sache, bien sûr.

J'ai terminé posément mon petit déjeuner. Cette vieille n'avait jamais personne à qui parler, mais je n'avais pas envie d'entendre toutes ses histoires. J'ai continué à mastiquer sans dire un mot. Les jeunes n'ont pas de passé. Ils vivent seulement dans le présent, de sorte qu'ils n'aiment pas écouter leurs aînés. Ils ne sont pas en mesure d'avoir des opinions, non plus. Pas assez de références. La radoteuse insistait, pourtant :

– Vous pensez qu'ils vont revenir ?

– Qui ?

– Mais… ceux qui sont partis.

– Je sais pas. J'ai jamais réfléchi à ça.

– C'est que beaucoup de sang a coulé, entre-temps. Je suis née en 1898, mon mignon. J'en ai vu de toutes les couleurs, moi ! Dans ce pays, on veut toujours tout résoudre dans le sang. Le sang, la prison et l'exil. Ça dure depuis les Espagnols. Rien de nouveau sous le soleil.

– Vous croyez ?

– Oh que oui ! L'histoire se répète sans cesse. Les gens se comportent comme des animaux sauvages. Dès qu'ils ont un brin de pouvoir, ils se transforment en lions, en tigres et en panthères. Quelle horreur ! Personne ne pardonne, personne ne parle. Un gouvernement de sauvages ne peut que créer d'autres sauvages parmi le peuple.

Sur ces bonnes paroles, le Señor est entré dans la cuisine. Il souriait d'une oreille à l'autre.

– Ne me fatigue pas ce prince, Lucía ! Tu parles toujours trop. Donne-moi un petit café.

Sans un mot de plus, Lucía l'a servi avec les plus grandes marques de respect, avant d'aller baisser le volume de la radio. Le maître des lieux m'a regardé.

– Viens, tiens-moi compagnie un moment, le temps que les filles se réveillent. Tu as pris ton petit déjeuner ?

– Oui, c'est fait. Merci beaucoup.

Nous sommes sortis sur la terrasse, face à la mer. On s'est assis dans des fauteuils en osier.

– Comment t'appelles-tu ?

– Pedro Juan.

– Et à quoi tu te consacres, dans la vie ?

– Service militaire.

– Ah… Mais quoi d'autre, à part ça ?

– Rien. Je termine dans un an, et ensuite je travaillerai dans le bâtiment. J'étudie pour être chef de chantier.

– L'université ne t'intéresse pas ?

– Si. C'est moi qui intéresse pas l'université.

– Ha, ha, ha, ha !

– J'ai toujours voulu faire une école d'architecture.

– Bah ! Pour ce qu'on peut construire ici !

– Pourquoi ? Ça construit beaucoup, au contraire.

– Des bicoques en préfabriqué pour les crève-la-faim. Les pauvres n'ont pas d'architecture. C'est un art destiné aux puissants. Il faudrait que tu étudies l'histoire, que tu visites l'Europe. Ici, c'est une petite île de merde. Nous autres, Cubains, nous devons voyager. Tu aimes lire ?

– Oui.

– Qu'est-ce que tu as lu, ces derniers temps ?

– Hemingway, Capote, Faulkner, Hermann Hesse, Knut Hansum, Sartre, Marguerite Duras, Engels, Proust, Balzac, Defoe, Dickens…

– Mazette ! Ça manque peut-être un peu d'organisation, mais quand même.

– J'avais pas fini.

– J'imagine le reste. Suis-moi.

Nous sommes montés à l'étage. Il a pris une clé dans

sa poche, ouvert une porte. Nous avons pénétré dans une bibliothèque gigantesque.

– Lorsque la famille a décidé de partir, j'ai sauvé ce trésor, m'a-t-il expliqué. J'ai entreposé ici la collection de livres, celle de cartes anciennes et de gravures. La maison de La Havane a été confisquée immédiatement, tu comprends ? Avec tout ce qu'elle contenait encore. En réalité, je dois avouer que c'est moi qui ai réuni toutes ces œuvres. Rodríguez payait sans savoir ce qu'il achetait. Pour lui, ce n'était que « de vieux bouquins ». Et voilà, ceci est mon temple, et *je suis le grand maître de chapelle*[1]. Je t'en prie, avance. Tu es un privilégié, tu sais ; je n'ai montré cette salle qu'à une poignée de gens triés sur le volet. Bienvenue, mon prince !

Je me suis senti ridicule. Pieds nus, à peine couvert par une serviette étriquée, au milieu de ce formidable agencement de lourds rayonnages en bois sombre qui montaient jusqu'au plafond, de milliers de livres reliés de cuir embossé de lettres dorées. Deux grandes baies laissaient entrer une lumière tamisée par des rideaux en lin blanc et en dentelle. Le Señor ne perdait aucune occasion de faire le joli cœur, cependant :

– C'est un décor qui te convient à merveille. On croirait une sculpture grecque douée de vie. Un personnage échappé de *L'Odyssée*. Tu es splendide.

Je l'ai laissé parler. J'étais habitué à ces harcèlements de gitons passifs et de pédérastes actifs. Ils surgissaient de tou-

---

1. En français dans le texte.

tes parts, là où je les attendais le moins. Je me suis concentré sur les livres. Nombre d'entre eux étaient des raretés, des antiquités. J'ai pris une édition des poèmes d'Edgar Allan Poe. Charles Scribner's Sons, New York, 1895.

– Ces étagères-là sont ordinaires, m'a-t-il prévenu. Sans grande valeur. Par contre, j'ai acheté des merveilles à Rome et à Madrid. XIVᵉ et XVᵉ siècles, essentiellement. Et quelques petites choses du XVIIIᵉ, aussi.

– Je vais regarder au fur et à mesure.

J'ai ouvert le tome de poésie au hasard. Je me suis mis à lire à voix haute :

The Sleeper

At midnight, in the month of June,
I stand beneath the mystic moon.
An opiate vapor, dewy, dim,
Exhales from out her golden rim,
And, softly dripping, drop by drop,
Upon the quiet mountain-top [1].

Ça l'a tellement ému que ses yeux se sont troublés de larmes. Je me suis dirigé vers la porte, le livre dans la main.

---

1. La dormeuse.

« À minuit, au mois de juin, je suis sous la lune mystique : une vapeur opiacée, obscure, humide, s'exhale hors de son contour d'or et, doucement se distillant, goutte à goutte, sur le tranquille sommet de la montagne… », traduction de Stéphane Mallarmé.

– Tu me le prêtes ?

– Il est à toi. Tu l'as bien mérité. Regarde l'ex libris.

C'était magique. Un galion aux voiles gonflées par la tempête, avec la devise « Varium et mutabile »[1]. Et dessous, en lettres dorées :

Ex libris
Biblioteca Babilonia
La Habana.

Revenu sur la terrasse, je me suis assis pour lire. Le Señor m'a rejoint. Il m'a tendu une édition populaire de *Mein Kampf*, d'Adolf Hitler.

– Tu connais ?

– Non.

– C'est un livre interdit. Je te l'offre aussi. Il faut le lire avec prudence. Ensuite, plonge-toi dans *Le Prince*, de Machiavel. Avec ces deux livres, ta vie sera plus facile, car tu comprendras la mécanique du pouvoir.

– Le pouvoir ne m'intéresse pas. À l'armée, j'ai même pas été chef de section.

– C'est justement pour cette raison. Tu me sembles être un artiste. Tu t'exposes à beaucoup souffrir, donc. Trop d'esprit dans un monde au matérialisme brutal. Les lauriers vont aux sportifs et aux hommes de science. Pour les humanistes, c'est la guillotine.

----

1. « Changeante et capricieuse ».

Nous sommes restés silencieux un moment, les yeux sur la mer. Soudain, il m'a demandé :

– Est-ce que tu as déjà connu un écrivain ? Personnellement, je veux dire.

– Non.

– Moi, si. Tous ceux qui habitent La Havane. Il vaut mieux que tu n'en fréquentes aucun. Protège ta candeur et ton innocence aussi longtemps que tu le pourras.

J'ai eu l'impression qu'il se parlait à lui-même plus qu'il ne s'adressait à moi. Trop compliqué, le loustic. Désespéré à force de désirer tout comprendre. J'étais bien trop jeune pour constituer un interlocuteur digne d'intérêt. Il s'est éloigné, plongé dans ses pensées, et il est rentré dans la maison. J'ai continué à lire les vers de Poe. Brusquement, ne résistant plus à la tentation, je suis allé farfouiller jusqu'à trouver un papier et un crayon, je suis revenu à ma place et j'ai écrit un poème en anglais, d'une seule traite. Cela m'était déjà arrivé, mais je les avais toujours cachés. Le comble du snobisme, je trouvais. Après l'avoir traduit, je suis parti à la recherche du Señor.

Gretel et Mapi se restauraient dans la cuisine, encore somnolentes. Je leur ai demandé si elles avaient vu notre hôte.

– Il est là-haut, dans la bibliothèque.

Je suis monté. Je lui ai tendu la feuille couverte de mon écriture.

The gleeful Madame

I'm the Lord of the Seas
Shining in the froth
But in the lewd darkness
Into the shadows and the fog
I'm the scatterbrained
The light-hearted Madame
The eternal
The incorruptible
The sand and the stone
And perhaps, why not?
I'm the wind
And the storm.

L'espiègle pourvoyeuse

Je suis le Señor des mers
Qui scintille dans l'écume,
Mais dans les ténèbres obscènes,
Parmi les ombres, parmi les nues,
Je suis l'écervelée, l'espiègle,
L'insouciante Madame,
L'éternelle,
L'incorruptible,
Le sable, la pierre,
Et qui sait, peut-être aussi
Le vent
Et la tempête.

Il l'a lu en silence, puis m'a prié de le reprendre à haute voix. Après, il m'a observé un instant.

– Pourquoi m'as-tu écrit ce poème ?

– Je ne sais pas. La poésie, ça ne s'explique pas.

– Je suis un solitaire. Cela fait de très nombreuses années que personne ne m'avait... caressé comme ça.

– Ah, mais non, je...

– Je sais. Pour toi, c'est un poème. Pour moi, c'est de l'amour.

– Ah, bordel...

– N'aie pas peur, mon prince. Je ne suis pas agressif. Viens.

Nous sommes allés dans une autre pièce fermée à clé. La chambre du maître de maison. Un désordre incroyable, comme si les occupants avaient été surpris par un tremblement de terre et s'étaient enfuis avant que le toit ne leur tombe sur la tête. Impossible de ne pas avoir cette impression, en entrant. Le lit était couvert de clubs de golf, de dossiers bourrés de factures, de photos et de papiers jaunis, de vieux magazines, avec une valise à moitié remplie au coin du matelas. Chaussures et pantoufles jonchaient le sol. Les tiroirs de la commode étaient ouverts, du linge avait été jeté sur les fauteuils, éparpillé par terre. Les rideaux étaient tirés devant la fenêtre, d'une taille impressionnante. Une fine pellicule de poussière recouvrait tout, alourdissant encore l'air irrespirable, chargé d'humidité et de chaleur étouffante.

– Je n'ai touché à rien. Toutes les chambres sont restées telles qu'ils les ont laissées à leur départ, il y a onze ans.

On n'a même pas fait le ménage, ce qui explique cet état imprésentable. Excuse le désordre.

Il a passé le bras dans une penderie entrouverte, en a ressorti un vêtement sur un cintre et me l'a donné.

— Tiens, c'est pour toi.

Un blouson en cuir fauve, dont le dos était orné en relief d'un aigle aux ailes déployées et de ces mots : BORN TO BE FREE.

Je l'ai essayé. Il m'allait comme un gant.

— Il est parfait pour toi, Adonis intouchable et vaniteux. Narcisse ! Il va falloir que je m'habitue à me prosterner devant toi, sans oser t'effleurer, comme si tu étais un dieu.

— Hé, hé, hé, calmos, là ! Qu'est-ce qui te prend ?

— Ne te cabre pas ! C'est ainsi que tu es, et tu me fascines. Je suis comme un rat des sables hypnotisé par un cobra.

— Ah, foutaises !

— Tu n'appartiens pas à cette époque, Pedro Juan, ni à cette petite île médiocre. Tu aimes suivre ton chemin et tu passeras ta vie à avoir des problèmes, à cause de ton obstination. « Né pour être libre. »

— C'est ça qui me plaît. Faire ce qui me passe par les couilles, et que personne me les casse.

— Ah, tu vois ? Tu te sens invulnérable, tout-puissant ! Oui ou non ?

— Ben… Oui, c'est vrai.

— Tu es en train de vivre la grande aventure de la

jeunesse. Tant que tu te croiras Superman, tu « seras » Superman. Profite de ta fraîcheur et de ta beauté.

– Et toi ? Pourquoi tu ne vas pas les rejoindre à Chicago ?

– Je dois m'occuper de la maison.

– Ah, c'est pour la galerie, ça ! Cette piaule est une caverne pour toi, et tu te caches dedans.

Il s'est tu un moment, pensif, puis :

– Si seulement tu savais... Je suis libre, maintenant ! Le concept de liberté est une illusion, mon cher prince, mais je dois dire que je suis parvenu à la pleine liberté. Et je vois très bien que cela ne va pas durer encore très longtemps.

– Comment ça ?

– Je suis à la frontière. L'espace idéal. Ni dans un pays, ni dans un autre. Avant, j'étais le secrétaire du señor Rodríguez. Un vrai fils de pute, le señor Rodríguez. J'étais son secrétaire, son assistant et son esclave vingt-quatre heures sur vingt-quatre. Lui, il était grossier et insultant. Il fallait beaucoup de patience, et être dans un très grand besoin, pour supporter le señor Rodríguez et son inculte d'épouse. Son incultissime épouse. Maintenant, les Rodríguez n'existent plus dans ma vie, et les communistes ne l'ont pas encore envahie.

Il a marqué une pause, sans cesser de me fixer du regard, avant de poursuivre :

– Pour le moment, donc, j'évolue... entre deux eaux. Quand les communistes vont venir, ils me jetteront dehors, envahiront cette demeure et détruiront tout en deux jours. Sans que j'aie le droit de protester, puisque pour eux je suis invisible, un fantôme, un déchet social de la pire espèce. Mais avant que cela n'arrive, je jouis de ma liberté. Je vis parmi les poètes, les lesbiennes, les peintres et les musiciens, les bourreurs de cul les plus jeunes et les plus charmants qui soient, les troubadours et leurs guitares, les alcooliques et les drogués, les putes et les fous. En pleine décadence, quoi. L'abolition du bourgeois. L'enfer. C'est le bonheur, mon très cher et tendre, de vivre sur une terre vacante, au milieu du feu ardent...

– Tant que ça durera.

– Oui, tant que Dieu voudra. Après, j'accepterai humblement mon sort. Dans ce pays, tout bascule dans la vulgarité. Tous ceux qui ont un libre esprit sont condamnés. Tôt ou tard. Condamnés. C'est une confusion kafkaïenne, un labyrinthe sans issue. Le mépris total.

– Sois pas si dramatique ! Il faut rester dans la course.

– Je ne suis pas dramatique, « c'est » dramatique. Ne te rabats pas sur des formules dérisoires pour relativiser la gravité de ce que je te dis. Nous vivons dans un labyrinthe kafkaïen, je répète. Ne l'oublie jamais. Et c'est la première fois que j'exprime tout cela devant quelqu'un. D'habitude, je le marmonne tout seul, en marchant sur la plage. Ce sont mes petits secrets à moi.

– Au moins, tu sais où tu en es et ce que tu fais. Tu es un privilégié.

– Peut-être que si tu reviens à Varadero d'ici deux ou trois ans, Pedro Juan, tu me verras en train de vendre des beignets répugnants dans une cafétéria pourrie de la 40e Rue, entouré de mouches. On ne m'appellera plus « le Señor », avec cet air révérencieux qu'ils prennent tous, mais « La tantouze des beignets ». « La vieille pédale ». Ha, ha, ha ! Et je serai là, oui, sale, hirsute, puant le saindoux ranci. Mais toujours joyeux, toujours le rire aux lèvres. Je tomberai avec dignité, mon cher poète. Moi aussi, j'ai la poésie en moi. Et c'est ce qui me sauve. Ce que la vie me réserve, je le reçois toujours avec amour et humilité.

18

JE ME SUIS LAISSÉ PRENDRE par l'atmosphère de cette demeure aristocratique. Durant mon adolescence, je m'étais réfugié à la bibliothèque publique de Matanzas pour échapper au bruit et à la saleté. Il m'arrivait la même chose maintenant. Ma libération du service militaire n'était pas pour demain. Je devais attendre tranquillement, sans perdre patience. À chaque fois que je m'échappais de la caserne pour un jour ou deux, le Señor m'accueillait les bras ouverts :

– Tu demandes l'asile politique à Babylone ? Accordé, mon prince. Les désirs de Son Altesse sont des ordres.

J'explorais à fond sa collection de livres. Parfois, quand il était déprimé, il venait s'asseoir dans le « coin des futilités », comme il l'appelait : un pupitre entouré de rayonnages, qui accueillait un tourne-disque sur lequel il écoutait pendant des heures Billie Holliday, Marilyn Monroe, Frank Sinatra, Percy Faith, Doris Day… Il avait une grande discothèque de variétés, mais aussi beaucoup de disques classiques. Un choix très discutable, avec une priorité pour l'orchestre de Philadelphie et le Philarmonique de New York. À chaque fois qu'il me demandait si je voulais écouter quelque chose, je répliquais :

– Tu ne passes que de la merde. C'est toxique. Mets une suite de Bach.

– Des valses de Strauss, non ? Par André Kostelanetz.

– Noooon ! En musique, t'y connais que dalle.

Pour finir, il s'inclinait, ou en tout cas il me faisait plaisir. Nous écoutions un beau morceau de Bach, ou de Beethoven, pendant qu'il se plongeait dans les vieux magazines qu'il avait à portée de la main, *Life*, *The American Home*, *House Beautiful*...

Il ne fumait pas, buvait très peu, sauf quand il sortait la nuit, vêtu en dame élégante donnant la chasse aux éphèbes. De temps à autre, il me disait :

– Tu es mon amour platonique.

– Je suis ton amour supersonique, oui ! Ha, ha, ha ! L'Adonis inatteignable.

– Tu es cruel.

– Évidemment !

– Mais c'est bien ainsi. Tu es un anti-dépresseur. Rien que par ta présence, tu...

– C'est bon, Genovevo !

– Oh, s'il te plaît, ne m'appelle pas comme ça ! Bebo. Il faut que tu m'appelles Bebo.

– Laisse-moi écouter la musique.

J'étais quelqu'un de pragmatique. Jusqu'à la cruauté, peut-être. Ce qui m'intéressait, c'était la bibliothèque, et bien manger, et profiter de cette maison incroyable, et de la plage. Je pensais à moi avec une détermination implacable, comme n'importe quel jeune. Les problèmes et les angoisses du Señor ne m'intéressaient pas. J'avais bien assez des miens. Je ne pouvais pas consacrer mon temps à prêter une oreille compatissante à ses litanies, à son interminable rosaire de doléances et de doutes, puis à lui donner des conseils thérapeutiques. Il n'avait pas le droit de se plaindre. Pas une minute. Un soir où j'étais plongé dans quelque musique sublime, il m'a dérangé au point de me mettre en fureur :

– Si tu continues, je crois que je vais faire comme Raskolnikov. Je te coupe la tête. D'un seul coup de machette. Et basta.

– Aaaaah ! Tu en serais capable ? Oui, tu es assez cruel et sadique pour ça. Ça se voit dans tes yeux.

– Et même plus que tu penses. J'ai toujours été tenté par le meurtre. Quand j'étais gosse, je tuais les lézards, les chats, les oiseaux. Et maintenant, je rêve d'étriper quelqu'un, pour voir comment il est foutu à l'intérieur. Surtout le cerveau. Simple curiosité scientifique.

– Aïeee ! Quelle horreur ! Et tu parles sérieusement, en plus…

– Très sérieusement, Genovevo.

Il a quitté la bibliothèque à toute allure. Je ne l'ai pas revu avant le lendemain.

Mon handicap, c'était de ne pas avoir de cap à suivre. Quelle direction ? Je n'en avais pas la moindre idée. La perspective de travailler dans la construction ne me disait rien. Je voulais mieux. Mais qu'est-ce que ça pouvait être, « mieux » ? Pas idée non plus. La deuxième difficulté, c'est qu'on m'avait convaincu que le monde devait être juste et logique. Il m'a fallu des années pour saisir la vérité : zéro justice, zéro rationalité ; et en plus, comme on est irrémédiablement seul, il faut se débrouiller avec les moyens du bord.

De toute façon, il ne servait à rien de trop y penser. Quand j'étais à Varadero, je cherchais mes copains des équipes d'aviron et de kayak. Ils avaient leur samedi soir libre. Aussitôt, nous nous convertissions en une bande de prédateurs-charognards. À picoler et à chasser les nanas. Nous allions surtout au Red Coach ou à la boîte de l'hôtel Intercontinental. Des fois, je croisais la Señora, figure célébrissime de la nuit locale. Nous faisions comme si nous ne nous connaissions pas. Mes potes étaient un peu sauvages. Très, même. L'un d'eux, que nous avions surnommé Luis la Brute, était le seul sélectionné en canoë canadien. Une fabrique d'embarcations travaillait rien que pour lui, vu qu'il cassait au moins une rame par jour, avec la puissance qu'il avait. Je n'avais pas envie que des amis pareils soient au courant de la vie privée plutôt particulière qui était la mienne.

Je rentrais au palais le matin venu, fait comme un rat, et je pionçais sur « mon » canapé du salon. Bebo ne me causait pas de difficultés, il me suffisait d'ébaucher un geste pour qu'il s'écarte de moi. Ce qui ne l'empêchait pas de m'assaillir de galanteries : « statue grecque », « ange pervers », « prince de Botticelli », et autres fariboles.

À cette époque, il s'est enamouré d'un jeune Noir très

mince et très languide, d'une délicatesse toute féminine. L'intrigue érotique a duré longtemps, ce qui n'a pas manqué de m'étonner. Tous les deux si chochottes, qu'est-ce qu'ils pouvaient faire, au lit ? Mais je n'ai jamais posé la question, ne sachant que trop bien ce que serait sa réponse : « Viens avec nous, tu verras... »

Leur petit arrangement matrimonial me convenait parfaitement. Bebo me fichait la paix au moins, parce que ce petit Black était jaloux comme pas possible et me fusillait du regard à chaque occasion. Comme il ne comprenait pas mes fréquents séjours dans la maison, il me prenait pour une menace potentielle.

J'ai eu une liaison plutôt longue, moi aussi. Deux ou trois mois, ce qui était des années. Avec une fille de mon âge délicieusement androgyne. Elle avait un nom horrible : Numancia Candelaria. Elle était dans l'équipe féminine de kayaks. On l'avait surnommée Tatica.

Elle était aussi grande que moi. Un corps musclé et bronzé, petits seins, cul ferme à souhait, parfait. Une fana de la musculation, de la gymnastique, de la natation. Dix heures par jour à brûler son absence de graisse. Un visage carré, viril, les cheveux blond foncé coupés très court, des yeux. Elle avait un air nordique, une magnifique froideur qui la rendait lointaine. Son magnétisme et sa détermination la tenaient à part des autres.

Je suis tombé amoureux. Vraiment ? Je ne suis pas sûr. Il faudrait peut-être parler d'une attraction passionnée qu'exerçait sur moi cet ange inconsolable, froid et distant. Moitié homme, moitié femme. J'étais comme une

boule de feu entrant en collision avec un bloc de glace.
Dès le début, les choses ont été très claires entre nous :

– Pedro Juan ? J'aime les femmes.

– Bon, et qu'est-ce que je fais, alors ?

– Je me sens bien avec toi, tu me plais beaucoup, mais
ça s'arrête là. Ne tombe pas amoureux de moi, ne deviens
pas possessif. S'il te plaît.

La première fois qu'on a fait l'amour, tout a été très
normal, pendant les préliminaires. Baisers, caresses, tête
bêche. Au moment d'y aller à fond, cependant, elle m'a
présenté son dos.

– Vas-y dans le cul.

– Non, Tatica ! Par-devant.

– Je suis jeune fille. Encule-moi tout ce que tu voudras.

– Quoi, tu veux que je te déchire la foune ? Regarde
dans quel état je suis !

– Non !

– Pourquoi ?

– Je veux me marier un jour ou l'autre.

– Hein ? Ah, tu te fous de moi ! C'est quoi, alors ?
T'es gouine ou tu cherches un mari ?

– Parle pas comme ça, dératé que tu es ! Je ne suis pas
gouine ! J'aime les femmes mais je suis pas gouine, grossier personnage, abruti ! Tu es un anormal !

– Hé, oh, monte pas sur tes grands chevaux !

– Oui, oui, on voit bien le macho dégueulasse avec
ses préjugés pourris ! Primitif !

– Non, c'est juste que je te comprends pas, Tatica.

C'est toi qui es un vrai petit macho. Tu es plus costaud que moi. Et vas-y avec les haltères dix heures par jour, et tu marches comme un boxeur, et maintenant tu me dis que tu veux te marier et protéger ta fleur !

Elle a détourné son visage et s'est mise à pleurer telle la donzelle classique. Je l'ai caressée patiemment. J'ai réussi à ce qu'elle me regarde. Oui. Elle pleurait pour de bon.

– Qu'est-ce que ça t'apporte d'être blessant ?

– Qu'est-ce que j'ai dit de mal ?

– Tu me décris comme… un garçon manqué.

– Mais c'est la vérité. Et ça me plaît beaucoup. Et je sais que tu es très fière d'être comme tu es, baraquée et tout.

Là, elle s'est mise à sangloter éperdument. J'étais scié. Quoi ? Une crise de larmes chez ce boulet de nerfs et de muscles, qui ne laissait personne l'approcher ?

– C'est que… j'aime les femmes et les hommes. Et j'aime être un homme et une femme. Oui, je veux me marier et avoir des enfants et… Oooh, je crois que je suis folle ! Même moi, je ne me comprends pas…

J'ai tenté de la consoler. Elle n'a pas eu l'air convaincue. On avait dix-neuf ans, l'un et l'autre. On ne savait rien de la vie. Qu'est-ce qu'on voulait ? Qui on était ? Où on allait ? Des centaines, des milliers de questions nous tournaient dans le cerveau. Sans une seule réponse. Et le pire de tout, c'est qu'il n'y avait personne à qui les poser.

Le plus dingue, c'est qu'après toutes ces discussions

et toutes ces larmes, j'avais la queue jusqu'au menton. C'est qu'elle m'attirait trop, Tatica. Même dans le cul. Faute de grives, allons-y pour les merles.

Je l'ai cajolée au point qu'elle s'est à nouveau échauffée, je l'ai retournée et vas-y, prends ça, prends, prends. Elle avait un trou du cul jouisseur, avide. Qui voulait la totale. Elle se branlait pendant que je la niquais. Bref, Tatica, elle était pareille que moi : vachement compliquée, vachement décentrée, mais capable de prendre son pied.

Sans même le savoir, le Señor et Tatica m'ont énormément aidé à relativiser mon besoin névrotique d'être un beau phallus toujours bandé qui se pavanerait partout. Un homme obsédé par la puissance de son braquemart, pour qui toute femme n'est qu'un trou immense, palpitant et mouillé. Mais je dis bien « relativiser », parce que j'ai continué pendant de nombreuses années à vouer un culte à ma queue. Quarante ans de plus. Le phallus comme piège imparable. Je me mettais à poil et je me regardais dans la glace en train de bander. De face. De profil. Je me branlais. Je mesurais jusqu'où mon sperme jaillissait devant moi, ou la quantité de jus en centimètres cubes. Je me la tartinais d'huile bronzante et je la mettais au soleil, parce qu'une bite tropicale ne peut pas être blafarde comme celle d'un Polack, pas vrai ? Je prenais soin de mon vit, je lui parlais, je le choyais. Je lui ai donné un nom. Panchito. De temps à autre, je mesurais Panchito, pour voir s'il grandissait avec moi. Je lui ai suspendu de petits haltères très jolis que j'avais fabriqués moi-même, et peints en rouge vif, pour qu'il puisse travailler sa forme. Panchito a réussi à supporter un demi-kilo pendant une minute, en pleine érection. J'imagine que c'est un grand record mondial.

À chaque fois qu'une femme s'extasiait dessus, je faisais la roue. Bref, j'étais un cas en or pour les psychiatres et psychologues. Ils avaient matière à thèse de doctorat. Cyrano de Bergerac obsédé par son nez, Pedro Juan faisant une fixette sur son nœud... J'en suis venu à être persuadé qu'il avait sa vie à part, et plus encore, qu'il était le patron, celui qui prenait les décisions pour nous deux. J'ai sans doute réussi à l'arrêter à temps, parce qu'il aurait fini par me supprimer, à ce rythme. Panchito était capable d'assassiner Pedro Juan. Littéralement. Ce n'est pas une métaphore. Ça peut paraître une clownerie maintenant, mais il a été vraiment tragique de rompre cette relation de pouvoir et de soumission qui s'était établie entre Pedro Juan et lui.

Pour ce qui est de Tatica et moi, la relation s'est dissoute sans drame, en un « Adieu, ça a été un plaisir de te connaître. » J'avais énormément de femmes, ou plutôt énormément d'aventures sexuelles. D'autant que je n'étais pas sélectif. Comme mes amis sportifs, j'appartenais à la catégorie des prédateurs charognards, ce qui facilitait beaucoup les choses.

Des fois, quand j'avais besoin de repos, j'allais marcher sur la plage, seul. Je ne voulais entendre personne, je n'avais même pas besoin de manger. Je faisais des exercices d'assouplissement, je courais jusqu'à m'écrouler, je nageais trois kilomètres. Ensuite, je me contentais d'un petit pain et de deux litres de limonade. Et je revenais aux livres : *L'Écume des jours*, de Boris Vian, *Les Choses*, de Georges Pérec, *L'Image publique*, de Muriel Spark, les poèmes de Constantin Cavafy, les haïkus de Bashô, de Kobayashi et de Buson...

Ça a été le début d'une étape ascétique et frugale, qui s'est prolongée d'elle-même pendant longtemps, de manière naturelle. Une vocation, en fait. J'ignorais tout du bouddhisme, de la méditation, du yoga. Ce dernier était d'ailleurs interdit : on estimait qu'il s'agissait d'une pratique individualiste allant à l'encontre du sacro-saint collectivisme. À cette époque, il y a eu des cas d'enseignants et d'élèves expulsés de l'enseignement rien que pour avoir pratiqué le yoga et la méditation.

En réalité, c'était la voie moyenne qui m'attirait : cuites, délire et promiscuité pendant la nuit, solitude et silence pendant la journée.

Je lisais et j'écrivais devant la mer. Varadero restait une ville et une plage fantômes. C'est là que j'ai découvert à quel point l'oisiveté est indispensable à la création. Pour un écrivain, il sera toujours préférable de n'avoir que trois ronds en poche mais de disposer de tout le temps et de l'isolement qui lui sont nécessaires. Cela vaut des milliers de dollars, au lieu de devenir fou dans la cohue, harcelé par le stress.

J'ai composé des centaines de haïkus :

Le nid du serpent

une petite vague se brise
soleil et ressac
solitude
*

le vent dans les pins
je ferme les yeux
je m'en vais
*

un citronnier
calme et silence
désespoir de l'homme lascif
*

minuscules sardines
chaleur intense
l'eau très bleue
*

brouillard immense
dans la vallée froide
feuilles de tabac vert émeraude
*

étincelles
le guerrier affûte un sabre
herbe brûlée
*

le chemin facile
est un piège,
le vide dans mon dos.

Des fois, je m'endormais à l'ombre des pins et je refaisais le même rêve, à quelques petites variantes près : j'étais un jeune Chinois au crâne rasé et avec une natte, ou peut-être un Japonais, en 1827. C'était l'impression que j'avais, entièrement onirique et inexplicable : Chine, ou Japon, en 1827. Une ville côtière, pleine d'agitation. Un grand port.

J'étais assis dans une fumerie d'opium, très serein, une longue pipe en argent dans la main. Autour de moi, des centaines d'hommes, tous vêtus de noir ou de bleu marine. Moi, au contraire, j'étais torse nu, en pantalon de coton blanc, des sandales en toile également blanche aux pieds. Il faisait très chaud. Je suais. À côté de moi, sur une table, il y avait un service à thé. De grandes carafes en porcelaine étaient à la disposition de la clientèle. C'était une petite Chinoise ravissante et silencieuse qui me bourrait mes pipes. Après avoir fumé, je me sentais envahi d'une douce léthargie. La fille m'apportait du papier de riz, des pinceaux et de l'encre. J'écrivais ces mêmes haïkus en les calligraphiant avec la rapidité et l'élégance d'une manchette de karaté. En face de chaque poème, je réalisais des dessins très raffinés à l'encre diluée, en noir, rouge et ocre. Je n'utilisais jamais d'autres couleurs. Je fumais encore une pipe et je m'endormais. Je rêvais que je marchais le long de la mer sous une neige abondante. Je restais le jeune Chinois torse nu, en pantalon léger et en sandales. C'était un vrai blizzard mais je n'avais pas froid. Cette partie du rêve était extrêmement inquiétante, parce que je n'existais plus, j'étais l'esprit d'un mort qui revenait errer dans ces parages désolés, sous la neige. Je marchais sans but, ou plutôt je flottais, mais à un certain point je revenais à la fumerie d'opium et je redevenais un être matériel, de chair et d'os. La sueur dégoulinait sur moi, chargeait mes aisselles d'une odeur forte qui m'enivrait. Je buvais du thé avant de partir. Je sortais de là calmé, régénéré, incroyablement concentré, et je plongeais dans l'agitation d'un port rempli de voiliers de toutes tailles, de débardeurs chargeant et déchargeant les cales, de marchands qui négociaient à grands cris. Devant les quais, des dizaines de jonques se balançaient sur une eau sale, qui sentait mauvais.

En me réveillant, le premier son que je captais était le sifflement du vent dans les branches de pin. C'était rassurant, mais aussi une preuve que j'étais réellement de retour d'une ère antérieure de ma vie. Ce n'était pas un rêve, c'était un voyage dans un temps précédent, et je pressentais qu'un jour ou l'autre je serais capable de repartir beaucoup plus longtemps, et de pénétrer dans d'autres vies qui avaient été les miennes, aussi.

Je viens de décrire cette expérience avec précision, là, mais sur le moment il s'agissait d'une perception bien plus subtile, nébuleuse et vague. Sans véritable importance : quelque chose de très simple et de très normal. Je me levais, j'allais nager un peu pour me réveiller complètement. Il fallait retourner à la base, revenir sur terre, reprendre mon identité de soldat 516, sans cesse environné de vacarme, de gens et de désespoir. J'étais obligé d'oublier les haïkus, les livres, la mer, d'abandonner l'éloignement et le silence. L'existence qui me passionnait était, pour les autres, un territoire caché, prohibé. Ma vie secrète.

19

E N NOVEMBRE 1969, nous avons été envoyés pendant six mois dans les marais de Batabanó, sur la côte au sud de La Havane. Nous étions un groupe de sapeurs expérimentés. Il restait un an avant la fin du service, mais nous nous étions déjà pas mal entraînés à manier les explosifs.

À cinq heures du matin, c'était le réveil à grands coups sur un bidon en métal et à l'appel classique du « Debout, jeunesse d'acier ! »

Comme il faisait un froid à péter les couilles, nous nous levions de mauvais poil en marmonnant des malédictions à l'encontre du bidon en fer et du fils de pute qui avait tapé dessus. On chiait sur sa mère, à cet enfoiré, mais cela se bornait prudemment à un murmure d'obscénités inintelligibles.

Les hivers de ces années-là, il faisait froid pour de bon. Au petit matin, il ne devait pas faire plus de trois ou quatre degrés dans les marais. Pour la Sibérie, c'est rien, évidemment. Ils nous donnaient une caisse de bois remplie de nitroglycérine russe, ou soviétique pour être plus exact, environ quinze kilos, et nous partions dans les collines. Avec des barres et des piques, on ménageait des trous dans les racines d'arbres gigantesques, on installait les bâtons d'explosif dedans, avec un détonateur et une mèche, on l'allumait à l'aide d'une cigarette et on se trissait au triple galop. Booouuum !

Ça a l'air simple, comme ça. En théorie, tout est faisable, mais dans la pratique on tombe toujours sur de petits problèmes. Par exemple, on travaillait dans la boue jusqu'à mi-jambes, parfois aux genoux. Les bottes en caoutchouc qu'on nous avait promises n'arrivaient jamais. Pour emmerder les chefs, on leur demandait : « Et le bateau avec les bottes ? Il a coulé ou quoi ? » Les moustiques et les moucherons nous tombaient dessus en nuages épais et s'attaquaient à la figure, que nous ne pouvions pas couvrir. Ils arrivaient à piquer même les globes oculaires. Lorsque j'en avalais un ou deux par mégarde, ils s'arrangeaient pour me piquer la langue ou les amygdales avant d'être précipités en bas de l'œsophage.

Mais tout cela était secondaire, finalement. Le problème majeur, c'était la trouille. On avait tellement la pétoche qu'on se chiait dessus, littéralement. Au moment de commencer les tirs, nous avions tous la diarrhée. C'est que les mèches étaient très courtes. Elles nous laissaient une minute, pas plus. Chaque soldat devait en allumer plusieurs à la fois et courir dans la direction qui lui avait été préalablement donnée. Et il ne s'agissait pas de cavaler sur une piste en dur, mais dans la fange des marécages, avec des arbres et des buissons partout. Enfin, il paraît que c'est en coupant les grelots qu'on apprend à châtrer... Au bout de quelques semaines, la peur avait disparu, la chiasse aussi, et nous étions devenus des experts. On s'habitue à tout. Ou tu t'adaptes, ou tu crèves.

La nitroglycérine est comparable à la dynamite, mais plus sûre. Elle ne peut s'activer qu'avec un explosif de mise à feu, par sympathie. C'est le rôle de la petite capsule que l'on met à l'intérieur. J'ai appris pas mal de trucs en ce temps-là. Il n'y a rien de plus simple et de moins coûteux que de faire sauter un pont, une usine, un bâtiment quelconque. Et ça se révèle amusant, souvent. Dès que l'on stimule la cruauté et l'instinct sanguinaire de l'être humain, il est très difficile de fixer des limites. C'est une zone dangereuse que nous avons tous en nous.

Une fois que nous avions abattu les plus gros arbres sur une certaine superficie, les chars d'assaut arrivaient et terminaient le reste. Deux tanks traînaient derrière eux une chaîne très solide, longue d'une centaine de mètres, avec une énorme balle d'acier au milieu. Avec ce dispositif, ils écrabouillaient tous les arbustes et les ronces. Ensuite, les bulldozers repoussaient les débris de côté, pour qu'ils pourrissent sans gêner personne. Le terrain était aplani pour y semer du riz.

Par chance, les écologistes n'existaient pas à cette époque. En tout cas, je n'en ai jamais vu un seul dans les marais. Pour cette raison, nous n'avions pas de scrupules, ni de drames de conscience. Il fallait faire ce boulot, on le faisait. Pas de quoi finasser et se poser des questions existentielles. « On obéit aux ordres, on ne les discute pas » : cette phrase, répétée dix mille fois aux bidasses, finissait par s'inscrire jusque dans leurs gènes. Les spermatozoïdes de la soldatesque l'apprenaient par cœur. J'imagine que ça a toujours été ainsi dans toutes les armées du monde, depuis le temps de Gengis Khan ou même avant.

Au bout de quatre mois, on nous a déplacés un peu au nord-ouest, aux environs d'Alquízar. Une zone de vergers et de cultures maraîchères. Je crois qu'on la surnommait « le potager de La Havane ». Là, notre mission était d'abattre tous les manguiers, avocatiers, abricotiers, cocotiers, bref tout ce qui gênait le travail de l'aviation agricole, des AN-2 russes qui passaient en rase-mottes pour lâcher des herbicides et des insecticides. Des plantations industrielles de bananiers devaient remplacer la végétation naturelle. La mode était alors à l'agriculture intensive et à la mécanisation.

Je ne sais pas pourquoi les paysans du coin ne nous ont pas tous zigouillés. On l'aurait mérité. Tous les matins, on prenait position au milieu des manguiers, des avocatiers, des abricotiers ; les explosions retentissaient toute la journée, et le soir venu des dizaines d'arbres qui produisaient des fruits depuis plus d'un siècle avaient été réduits en bois de chauffage. Je suppose que les pécores du cru se cachaient de nous pour verser des larmes de rage impuissantes. Avant la nuit, on rentrait au campement, très contents du travail accompli.

Nous sommes restés là cinq mois durant. À bosser

dur. Sans distractions, sans nanas, sans rien. Rien que le boulot. Un soir, pourtant, les filles ont débarqué. Un gradé quelconque avait pensé que ce stimulant inespéré allait nous faire augmenter la cadence.

Une centaine de gisquettes de notre âge, dix-neuf ou vingt ans. Ils les ont installées dans deux baraquements vides du campement. Elles venaient d'une école de La Havane et devaient accomplir un mois de travail volontaire. Ramasser des patates dans les champs, je crois.

Soudain, le monde est devenu un endroit habitable, et ce travail épuisant nous a presque paru un plaisir. La rencontre entre les deux armées s'est produite rapidement. Un choc frontal, qui a fait des étincelles. En quarante-huit heures, les rangs s'étaient tous mêlés. Les bananeraies autour du camp n'ont plus arrêté de retentir de cris éperdus, de gémissements lascifs, de soupirs pâmés et d'orgasmes en chaîne. Le sperme coulait à fond, les glandes se sont remises à fonctionner. C'était le bonheur. La fatigue s'est envolée, comme l'envie de mettre un bâton de dynamite dans le cul des chéfaillons. Non, tout n'était désormais que musique, rires, baisers et félicité. Même les badernes les plus bloquées avaient leur petite femme. Décontraction totale. Chaque soir, il y avait un bal au réfectoire jusqu'à dix heures et demie, l'extinction des feux.

Nous étions soixante-douze, elles cent huit. Je ne sais pas comment ce déséquilibre numérique s'est résolu. Moi, en tout cas, je n'avais qu'une seule fiancée, Haymé. Je me suis consacré à elle complètement, et elle à moi.

D'autres qu'elle me plaisaient bien, évidemment. Vingt ou trente de plus. Mais Haymé ne me lâchait pas d'un pas. Elle savait que la concurrence était rude. En réalité, j'avais tout ce qu'il me fallait et je n'avais besoin de rien d'autre. Il me suffisait de l'apercevoir de loin pour me mettre à bander. Exactement pareil qu'un taureau.

Dans mon enfance, je passais de longues vacances à la plantation de tabac de mon grand-père. J'accompagnais l'un de mes oncles quand il menait les vaches en chaleur au taureau. Une vache dans cet état court comme une folle, fait des bonds désordonnés. Cette excitation ne dure que trois ou quatre jours, et il faut profiter du moment. J'imagine que c'est lorsque l'ovulation se produit, puisque ce sont des mammifères... Enfin, je dis ça comme ça. Je ne suis pas vétérinaire. Ce que je sais, c'est qu'elles sautent et courent partout. Alors, on leur passe une corde au cou et on les mène au taureau. Dans le coin, il n'y avait qu'un étalon pour des centaines de vaches. Vous pouvez imaginer qu'il était traité comme de l'or en barre et qu'il ne sortait jamais de son enclos.

Mon oncle Quique et moi, on conduisait la vache sur un chemin entouré de part et d'autre d'arbres touffus. On ne voyait rien alentour, mais soudain les deux bêtes captaient leurs odeurs respectives. La vache partait en galopant. Je devais foncer plus vite qu'elle, la devancer pour ouvrir la barrière de l'enclos. Elle passait devant moi, aussi fugace qu'une pensée. Elle courait avec une légèreté et un désespoir qui lui donnaient une allure adolescente.

Le taureau avait déjà la bite dégainée. Longue comme un bras, rouge, humide, crachouillant des gouttes de sperme. C'était le choc de deux colosses aveugles, seulement guidés par l'instinct et l'odorat. Il la montait, lui enfonçait son engin dans la craquette. Une affaire de quelques secondes. Muscles, glandes, sécrétions, nerfs. Ils risquaient leur vie dans cet acte suprême. Ils tremblaient, s'ébrouaient. Le taureau pilonnait puissamment, la vache reculait pour ne pas perdre un seul centimètre de son dard. « Mets-moi tout, baise-moi à fond ! », avait-elle l'air de dire. Ils frissonnaient, soufflaient bruyamment, leurs yeux étaient blancs. Explosion orgasmique. Effondrement. Le taureau se retirait. Ils faisaient comme s'ils ne se connaissaient pas. Dissimulation. Quelques pas timides de-ci de-là en broutant un peu d'herbe pour se donner une contenance. Ils cherchaient à récupérer, je crois. D'un coup, ils avaient oublié la furie, le feu du désir, la luxure désespérée qui les avaient aveuglés. Ils étaient faibles, maintenant. Soumis. Mon oncle s'approchait, passait à nouveau la corde au licou de la vache. Nous sortions de l'enclos et nous rebroussions tranquillement chemin. Je refermais la barrière. Le taureau restait à sa place, à brouter mollement avec un air idiot.

Cette scène, je l'ai vue des tas de fois. Par la suite, ils ont inventé l'insémination artificielle. Je ne sais pas comment les enfants de la campagne peuvent apprendre ce qu'est la sexualité maintenant. Par la télé, sans doute. Moi, j'ai fait mon enseignement en regardant ces grandes brutes. Et dans un silence complet. Mon oncle et moi n'avons jamais échangé le moindre commentaire sur le moment. Parler, cela aurait gâché cet instant sacré où la nature s'accomplissait dans toute sa splendeur.

Et c'était exactement ce qui se passait entre Haymé et moi, tous les soirs. Je rentrais du travail au crépuscule. Elle était déjà prête, fraîche, parfumée, talquée, en attente du mâle puant la sueur et la boue. Je me lavais en quelques minutes et nous partions sous les bananiers.

Haymé était grande, très mince, très gaie, avec une belle paire de seins, une grande bouche aux lèvres charnues qui souriaient sans cesse. Pour moi, qui suis toujours sérieux et chiant, une fille toujours alerte et de bonne humeur, c'est le ying de mon yang. Entre nous, il s'est produit quelque chose de... chimique, je dirais. Comment est-ce arrivé ? Je ne sais pas. On appelle ça le coup de foudre. Le sexe n'était pas le seul élément en jeu. Certes, nous baisions follement, désespérément, excessivement, comme c'est normal à cet âge, mais une fois le délire terminé, nous étions emportés par une vague d'amour et de passion, nous voulions rester ensemble, dormir ensemble, ne plus nous quitter. Bref, tout était magnifique, nous nagions dans le bonheur et rien ne pouvait détruire notre histoire.

Cette liaison passionnée a duré trente jours dans les bananeraies, jusqu'au moment où elles ont dû rentrer à La Havane, nous laissant dans un blues silencieux. Seuls avec la dynamite et les chefs qui, à nouveau livrés à eux-mêmes, ont recommencé à nous mener la vie dure.

Heureusement, nous avons repris nous aussi la route

de la capitale quelques semaines plus tard, en mai 1970. Il nous restait encore des mois de cours et d'entraînement militaire. Le retour à la vie civile était pour le mois de décembre.

Maintenant, je me réfugiais chez Haymé chaque fois que je pouvais m'enfuir de la caserne. Sa famille, qui habitait San Francisco de Paula, un village à la périphérie de La Havane, me paraissait pas mal siphonnée. Sa mère, qui devait approcher de la soixantaine, s'était amourachée d'un jeunot de vingt-cinq ans. Et il avait l'air de l'aimer à la folie, lui aussi. On aurait cru deux ados ensemble. C'était une petite femme corpulente et ridée, pas du tout sexy. À seize ans, elle s'était mariée avec le seul garçon qu'elle connaissait et ils avaient eu quatre enfants. Toute sa vie s'était déroulée de la même manière : travailler dans une épicerie du lundi au samedi, faire la lessive et le ménage à fond le dimanche. Elle n'était sortie de son bled que trois ou quatre fois pendant toutes ces années. Ils habitaient une bicoque en bois au toit couvert de tuiles, avec une cour en terre battue où un chien bâillait et où ils élevaient des poulets. Soudain, pourtant, elle avait connu une seconde jeunesse. Elle s'était fait retendre la peau par un chirurgien esthétique. Maintenant, elle laissait la maison aller à vau-l'eau, le linge sale traîner, et plus personne ne s'occupait de la volaille. Tout était chamboulé.

C'est Haymé qui devait se coltiner toutes les corvées domestiques et s'occuper de son père. La soixantaine lui aussi, il était toujours habillé en milicien, comme s'il n'avait eu rien d'autre à se mettre. Il était délégué syndical et militant dans une usine du coin. Il bûchait son marxisme-léninisme, ne parlait que de choses sérieuses et de ses hauts faits de syndicaliste. Le changement subi par sa femme l'avait tellement affecté qu'il avait cessé de se laver, de changer de linge de corps, de lire ses livres et même de parler. Il passait des heures et des heures assis dans l'entrée, les yeux dans le vide. Sans rien faire.

La mère de Haymé, au contraire, était un vrai tourbillon. En quelques mois, elle était passée plusieurs fois sur le billard. Les opérations étaient gratuites. La tronche et les bras retendus, les seins nettement améliorés, de la graisse en moins sur les hanches et dans son double menton. Elle prenait des tonifiants, se rendait chaque soir au gymnase pendant deux heures. Son petit chéri la suivait partout et la gâtait par tous les moyens. Ils sortaient presque toutes les nuits faire la java et ne rentraient qu'au petit matin.

Le vieux n'ouvrait plus la bouche. Il restait en silence dans son fauteuil. Je n'ai entendu sa voix qu'une seule fois, quand il m'a dit brusquement :

– Je ne sais pas ce qui s'est passé. Je ne comprends pas.

Peu à peu, il a cessé d'aller au travail et de se mettre au lit le soir. Jour et nuit à la même place, sanglé dans son uniforme de milicien, ses manuels soviétiques de marxisme-léninisme à portée de la main, quelques crayons, un bloc-notes et un petit drapeau national en papier monté sur une baguette. Il s'accrochait à ces objets dérisoires comme à une planche de salut.

L'un des frères de Haymé étudiait en URSS, quelque chose en rapport avec l'énergie nucléaire. Un autre était cadre politique en province et n'avait jamais le temps de venir à La Havane. Le petit dernier était en taule : huit ans à l'ombre pour avoir tenté de quitter illégalement le pays. Ils l'avaient cueilli avec cinq autres un matin, alors qu'ils filaient vers les États-Unis sur une vedette.

La vie de Haymé avait été bouleversée, elle aussi. La maison s'était transformée en chaos. La mama se désintéressait complètement du quotidien. Elle est allée jusqu'à se renseigner sur la marche à suivre pour changer officiellement de prénom :

– Florencia, c'est trop vieux jeu ! Modifier l'état civil ne coûte que vingt pesos, on m'a dit. Moi, je veux m'appeler Yamilé, c'est très moderne, très jeune. Je n'ai jamais supporté mon nom.

Une autre fois, elle nous a déclaré :

– Je vois que vous êtes tout enamourés, vous deux. J'espère que vous n'allez pas vous marier. C'est passé de mode, ça ! Aujourd'hui, la vogue est à l'amour libre. C'est pour ça que nous avons fait la révolution : pour libérer les femmes et les nègres. Il y en a marre d'être exploitées !

Comme elle ponctuait toutes ses phrases de grands éclats de rire, je ne savais jamais si elle blaguait ou si elle était sérieuse.

Pendant ce temps, le vieux sombrait dans une sorte

de léthargie soporifique, un gâtisme prématuré. Et, au milieu du naufrage, Haymé m'a pris pour bouée.

Malgré tout, nous sortions boire des bières et danser au « Patricio », le surnom donné à la Maison du peuple Patrice Lumumba. Avant, cela avait été le yacht club de Miramar ; désormais, c'était un haut lieu de la salsa et des danses de salon.

Je m'esquivais continuellement de la base. Haymé me semblait parfaite, ce qui ne faisait qu'ajouter à mon impatience : je voulais que le temps s'accélère, en finir avec le fichu service militaire. Décembre 70 est vite arrivé, tout compte fait. La veille de la sortie, ils nous ont réunis pour nous soumettre encore une de leurs propositions : rempiler avec le grade de lieutenant. Ils avaient besoin de techniciens pour la construction de fortifications et la percée de tranchées sur la côte nord. Notre solde serait doublée et il y aurait plein d'autres avantages. Un seul d'entre nous a accepté.

Lorsque j'ai passé la porte pour la dernière fois, fringué en civil, j'ai eu du mal à y croire. Comme il faisait froid, j'avais enfilé le blouson en cuir, cadeau de Genovevo. « Born to be free. »

À Matanzas, je n'avais rien à faire, ou très peu. Ma mère avait vendu tous ses trésors, juste pour qu'ils puissent survivre. Partis, les draps en lin, les dessus-de-lit italiens, les chaussures et les robes, les colliers, les boucles d'oreilles et les montres. La maison avait beaucoup changé. On était passé du kitsch de la classe moyenne provinciale au kitsch de la petite-bourgeoisie en voie de lumpénisation. La calle Magdalena et tout le quartier étaient devenus encore plus tristes, ennuyeux et gris. Les petites combines, les vendeurs à la sauvette, la rigolade en général, c'était terminé.

Mes parents étaient plus ternes, eux aussi. Ma mère s'activait, essayant de caser ses dernières breloques au marché noir, tandis que mon père jouait aux dominos du matin au soir. Ils n'avaient plus guère le moral. À cette époque, au tout début des années 70, un « pont aérien » s'était mis en place entre Varadero et Miami. Nombre de mes oncles sont partis avec leurs enfants. Ils passaient par la maison pour dire au revoir et souffler un peu avant de continuer leur route. Sept oncles et tantes, en tout : quatre du côté de mon père, trois de celui de ma mère. Des larmes coulaient, une certaine tristesse était palpable. Il en est resté autant derrière. C'était des familles nombreuses.

Des fois, je me rendais à Varadero et je trouvais refuge tout au bout de la plage, barricadé derrière mes lectures, mes exercices d'autosuffisance et mes haïkus. D'autres jours, j'allais à La Vigía, la finca d'Hemingway à San Francisco de Paula. Ils avaient transformé la maison en musée mais personne ne le visitait. J'aimais regarder La Havane, de là-bas. Un endroit tranquille, silencieux, avec une très belle vue panoramique sur la capitale.

Le mieux, c'était la baise avec Haymé. Même si on ne pouvait pas crier, parce que les voisins entendaient tout à travers les murs en planches de sa bicoque. Elle a laissé tomber les cours du soir. Elle ne parlait plus de ce qui avait été son ambition : parvenir à l'université et étudier la médecine.

Moi, je ne voulais pas travailler dans le bâtiment. Je rêvais de quelque chose d'autre, mais quoi ? Je n'en savais rien. Toutes ces années d'armée m'avaient déboussolé. Je ne supportais pas l'ombre d'un début d'autorité. Je suis entré dans une phase de révolte paranoïaque. Des fois, je me dis que j'étais parvenu au bord de la schizophrénie, en ce temps-là. J'avais les cheveux longs et sales. Je ne me lavais pas, je ne me rasais pas, je ne me coupais plus les ongles. Je ne portais plus de slip non plus. J'ai décidé de garder le même jean sur moi, pour toujours. Je ne mangeais presque pas. Ça ne m'intéressait pas. Je buvais et je fumais beaucoup, par contre. Je ne me brossais pas les dents. J'avais plaisir à sentir mes pieds puants, mon haleine chargée d'alcool, de tabac et d'oignons. Histoire de faire chier tous ceux qui m'approcheraient. Je ne voulais personne près de moi. Je voulais être un sconse, une hyène répugnante. Inspirer le dégoût, obliger tout le monde à me tourner le dos. Le seul interlocuteur qui m'aurait intéressé, c'était le diable. Qu'il m'apparaisse un jour et me gueule dans la figure : « Qui tu te crois, con ? Le diable, c'est moi, triple couillon ! C'est ma place que tu occupes ! Je m'en vais te pulvériser ! »

J'en suis venu à me persuader que le démon vivait en moi. J'ai commencé à penser sérieusement au suicide. Chaque jour, je réfléchissais aux moyens d'y parvenir, aux meilleures techniques. La mort ne m'a jamais intimidé. Seuls ceux qui envisagent le suicide comme l'unique porte de sortie arrivent à se guérir de la peur de mourir.

Ça a été une phase sadomaso, aussi. Je ne vais pas entrer dans les détails. J'imagine que Haymé en porte encore les cicatrices sur son corps. Le matin venu, nous ne nous rappelions presque jamais ce que nous avions fait pendant la nuit. Je n'acceptais d'ordres de personne. J'étais toujours à cran, sur les nerfs, à chercher des crosses. Pour n'importe quelle bêtise, je me retrouvais dans des bagarres de trottoir. Parfois en affrontant deux ou trois types en même temps. Les pâtées que je me prenais ! Au cours de l'une d'elles, je me suis fait amocher l'oreille gauche. Elle n'a plus fonctionné normalement. Je n'ai jamais récupéré entièrement l'ouïe de ce côté, parce que je ne suis pas allé chez le médecin.

Je ne savais pas quoi faire. Je me sentais perdu. Je ne comprenais pas – ou bien je refusais de l'accepter – la géométrie de ce monde trop vertigineux et trop violent dans lequel j'avais été précipité brusquement.

Je passais quelques jours chez mes vieux, à Matanzas, puis quelques autres chez Haymé, à San Francisco de Paula. Elle me répétait sans cesse :

– Apporte tes quatre fringues et viens vivre avec moi. Tu pourrais travailler à l'usine de sodas, ou à la fonderie.

– Je veux pas bosser.

– Mais on a besoin d'argent, tout de même !

– Toi oui, pas moi. Fiche-moi la paix.

Mais elle revenait à la charge le lendemain. De mince, elle est devenue maigre, émaciée. Elle avait la peau malsaine, maintenant, avec d'énormes bleus laissés par mes coups. Elle m'en demandait toujours plus, quoique. Son père refusait de quitter son fauteuil une seule minute, désormais. Il avait sombré dans la démence complète, visiblement. Il gardait les yeux droit devant lui, sans cligner des paupières. La mère, elle, était plus guillerette que jamais, avec son petit mari dans la poche.

On se soûlait tous les soirs, Haymé et moi. On forçait sur l'herbe, aussi. Des cuites monumentales, accompagnées de baise délirante, épuisante et continuelle. Il n'y avait rien d'autre à faire, de toute manière. On n'avait plus que la peau et les os, tous les deux. Et des cernes énormes. On avait l'air de deux mendiants en guenilles, sales et morts de faim. Le matin, la culpabilité revenait avec la gueule de bois et elle reprenait ses leçons de morale :

– On est en train de se tuer, à se pinter comme ça. C'est dégoûtant. On croirait deux fous enfuis de l'asile. Tu devais trouver du travail, non ? Si la fonderie te plaît pas, il y a le garage de la ligne 10, ici. Ils cherchent des mécaniciens et des chauffeurs de bus.

– Arrête, Haymé. Laisse-moi tranquille et me les casse pas.

– Si on continue à niquer comme ça...

– Oui, quoi ?

– Je crois que je suis... tu sais quoi.

– Déconne pas !

– Je voudrais le garder.

285

– S'il te plaît, Haymé ! Je suis déjà à moitié crazy et tu me fais ce numéro, maintenant !

Je l'ai prise par la main et on est allés à la clinique. Exact. Enceinte de six semaines. J'ai donné mon sang pour la transfusion. Elle s'est fait avorter le lendemain.

Ça a été un très sale coup pour notre relation. Elle aurait voulu trois ou quatre gosses. On a repris les cuites et les excès en tous genres, mais ce n'était plus pareil. Une nuit, très tard, on est restés dans un silence complet après avoir terminé une bouteille. Ils étaient tellement fauchés, dans cette maison, qu'ils n'avaient même pas une radio de merde ! J'ai retourné la boutanche. Plus une seule goutte de rhum. En la reposant doucement sur la table, j'ai décidé de mettre les bouts. C'était le mois de février 1971. Ça caillait. J'ai passé mon blouson en cuir et j'ai dit à Haymé :

– Je m'en vais.

– Quoi, chercher une autre bouteille ? Non, ça suffit.

– Je vais chercher rien du tout. Je me barre.

– Où ça ?

– Je sais pas.

– Mais…

– Y a pas de mais. Toi et moi… c'est merdique.

– Non, c'est normal. C'est ce que tout le monde fait.

– Je veux pas faire comme tout le monde.

– Trouve-toi un travail, au moins ! Et après, nous…

– Tu m'organiseras pas ma vie et tu me donneras pas d'ordres. Adieu.

Elle est restée assise. Clouée par la gnôle et la stupéfaction. J'ai marché lentement jusqu'à rejoindre la route. Je venais d'avoir vingt et un ans. Étalée sur mon dos, la devise « Born to be free ». On voyait les lumières de La Havane, au loin. Je me sentais bourré, désorienté, abasourdi. Je ne savais pas quoi faire, ni ce que je voulais, ni où j'allais. Mais je ne pouvais pas m'arrêter. Je crois bien que c'était ma seule et unique certitude alors : je ne pouvais pas m'arrêter. Il fallait continuer à avancer, avancer à travers la furie et l'horreur.

La Havane,
2003-2004.

DU MÊME AUTEUR

« LES GRANDES TRADUCTIONS »
(extrait du catalogue)

ALESSANDRO BARICCO
Châteaux de la colère, prix Médicis Étranger 1995
Soie
Océan mer
City
Homère, Iliade
traduits de l'italien par Françoise Brun

ERICO VERISSIMO
Le Temps et le Vent
Le Portrait de Rodrigo Cambará
traduits du portugais (Brésil) par André Rougon

JOÃO GUIMARÃES ROSA
Diadorim
traduit du portugais (Brésil) par Maryvonne Lapouge-Petturelli
Sagarana
Mon oncle le jaguar
traduits du portugais (Brésil) par Jacques Thiériot

MOACYR SCLIAR
Sa Majesté des Indiens
La Femme qui écrivit la Bible
traduits du portugais (Brésil) par Séverine Rosset

ANDREW MILLER
L'Homme sans douleur
Casanova amoureux
Oxygène
traduits de l'anglais par Hugues Leroy

ANTONIO SOLER
Les Héros de la frontière
Les Danseuses mortes
Le Spirite mélancolique
Le Chemin des Anglais
traduits de l'espagnol par Françoise Rosset

MORDECAI RICHLER
Le Monde de Barney
traduit de l'anglais (Canada) par Bernard Cohen

STEVEN MILLHAUSER
La vie trop brève d'Edwin Mulhouse, écrivain américain, 1943-1954,
racontée par Jeffrey Cartwright,
prix Médicis Étranger 1975, prix Halpérine-Kaminsky 1976
traduit de l'anglais (États-Unis) par Didier Coste
Martin Dressler. Le roman d'un rêveur américain, prix Pulitzer 1997
Nuit enchantée
traduits de l'anglais (États-Unis) par Françoise Cartano
Le Roi dans l'arbre
traduit de l'anglais (États-Unis) par Marc Chénetier

MIA COUTO
Terre somnambule
Les Baleines de Quissico
La Véranda au frangipanier
Chronique des jours de cendre
traduits du portugais (Mozambique) par Maryvonne Lapouge-Pettorelli

GOFFREDO PARISE
L'Odeur du sang
traduit de l'italien par Philippe Di Meo

MOSES ISEGAWA
Chroniques abyssiniennes
La Fosse aux serpents
traduits du néerlandais par Anita Concas

JUDITH HERMANN
Maison d'été, plus tard
Rien que des fantômes
traduits de l'allemand par Dominique Autrand

PEDRO JUAN GUTIÉRREZ
Trilogie sale de La Havane
Animal tropical
Le Roi de La Havane
traduits de l'espagnol (Cuba) par Bernard Cohen

TOM FRANKLIN
Braconniers
La Culasse de l'enfer
traduits de l'anglais (États-Unis) par François Lasquin et Lise Dufaux

SÁNDOR MÁRAI
Les Braises
traduit du hongrois par Marcelle et Georges Régnier
L'Héritage d'Esther
Divorce à Buda
Un chien de caractère
Mémoires de Hongrie
Métamorphoses d'un mariage
traduits du hongrois par Georges Kassai et Zéno Bianu

V.S. NAIPAUL
Guérilleros
Dans un État libre
traduits de l'anglais par Annie Saumont
A la courbe du fleuve
traduit de l'anglais par Gérard Clarence

GEORG HERMANN
Henriette Jacoby
traduit de l'allemand par Serge Niémetz

EDWARD P. JONES
Le Monde connu
Perdus dans la ville
traduits de l'anglais (États-Unis) par Nadine Gassie

AHLAM MOSTEGHANEMI
Mémoires de la chair
traduit de l'arabe par France Meyer
Le Chaos des sens
traduit de l'arabe par Mohamed Mokeddem

NICK TOSCHES
La Main de Dante
Le Roi des Juifs
traduits de l'anglais (États-Unis) par François Lasquin

YASUNARI KAWABATA
Récits de la paume de la main
traduit du japonais par Anne Bayard Sakai et Cécile Sakai
La beauté, tôt vouée à se défaire
traduit du japonais par Liana Rossi

YASUNARI KAWABATA / YUKIO MISHIMA
Correspondance
traduit du japonais par Dominique Palmé

JOHN MCGAHERN
Les Créatures de la terre et autres nouvelles
Pour qu'ils soient face au soleil levant
traduits de l'anglais (Irlande) par Françoise Cartano

VANGHÉLIS HADZIYANNIDIS
Le Miel des anges
traduit du grec par Michel Volkovitch

ROHINTON MISTRY
Une simple affaire de famille
traduit de l'anglais (Canada) par Françoise Adelstain

VALERIE MARTIN
Maîtresse
traduit de l'anglais (États-Unis) par Françoise du Sorbier

ANDREÏ BITOV
Les Amours de Monakhov
traduit du russe par Antonina Roubichou-Stretz

VICTOR EROFEEV
Ce bon Staline
traduit du russe par Antonina Roubichou-Stretz

REGINA MCBRIDE
La Nature de l'air et de l'eau
La Terre des femmes
traduits de l'anglais par Marie-Lise Marlière

ROSETTA LOY
Noir est l'arbre des souvenirs, bleu l'air
traduit de l'italien par Françoise Brun

HEIKE GEISSLER
Rosa
traduit de l'allemand par Nicole Taubes

JENS REHN
Rien en vue
traduit de l'allemand par Bernard Kreiss

GIUSEPPE CULICCHIA
Le Pays des merveilles
traduit de l'italien par Vincent Raynaud

JOHN VON DÜFFEL
De l'eau
Les Houwelandt
traduits de l'allemand par Nicole Casanova

ADRIENNE MILLER
Fergus
traduit de l'anglais (États-Unis) par Marie-Lise Marlière et Guillaume Marlière

F.X. TOOLE
Coup pour coup
traduit de l'anglais (États-Unis) par Bernard Cohen

VIKRAM SETH
Deux vies
traduit de l'anglais (Inde) par Dominique Vitalyos

JOHN FOWLES
La Créature, prix du Meilleur Livre étranger 1987
Le Mage
traduits de l'anglais par Annie Saumont

DAVID MALOUF
Ce vaste monde, prix Femina étranger 1991
L'Étoffe des rêves
traduits de l'anglais (Australie) par Robert Pépin

ÉLIAS CANETTI
Histoire d'une jeunesse, la langue sauvée 1905-1921
Les Années anglaises
traduits de l'allemand par Bernard Kreiss
Le flambeau dans l'oreille, Histoire d'une vie 1921-1931
traduit de l'allemand par Michel-François Demer
Jeux de regard, histoire d'une vie 1931-1937
traduit de l'allemand par Walter Weideli

Composition IGS
Impression : Imprimerie Floch, juin 2007
Éditions Albin Michel
22, rue Huyghens, 75014 Paris
www.albin-michel.fr

ISBN : 978-2-226-17967-8
ISSN : 0755-1762
N° d'édition : 25359 – N° d'impression : 68644
Dépôt légal : août 2007
Imprimé en France.